IL FAUT ABATTRE LA LUNE

La pleine lune éclairait le ferry-boat comme une cible. Là-bas, les artilleurs devaient régler leurs canons. Sur le quai, au moment d'embarquer, une femme s'est jetée sur un milicien armé :

— Il faut abattre la lune ! Sinon ils vont nous voir

DU MÊME AUTEUR

L'homme qui survécut, J.-C. Lattès, 1989

Le Prix d'un enfant, avec Marie-France Botte, Robert Laffont, 1993

Jean-Paul Mari

IL FAUT ABATTRE LA LUNE

NiL éditions

ISBN 2-84111-163-6

À Elsa et Pauline

« Mon enfance grandit en moi. Jour après jour. »

Mahmoud DARWICH.

Je suis né au bord de la mer et la mer m'a toujours emporté. Je suis né en Méditerranée où la terre est obscure et le soleil aveuglant, dans un pays en noir et blanc, violent comme un négatif. Les cartes postales d'Algérie sont des mensonges qui ne montrent que les apparences, un ciel toujours bleu, un soleil doré et un horizon léger ; une terre chaude, caressante et maternelle, floquée d'ocre rouge et de taches de verdure. En réalité, le soleil d'ici est trop fort, coupant comme le bord d'une boîte en fer-blanc. Il ne réchauffe pas les habitants, il leur brûle la peau, les écorche vifs. Terre et ciel de feu crachent alors la même couleur, ce rouge sang qui englue régulièrement l'histoire du pays. Blanc le soleil, noir le sol, rouge le sang ; l'univers est impitoyable pour les délicats, les faibles, les lâches. Et insupportable pour tous les autres s'il n'y avait là, à portée du corps des hommes, la masse sensuelle et lourde de la mer. Avec ses vagues qui se balancent, soupirent et meurent en paix au bord de la plage. C'est la mer qui meut et émeut la terre d'Algérie jusqu'à en faire une chair souple, chaude, vivante. Comme une main qui caresserait en permanence un rein douloureux. Elle est là, masse d'eau bleue, verte, violette, parfois boueuse du gris des profondeurs mais toujours lumineuse de désir. Sans elle, les humains seraient nus et durs comme des os oubliés sur une dune. Lui, le soleil, ne sait produire que chaleur et poussière ; c'est la mer qui l'apprivoise et lui renvoie son double féminin, elle qui transforme son éblouissement en clarté, en doigt de lumière, en reflet d'eau. Le soleil laboure la terre d'Algérie mais c'est la mer qui l'ensemence. Et la sauve. Notre mer, qui êtes la chair de la terre, vous êtes là, sous moi, marchepied de velours aux portes d'Alger.

Dix-neuf septembre 1991, ce retour ne ressemble pas à des retrouvailles. Après vingt-neuf ans d'absence, ce pays m'est devenu étranger. Celui de mon enfance n'existe plus. Un pays est un espace et l'enfance un moment. Il faut les deux à la fois pour dire « mon pays ». Je ne suis plus un enfant et cette terre est habitée par d'autres. Elle leur appartient désormais. D'avant-hier à aujourd'hui, il y a une trentaine d'années où je n'étais pas ici. Le pays de mon enfance, stocké dans ma mémoire, me semble momifié. L'avion survole un coin du monde que j'ai rangé au rayon Politique étrangère sans jamais rouvrir le dossier. Je ne sais rien de ces gens et de leur histoire contemporaine. Un immense trou noir. Ici, je suis un étranger qui ne revendique aucun droit spécifique. En posant le pied sur le tarmac de l'aéroport Houari-Boumediene à Alger, je ne ressens pas d'émotion particulière. Je suis de passage. Juste le temps de voir un documentaire sur la guerre d'Algérie que son auteur, un historien français, a tenu à projeter dans un cinéma local. J'arrive ici écœuré par la farce de la guerre du Golfe et la tragédie des montagnes du Kurdistan d'où je suis revenu anéanti par une fièvre inconnue. Du coup, ce bref voyage culturel à Alger ressemble à une permission pour convalescent.

Maintenant, une violente odeur me soulève le cœur, quelque chose entre l'ordure et le végétal, une pestilence que je reconnais aussitôt : la rivière de l'Harrach ! À quelques kilomètres de l'aéroport, mon taxi franchit un pont au-dessus d'une eau noire, épaissie par les déchets d'une usine d'alfa et l'émergence de bouches d'égout. Autrefois, quand le vent tournait en direction de la banlieue d'Alger, cette haleine de malade soufflait sur plusieurs kilomètres et escaladait les dix étages de notre immeuble. Du haut de mon balcon, je regardais, dégoûté et fasciné, des gamins croûteux qui n'hésitaient pas à jeter leur radeau de planches pour tenter la traversée du grand cloaque. Aujourd'hui, je n'en vois aucun. Mais voilà plus de trente ans que l'Harrach pue, toujours aussi fort.

Le taxi file sur la « route moutonnière », séparée de la mer par une jetée d'énormes rochers noirs. « Moutonnière »... quelqu'un m'a dit un jour que le nom venait des troupeaux de moutons qu'on menait à l'abattoir. J'ai toujours préféré croire qu'ils évoquaient cette écume de laine blanche que le vent soulève au sommet des vagues. En fait, je ne sais plus. La voiture roule trop vite pour mon début de mémoire et j'ai soudain très envie de dormir. Les yeux mi-clos, je perçois pourtant cette qualité de ciel, une certaine quantité de couleur vaporisée dans un certain volume d'air marin, une lumière de « sortie de lycée » comme l'a dit un ami. D'un coup de frein brutal, le chauffeur évite un chien jaune, jure dans l'embouteillage, me parle de son neveu asthmatique soigné à Paris et de son père torturé par les parachutistes français :

— Quand il en parle, pas souvent, hein ! alors, il est

tout bizarre. Son corps devient chiffon. Et il pleure. Mon père ! Comme un enfant...

Je n'entends déjà plus. Et le reste de son monologue se noie, enveloppé dans ma torpeur.

Le lendemain, je quitte la noirceur de mon sommeil pour l'obscurité de la salle Afrique, dans une petite rue du centre de la capitale. Le cinéma est d'abord un écran, on y projette ce qui vous remue dans les ténèbres. Portées par un rai de lumière qui fait son chemin à travers des volutes de tabac apparaissent des images de bateaux qui s'en vont sur la mer, celle que les Arabes appellent « la mer blanche du milieu ». Elle est là, posée comme un mur entre deux pays, la France et l'Algérie. Sur l'écran perlé défilent les rues de Constantine, les pas d'une « Européenne exilée à Paris » visitant son ancien appartement, occupé par une famille algérienne qui lui offre un café :

— Je suis une Orientale, dit la vieille dame avec un fort accent pied-noir. Et aussi :

— La solitude me submerge et me blesse. Et elle laisse couler une larme.

— On vivait côte à côte... dit une voisine, mais pas les uns chez les autres.

Je redoute la dérive vers la « nostalgérie » mais le film de Benjamin Stora avance rapidement dans l'histoire en évoquant un massacre ancien : Melouza, trois cent soixante-quatorze villageois algériens égorgés, deux par deux, au couteau, par les combattants du FLN. Quelques fauteuils de bois claquent rageusement dans la salle. En guise de public local, les spectateurs sont pour la plupart des journalistes algériens et certains quittent ostensiblement la projection en signe de protestation. Comme si le dossier était tabou. Melouza ? Ce nom m'est inconnu. Décidément, je ne sais rien de ce pays.

Dans le champ de la caméra apparaît un ancien combattant, vieillard droit, dur, effrayant :

— C'est moi qui ai ordonné les exécutions. Si c'était à refaire, je le referais sans hésiter ! — Un murmure d'approbation parcourt l'assistance. Les habitants de Melouza soutenaient le MNA, un mouvement dissident du FLN. — Ils n'étaient que des traîtres. Pires que les soldats français !

Cette fois, les applaudissements éclatent. Paris-Alger : chacun claudique sur le chemin de l'histoire d'une guerre d'Algérie que l'un appelait « Événements » et l'autre « Révolution ». Chacun a sa vérité, ses trous noirs et ses mythes sacrés. Chacun se ment à voix haute pour pouvoir dormir en paix. Nous nous sommes tant haïs.

Dehors, la chaleur du soleil d'automne me masse la nuque. Je grimpe vers ma chambre de l'hôtel El Djezaïr, autrefois dénommé Saint-Georges. Il suffit d'ailleurs de demander le Djezaïr pour s'entendre répondre : « Ah ! Le Saint-Georges. » Ou l'inverse. Irritant. À quoi joue-t-on dans ce pays ? Heureusement l'hôtel est une merveille d'art mauresque, alliance magique de fraîcheur et de lumière, avec des pigeons qui roucoulent d'amour sur le bord du balcon. J'ai soudain envie d'allonger mon corps endormi, d'étirer mes bras au-delà de la Méditerranée, de plonger mes doigts dans l'épaisseur d'une chevelure de femme, de dénouer les lianes qui retiendraient cette forêt amazonienne et de reprendre une exploration abandonnée. J'aimerais tirer les rideaux, commander du café fort et des gâteaux au miel. Et laisser notre chaleur mouiller les draps, les froisser, en faire des petits paquets d'amour solides, jusqu'à la fraîcheur du soir, le rideau à nouveau entrouvert sur un ciel brillant et le jour et la nuit réunis par le trait d'union de mon doigt sur ses reins. Je sursaute. Les pigeons se sont envolés, apeurés. Sur la table de chevet, la sonnerie du téléphone fait un bruit d'enfer. Au bout du fil, une femme sanglote :

— Pierrot est mort ! Tu m'entends... Pierrot... Il est mort !

Je ne comprends rien. Ou plutôt si. Je sais déjà. Je l'avais presque oublié, c'était il y a si longtemps. Quelqu'un répétait les mêmes mots en pleurant. Moi aussi, j'ai pleuré. Des jours et des jours. À gros bouillons. Comme un gamin. Mais j'étais un gosse. « Pierrot est mort... » Quelqu'un l'a annoncé à ma mère, devant moi. Pierrot, Pierre, mon père, abattu d'une balle de 11,43, du gros calibre. Mais c'était avant, dans une autre vie, celle de mon enfance. Et on ne meurt pas deux fois à trente ans d'intervalle. Je suis abasourdi, j'ai tellement sommeil et je ne comprends rien à cette voix de femme, à l'autre bout de la ligne, qui sanglote et déraisonne, comme un écho du passé. D'ailleurs, comment sait-elle ces choses-là ? Au téléphone, l'assistante de mon journal insiste, explique, se désespère :

— Pierrot... en Croatie... une mine.

Le combiné téléphonique me brûle la joue, comme une gifle. Et mon esprit se remet à fonctionner. La voix me parle de Pierre, grand reporter au service étranger. Fasciné par les Balkans, il a foncé en Yougoslavie quand la guerre a éclaté entre Zagreb et Belgrade. En Croatie, il s'est approché en voiture d'une caserne de l'armée fédérale, a sagement voulu faire demi-tour avant la tombée du jour et a roulé sur le bas-côté, piégé. Mort en sautant sur une mine antichar. Le journal est en deuil.

La rédaction tient à annoncer le drame en une : « Mort d'un journaliste ». Ce sera notre plus mauvaise vente de l'année. Merci pour la leçon. Au moins, les choses sont claires : la mort d'un journaliste n'est pas un événement. Je raccroche le téléphone. Assis sur mon lit du Djezaïr, face à la fenêtre, je regarde le ciel d'octobre qui commence à rougir. Enfant, je me suis enfui d'ici parce que mon père venait de mourir. Adulte, à peine ai-je posé un pied distrait sur cette terre d'Algérie que le malheur donne de ses nouvelles et que le nom de Pierre meurt une seconde fois. L'Algérie a beau être pour l'heure en paix, elle me murmure toujours la même chose : une histoire de deuil. Comme si le temps n'existait pas. Comme si ma vie d'adolescent, d'adulte, un espace de trente années, n'avait aucune importance. Un simple rai de lumière entre deux nuages lourds, une bulle d'air entre deux gouttes de pluie sale qui mouillent le même visage. Je débranche le téléphone. Je n'ai plus sommeil. J'ai l'étrange impression d'être tombé dans un piège. Je n'ai rien à faire ici. Il faut que je m'en aille. L'aéroport, vite.

— Vous regardez ma ville ? Elle est belle, n'est-ce pas ! dit doucement Clémence.

Son balcon donne sur le port où les lumières des cargos dansent dans la nuit. Je suis de retour à Alger. Trois mois se sont écoulés. Les obsèques de Pierre ont été éprouvantes. D'abord une cérémonie aux Invalides, puis l'enterrement sous une pluie glacée dans un coin de montagne française. Ensuite, le travail. Et un reportage vers l'ex-Yougoslavie qui l'a assassiné. Là-bas, j'ai suivi un convoi humanitaire en route vers Vukovar qui a sauté sur une mine actionnée à partir d'un paisible champ de maïs. C'est une guerre sale où les *snipers* tirent sur les ambulances parce qu'elles cachent des soldats en armes. À Sarajevo, j'ai entrevu des fantômes aux dents jaunes qui me prenaient les mains en parlant de leur paradis multiculturel à sauver mais la rivière Miljacka, qui coupe la ville en deux, roulait des eaux glauques et sentait déjà la catastrophe à plein nez. Mon article a été publié à côté d'une publicité sur un livre de Francis Jeanson : *Algérie. De retour en retour.*

De l'autre côté de la Méditerranée, un raz de marée islamiste venait de submerger le premier tour des élections législatives. Les chiffres donnent le tournis. La moitié des électeurs ont boudé les urnes, par lassitude ou par dépit, sûrs que le scrutin serait truqué, comme d'habitude, à l'avantage du pouvoir FLN. À l'inverse, les islamistes, un quart de l'électorat, ont voté comme un seul homme et pour un seul parti, le FIS, Front islamique du salut. La mécanique électorale a fait levier et les barbus se sont retrouvés au lendemain du premier tour avec la certitude d'emporter la majorité absolue à l'Assemblée. Le petit quart islamiste de l'Algérie pourrait donc diriger tout le pays. Et les autres Algériens ont découvert que la démocratie rouille vite si on ne s'en sert pas. À Paris, on fêtait Noël, la rédaction était déserte et quelqu'un m'a tendu un billet d'avion. L'Algérie, veuve patiente, attendait.

Et ce soir, je regarde Clémence vaciller devant sa fenêtre, le drapeau blanc de sa robe du soir agité par la brise tiède venue du port d'Alger. Son visage est creusé et les veines de ses bras battent comme des sauterelles engluées. Elle a peur. Une guerre plus tôt, elle était jeune et belle, roulait cheveux au vent dans sa décapotable de fille de bonne famille algéroise et aucun militaire français n'osait ouvrir le coffre de sa voiture. À chaque barrage, Clémence relevait ses lunettes de soleil, écartait une mèche de son front en décochant un sourire ravageur :

— Bonjour, mon lieutenant, vous voulez fouiller ?

Elle avait un culot monstre.

— Oh non ! Mademoiselle... Je vous en prie ! Passez... mais soyez prudente. De nos jours, une jolie fille est toujours en danger !

Et elle continuait sa route, le coffre de sa voiture bourré de mitraillettes à livrer aux rebelles dans une ferme de la périphérie d'Alger où l'attendait un militant

FLN de la première heure, son futur mari. Dans les dîners bourgeois en ville, ils s'avançaient tous les deux ; elle, l'insolente beauté pied-noir ; lui, le musulman, l'Arabe, l'indigène. Et quand ses hôtes l'accueillaient en arrondissant la bouche : « C'est pour toi, chère Clémence, que nous avons fait l'honneur à ton mari de le recevoir... », la jeune femme se levait d'un bond et partait en claquant la porte.

Lui, ce soir, fume en silence, abattu et vieilli, regard perdu au-dessus d'un journal en deuil où un éditorialiste a écrit : « Nous avons raté dans ce pays deux occasions historiques : l'indépendance a débouché sur le parti unique, la démocratie sur l'intégrisme. » Au salon, les invités mangent du bout des lèvres et fument cigarette sur cigarette.

— Avant, on vivait mal mais au moins on vivait... soupire une directrice d'école.

— Quand j'ai entendu le résultat des élections, je suis restée au lit toute la journée. Malade, j'étais... dit à voix basse une jeune secrétaire, corps cambré, jambes gainées de noir et talons pointus qu'elle fait claquer sur le carrelage comme les touches d'une machine à écrire.

Elle interroge l'assemblée :

— Que vont-ils faire de nous ?

Personne ne lui répond.

Et puis, il y a l'autre, là-bas, immobile sur sa chaise, avec un regard de noyé qui coule, sourire aux lèvres. Il est humoriste et sait qu'on ne peut rien contre la drôlerie d'un amuseur qui a le cafard :

— Il y a dix ans, on se tenait les côtes devant la télé en regardant les mollahs d'Iran jouer leur farce moyenâgeuse. Aujourd'hui, ce sont leurs cousins qui vont nous diriger...

Il avance une bouche ironique et cruelle :

— Qu'est-ce que vous en dites ?

Dehors, la rue sans ampoules est noire et le trottoir encombré par les travaux d'un métro qui ne roulera jamais. Assises sous les fenêtres de Clémence, quelques ombres barbues montent la garde à côté du siège du Front islamique du salut.

Immobiles dans l'obscurité, les islamistes sont calmes, discrets, vainqueurs. Comme des créanciers qui calculent déjà le montant de la dette à percevoir.

— Il y a dix ans, on se marrait... poursuit le comique, impitoyable, pourquoi est-ce qu'on ne rit plus du tout ?

Il se lève, arrondit son ventre, se déchausse et marche les jambes écartées en imitant un gros barbu. Et les autres sont pris de fou rire.

Une fois le clown parti, ne reste qu'une grosse boule d'angoisse au fond de la gorge que Clémence essaie de faire glisser à coups de whisky. Elle m'entraîne sur le balcon pour contempler sa ville endormie. Elle tenait un bureau de vote dans le quartier et elle a vu arriver les islamistes en bon ordre, avides et pressés de voter. Des familles entières, jeunes filles et vieilles femmes comprises, toutes voilées :

— Ils ont truqué, rogné, volé pendant que nos démocrates pseudo-patriotes traînaient leur air désabusé en week-end. Tu les as vus ce soir ? Ils sont en deuil et veillent en tremblant. Trop tard.

Elle saisit un glaçon dans son verre et le fait éclater sous sa dent.

— Je les connais ces jeunes, habillés en babouches et en *kamis*. Nos enfants en kamis, cette affreuse tunique du Moyen Âge... Mon Dieu, je n'arrive pas à y croire ! Au nom de l'arabisation, on a remplacé des profs normaliens par des ignares venus des écoles coraniques d'Irak ou d'Égypte. Tu les vois nos fiers rejetons de l'indépendance en train de se balancer en ânonnant des sourates ? Et nous, on passait devant leur école, en exhibant notre fric, nos voitures, nos villas et notre arrogance. Notre cher parti unique a cru tout contrôler. Il n'a rien vu venir. Il a autorisé le FIS pour mieux casser les démocrates. Vieille manip. Une bombe à retardement qui lui pète à la figure. FLN ! Prononce ce nom dans les quartiers populaires et tu verras jaillir la colère. Jamais on ne pourra lui pardonner.

— Et les émeutes d'octobre 1988 ?

— C'étaient des gosses, des lycéens qui criaient Démocratie et Liberté. L'armée leur a tiré dessus à la mitrailleuse lourde ! Les mômes sont tombés avec, sur le visage, un air... incrédule. Le lendemain, les islamistes renforçaient les rangs. Tu as entendu parler de la *Hogra* ?

— Non.

— Retiens : Ho-gra... En arabe, la bouche crache le *h* de la première syllabe et la seconde gronde au fond de la gorge. C'est un mélange d'injustice, d'humiliation, de révolte. Intraduisible. Le petit flic de quartier que tu n'oses pas affronter du regard, le fonctionnaire qui tripote ta sœur... Hogra ! Ton père, pieux et honnête, qui doit faire des courbettes à l'administration pendant que le trafiquant-indic parade dans sa BMW en affichant ses passe-droits et ses bagouses... Hogra ! La cigarette que tu dois mendier, le pantalon en jean que tu ne pourras jamais acheter, la parabole télé, les feuilletons étrangers, l'image de tout ce luxe inaccessible... Hogra ! Sers-moi un verre, tu veux ? Je me rappelle un islamiste en 1988, assis en plein milieu de la rue alors que les flics tiraient sur les gosses jusque dans les cours des écoles. Il devait avoir dix-huit ans, pâle, mince, un duvet de barbe noire sur les joues. Et des yeux tellement brillants ! Une brindille à la main, il faisait calmement des ronds dans la poussière. Le fou ! Je lui ai demandé s'il savait qu'il pouvait se faire tuer. Tu sais ce qu'il m'a répondu ? « Je n'ai pas d'argent, pas de travail, pas de diplôme, pas d'appartement pour me marier et donc pas de femme. Alors, autant mourir ici. Pour défendre nos idées. »

Clémence se raidit et appuie son verre glacé entre ses deux yeux. Son regard se perd à travers la buée, elle frissonne :

— Tu veux la vérité ? Sous leurs kamis, ces gosses sont nus de misère. On les a ignorés. Et ils vont peut-être nous égorger.

Ébloui par la lumière blanche du matin, je marche le long du boulevard Souidani qui domine la baie d'Alger. Le rendez-vous est fixé à treize heures, devant l'hôtel Safir, sur le front de mer où un parti démocrate, le FFS, Front des forces socialistes dirigé par Aït-Ahmed, organise une manifestation. J'avance en flottant dans une clarté laiteuse. Odeur de printemps en janvier, jurons des conducteurs pris dans l'embouteillage, bruits de moteurs cassés et de portières qui branlent. La foule dégouline, épaisse et gluante, sur les trottoirs défoncés. Paysans de l'intérieur, Kabyles des montagnes en burnous ou petits fonctionnaires arabes étriqués, en veston et chemise blanche boutonnée au col ; jeunes insolents, rouleurs et maladroits ; belles femmes au regard soutenu d'un trait de khôl, mélange de provocation et de pudeur ; Mauresques aux hanches larges noyées dans la soie blanche, tatouages bleus sur le front et visages boudinés derrière leur voilette... Alger explose de trop de monde. Plusieurs générations ont envahi la capitale après l'indépendance. Ils ont engendré une armée de gosses turbulents, futurs coqs de quartier plantés sur le seuil de leur immeuble, chômeurs à perpétuité, bouillants d'énergie et de désir mais prisonniers à l'air libre. Condamnés à l'ennui, à guetter le passage furtif d'un jupon, un accident de vélo, un mouvement du ciel, ils regardent filer la vie devant eux, sentinelles d'un futur résolument vide. On les appelle les *hitistes*, « ceux qui tiennent les murs », ces façades lépreuses, rongées par le sel marin et la négligence, maculées de graffitis désespérés. Alger se délite. Je progresse dans la foule qui ne s'écarte pas. Les hommes marchent droit sur moi, apparemment aveugles, avancent jusqu'à me toucher puis glissent et m'enveloppent sans céder. Les femmes, elles, fuient en virevoltant, toujours sur la défensive, hantées par la peur d'un contact, du regard appuyé, de l'obscénité que les mâles leur crachent entre les lèvres, à bout portant. Chaque rencontre est un rapport de force, un défi silencieux.

Interdiction de flâner, il faut défendre son territoire et tracer son chemin en brisant des lances. Sur la droite, l'avenue de l'Indépendance plonge en sinuant vers le cœur de la ville. La rue Didouche-Mourad, l'ancienne rue Michelet, mène à la faculté, bastion islamiste peuplé de jeunes filles au visage blême, *hijab* serré au menton, corps effacé, épaules et seins en dedans, fantômes qui chuchotent en baissant les yeux et écrasent un énorme cartable contre la rondeur de leur poitrine. J'ai déjà vu le même uniforme, les mêmes gestes, dans les quartiers d'Assiout en Égypte ou dans la banlieue de Shiah à Beyrouth. La capitale, ces jours-ci, respire un air mauvais. Depuis les élections, la rue mélange à contrecœur ceux qui ont gagné et ceux qui ne se résolvent pas à la défaite. À la radio, ce matin, un ministre a dit une chose stupéfiante :

— Ce ne sont pas les élections qui posent problème... C'est le résultat.

Sur un mur près du port, un graffiti tout frais exige :

« Annulation des élections pour une Algérie moderne ! » Et hier soir, en me raccompagnant sur le pas de la porte, Clémence a laissé tomber d'une bouche amère :

— Dire que je suis devenue une démocrate qui espère un coup d'État ! Tu vas demain à la manif des « naïfs » ? Amuse-toi bien ! Tu me raconteras. Fais bien attention dans la cage d'escalier à hauteur du deuxième étage, il manque une marche et l'éclairage est mort. Bonne nuit.

Et ce matin, au centre d'Alger, je cligne des yeux face à la blancheur de la Grande Poste. Les arcades renvoient les cris des premiers manifestants, les « naïfs » de Clémence, ceux qui croient qu'il faut respecter le résultat des urnes, affronter le second tour et se battre politiquement contre le prochain pouvoir islamiste. Trois générations défilent en rangs serrés, en habit traditionnel, en veste ou en jean. Ils tiennent des rameaux d'olivier à la main et crient des slogans : « Contre les forces de la tristesse ! Ni État intégriste, ni État policier ! » Au balcon du dernier étage de l'hôtel Safir, leur leader leur tend la main et ses cheveux blancs flottent dans le vent marin.

Je m'assois à même le terre-plein au centre de l'avenue, au pied de cette façade crémeuse qui s'appelait autrefois l'hôtel Aletti. Tiens ! Le nom m'est revenu sans effort.

J'étais accroupi sur le siège avant et mes jambes nues dégoulinaient de sueur sur la moleskine de notre voiture familiale, une Simca Aronde Châtelaine, un nom un brin prétentieux pour un simple break doté de gros pare-chocs en chrome lustré et d'ailes bleues arrondies comme des seins maternels. J'attendais là des heures entières, parfois toute une après-midi. Mon grand-père m'avait quitté en me recommandant de « bien me tenir tranquille, ce ne sera pas long, juste une commission à faire, à tout à l'heure, embrasse-moi, petit bandit... » et il disparaissait, droit et magnifique dans son costume gris souris et son éternel chapeau mou, lui qui ne supportait pas le soleil, aspiré par ces arcades immaculées qui tremblaient dans la lumière. Je griffonnais de mauvais dessins sur des cartons de casino, grimoires magiques, en noir et rouge, encombrés de chiffres et de damiers, équations de la fortune, combinaisons de roulette qui débordaient toujours des poches du vieux joueur. Dans les années 30, le jeune homme d'alors ne pouvait s'empêcher de prendre le tramway en marche pour aller jouer aux courses à l'hippodrome du Caroubier. Plus tard, il s'était lié avec le baron Philibert, issu d'une vieille noblesse française et, ensemble, au volant d'une limousine d'époque, ils avaient écumé Paris, la Côte d'Azur, Monaco, ses casinos et ses femmes, avant d'échouer à Lourdes d'où il avait envoyé, dégrisé, un télégramme à son épouse : « Fais soleil. Envoie argent. » Ma grand-mère avait parfaitement décrypté le mystérieux message, ce « fais soleil » qui renvoyait à une pratique magique de bonne femme. Pour lutter contre une insolation, une indigestion ou le mauvais sort, on « faisait soleil » avec un foulard noir, un verre d'eau et pas mal de prières. La deuxième partie du message était, elle, plus triviale mais très claire. Pépé était fauché.

Moi, je guettais longuement ce balcon de l'hôtel Aletti, à l'affût de l'apparition irrégulière d'une mèche de cheveux blancs, du petit salut de la main, comme pour me dire : « Bouge pas, sois sage, j'arrive tout de suite... » Les heures passaient, la mer égrenait ses vagues lourdes et la roulette dorée vidait avec méthode les poches du costume gris souris. Il finissait toujours par revenir, sans le sou, en froissant ses martingales miracles, mettait sa grosse main sur mon front, un peu honteux de m'avoir abandonné. Et il bougonnait un « dors un peu, mon petit... » avant de lancer le moteur surchauffé dans les embarras d'Alger. Pestant contre l'accès de goutte qui lui élançait le pied, mal à l'aise à l'idée d'affronter les remontrances de ma mère sur l'heure tardive de mon retour et résigné à entasser quelques factures de plus dans le dossier des fournisseurs à payer le plus vite possible. Comment lui en vouloir ? Après tout, il n'avait coulé le magasin familial de radio-électricité que deux fois depuis ma naissance. Et ce n'est pas le casino de l'hôtel Aletti, les courses de chevaux à l'hippodrome du Caroubier, ses crises de goutte ou ses jeunes maîtresses qui l'ont tué. Pourquoi l'a-t-on abattu ce jour de février 1962 ? On m'a dit que c'était parce qu'il s'était avancé pour protéger mon père. Mort mon grand-père courage, mon pépé funambule. Et pourquoi a-t-on assassiné mon père, le même jour ? Parce que lui aussi était au mauvais endroit, au mauvais moment. C'est étrange de mourir par hasard. Il est vrai que mon arrière-grand-père, celui qui avait créé en 1916 le magasin que mon grand-père s'employait depuis à ruiner avec tant de soin, était mort à quatre-vingt-dix ans en croyant s'asseoir sur le rebord d'une fenêtre du troisième étage qu'il avait enjambé. On a toujours été distrait dans la famille.

Sous les arcades, autour de moi, la foule des manifestants a grossi démesurément et un photographe me parle d'un cortège de deux cent mille personnes « qui remonte jusqu'à Hassan Dey dans la banlieue d'Alger ». Je le reprends sèchement : « Pas Hassan Dey... mais Hussein-Dey ! » Là où je suis né et où j'allais à l'école, où mon père faisait fructifier avec ardeur le magasin que mon grand-père saignait avec élégance. Hussein-Dey est à plusieurs kilomètres de l'hôtel Aletti et la manifestation qui ne cesse de grossir est devenue un événement. Dans la marée humaine qui défile, les uns redoutent surtout l'État islamique ; les autres, le coup d'État militaire. Tous refusent de choisir. Et le vent qui vient du port transporte avec lui une odeur de vase. Je me dis qu'il ne faut jamais remuer trop violemment le fond des choses, cela risque de faire remonter à la surface d'anciennes pestilences. Je recommence à lutter contre le sommeil qui me gagne. Étrange, cette torpeur persistante. Qu'est-ce que je fais ici ? J'ai encore envie d'un café noir. Le sixième de la matinée. Ici, il est de mauvaise qualité, agrémenté d'un goût de roussi qu'on neutralise d'une grande cuillère de sucre blanc et servi au comptoir dans un verre bon marché, épais et rond du collet. Cela n'est pas une tasse de porcelaine, exhalant un fumet délicat, à saisir entre deux doigts, mais un brûlot qu'on prend à deux mains contre soi, en laissant le verre vous brûler les paumes, les yeux plissés par un début de souffrance, la chaleur intense et cette odeur de café grillé et sirupeux qui vous tapisse les narines. Les pieds dans la sciure du bar, j'allume un cigare doré en évitant les regards des clients. J'adore fumer. C'est un vice, une passion, un baiser permanent. Une façon de goûter le plaisir avant les cendres. Dans ce vieux café d'Alger, je regarde la fumée charnue de mon long Gloria Cubana envahir l'espace, s'insinuer entre les grains de plastique du rideau de l'entrée, prendre son envol en direction du port et m'emmener avec elle en voyage. Le tabac exhale des odeurs de cuir ancien, de cacao et de bois des îles des Caraïbes, il transforme le ciment nu des quais d'Alger en pontons de bois d'ébène d'où partiraient des caravelles blanches bourrées de conquistadors, harnachés de fer et avides de l'or d'Hispaniola. Les yeux fermés, je fume lentement, longtemps. Avant de commander un autre café sous l'œil rieur du cafetier kabyle, musulman sobre et tranquille, amusé par cette débauche des sens. Dans la salle, à l'abri d'un journal ou le nez dans leur verre, les habitués m'observent avec un étrange mélange de complicité et d'envie puis de méfiance et d'animosité. Façon de vous ouvrir les bras pour mieux les refermer. Jusqu'à vous asphyxier. Alger me désarçonne.

Les jours suivants, je reprends ma course dans la ville. Le second tour des législatives approche, le FIS est sûr de l'emporter et les hommes au pouvoir n'ont pas envie de le perdre. Je multiplie les rencontres et noircis mon cahier de notes contradictoires.

Un conseiller FLN, résolument optimiste, me tapote l'épaule :

— Pour nous, ce passage dans l'opposition sera une formidable cure de vitalité !

Un autre, responsable du parti, grave et sombre, balance :

— Faut-il se frotter au réel ou se lancer dans une fuite en avant ?

Un troisième s'alarme :

— Un coup d'État ? Surtout pas ! Ce serait une énorme régression. Un adieu à la démocratie pour vingt ans au moins. Sans compter les violences à venir...

Un quatrième menace :

— Le FIS au pouvoir ? Jamais ! Nous ne laisserons pas faire ça !

Dans le parti, la société, les foyers algériens, la cacophonie est assourdissante. Les uns, confiants, exhibent la Constitution, les autres tremblent en évoquant une liste noire élaborée par l'islamiste Ali Benhadj, l'homme de braise qui sait enflammer la foule des déshérités et réclame déjà vengeance.

À la sortie d'un amphithéâtre, un professeur d'université, ancien communiste et amoureux de musique andalouse, m'a pris par l'épaule en m'expliquant que l'islamisme n'avait rien à voir avec la religion et qu'il n'était qu'un moyen politique d'en finir avec un pouvoir pourri :

— Le doigt montre la lune. Mais l'imbécile regarde le doigt !

Partout, les intellectuels se déchirent sur les conséquences de l'arrivée des islamistes aux commandes du pays : certains parlent de régression féconde, d'autres de promesse de bain de sang. Personne n'est sûr du lendemain. Je ne le sais pas encore mais l'Algérie est à la fin d'un processus de démocratisation avortée et au début d'une longue descente aux enfers. J'ai beau sentir confusément que le pays va reprendre le cours interrompu de la violence, je repousse l'idée de toutes mes forces. Je ne sais rien de ce pays ! Pourquoi le scénario du pire serait-il le plus probable ? Pourtant, quelque chose au fond de moi me dit qu'on marche vers le chaos.

Le régime a déjà fait emprisonner les deux leaders du FIS, fondateurs du mouvement, Ali Benhadj le prêcheur et Abassi Madani, notable FLN reconverti à l'islamisme. Reste Abdelkader Hachani, un ingénieur en pétrochimie, partisan de la conquête du pouvoir par les urnes. Il tient une réunion à la mairie d'Alger, au cœur de la capitale. J'y cours. En arrivant près du bâtiment, une odeur épicée de viande grillée me chatouille le nez. J'entre dans une gargote et j'avale une demi-douzaine de fines brochettes, histoire de sacrifier en gourmand aux clichés puis, gavé, je traverse le boulevard face à la mairie. À l'entrée, un austère barbu du service d'ordre filtre, l'œil sévère. Lui ne fume pas, ne boit que de l'eau, se lève avant le soleil pour la première des cinq prières quotidiennes et doit passer le plus clair de son temps entre la mosquée de Belcourt et les salles de karaté. À l'intérieur, le geste autoritaire, il tend un châle noir aux femmes journalistes. L'une d'elles refuse et tourne les talons ; les autres s'exécutent en grimaçant. Marc, reporter radio et sympathique grande gueule, arrondit la bouche face à sa voisine, une brune piquante enroulée à contrecœur dans un morceau de couverture rêche :

— Tourne-toi un peu... marche... quelle délicatesse ! Tu as l'air d'une Peugeot 404 bâchée.

Elle lui tire la langue.

Sur l'estrade, Abdelkader Hachani avance une trentaine élégante :

— *Bismillah Al Rahman Al Rahim, wa Mohamed rassoul Allah...* Au nom de Dieu le Clément, le Miséricordieux. Mohammed est son prophète.

Tout le monde se fige. L'ingénieur en pétrochimie, fils de bonne famille, sait à l'occasion parler un français impeccable. Je remarque le calot blanc immaculé sur la tête et le beau sourire flottant en permanence sur ses lèvres. L'ingénieur ne manque pas d'humour et son discours oscille entre séduction, ironie et menace :

— Le gouvernement devrait déclarer sa joie puisqu'il a réussi à tenir sa promesse... d'organiser des élections !

— *Allahou Akbar !* Dieu est grand ! lance l'assemblée.

— Le FIS n'est pas prêt à abandonner son projet d'État islamique. L'Islam, c'est la lumière ! Pourquoi le craignez-vous ?

— Allahou Akbar !

— Celui qui s'oppose aux résultats des urnes ne s'oppose pas au FIS. Il s'oppose au choix du peuple.

— Allahou Akbar ! Allahou Akbar ! Allahou Akbar ! concluent aux premiers rangs une cinquantaine de gravures de pierre, figées dans leurs barbes, les nouveaux députés élus dès le premier tour.

On prie. Et l'orateur en profite pour s'esquiver en coulisses. Dehors, la rue est bourrée de flics. Hachani sait qu'il peut être arrêté à tout moment. Je dois le suivre. J'enjambe une table en direction de l'arrière-salle. Derrière les rideaux, un homme en kamis blanc me barre le chemin. Jeune, les yeux bleus délavés, il porte barbe et cheveux blonds. Une allure de pâtre grec :

— *Mamnou' !* Interdit ! On ne passe pas.

— Écoutez, je ne veux pas lui parler. Simplement m'assurer qu'on ne va pas l'arrêter à la sortie.

— Et alors ? Ce n'est pas toi qui vas le sauver...

— Non. Mais je pourrais le raconter.

— Qui es-tu ?

— Journaliste. Français. Et toi ?

— Moi ? Pourquoi ?

— On peut se revoir ?

— *Inch'Allah !*

— Comment te joindre ?

— Demande simplement Abdelatif. — Et la main du pâtre grec s'abaisse. — Va !

Dehors, j'aperçois le calot blanc filer le long du boulevard, emporté par une armée de gardes du corps en kamis. Je les rattrape en jouant des coudes. Des flics en civil observent à distance. Je cherche le piège. Plus loin, une limousine noire attend. Le chauffeur, un islamiste, fait déjà tourner son moteur. Il reste à traverser le boulevard envahi par la circulation et les gardes du corps se jettent au-devant du flot des voitures qui freinent en catastrophe. Une petite Fiat a du mal à s'arrêter. Immédiatement, un géant barbu, le front déformé par une bosse de prière, étale ses cent kilos sur le capot de la voiture. La Fiat bascule, se soulève et les roues arrière patinent. À l'intérieur, une femme habillée à l'européenne serre un gamin en pleurs. Le géant immobilise la voiture de ses bras, se hisse jusqu'au pare-brise, les yeux face au visage hagard de la femme, son rouge à lèvres, ses boucles d'oreilles et son brushing :

— Putain ! vomit l'islamiste.

Il lève haut sa main droite et l'abat à plat sur le pare-brise qui résonne sous la gifle. À l'intérieur, le gosse se met à hurler. La conductrice panique, accélère, veut s'échapper et ne réussit qu'à faire caler son moteur.

— Sale putain !

Une deuxième claque, énorme, écrase le pare-brise qui s'étoile sous le choc, comme s'il avait été chargé par un taureau de combat. La femme sursaute, actionne sa clé de contact, arrive à redémarrer et s'échappe en zigzaguant.

— On s'occupera de toi plus tard ! hurle le géant. — Il toise la foule, interdite. — On s'occupera de vous... promet le bon quintal de haine.

Puis il court retrouver les autres gardes du corps qui poussent déjà leur leader à l'abri de la limousine noire. Les flics n'ont pas bronché. Il faut que je revoie Abdelatif.

Je cherche un taxi. Une voix aiguë m'arrête .

— Vous avez vu, hein ! Vous les avez vus et vous fuyez ! Évidemment, vous ne raconterez rien... Pourquoi cachez-vous la vérité dans les médias français ?

Elle est brune, tête nue, mince et jolie avec de petits

seins qui pointent sous son chemisier. Sa peau blanche s'empourpre et ses lèvres frémissent de colère :

— Vous avez vu cette racaille ! Mais on ne les laissera pas faire. Oh non ! On va se battre. Avec ou sans vous. Contre vous, les Français, s'il le faut !

Un taxi s'arrête à ma hauteur. Elle fait mine de me sourire mais ses petites canines blanches déchirent l'air alentour.

— Alors ?

Elle s'approche, le visage soudain déformé par la détresse, la bouche suppliante et regarde derrière moi comme pour détecter des oreilles ennemies :

— Vous voulez comprendre... Oui ou non ?

Elle s'approche encore, me saisit le bras et me souffle comme un secret :

— Il y a une réunion de femmes libres à la Maison du syndicat des travailleurs. Suivez-moi.

C'est un ordre. D'ailleurs mon taxi est parti. Et sur le trottoir, l'inconnue fend déjà la foule en agitant fermement un bras diaphane dans ma direction. J'emboîte le pas d'insecte nerveux de cette mante antireligieuse.

À dix minutes de là, dans un amphithéâtre, un millier de femmes chantent l'hymne algérien, debout face au drapeau national vert et blanc, frappé du croissant et de l'étoile rouges. À la fin, les youyous et les applaudissements explosent. On crie, on s'interpelle : « Nassera ! Enfin, te voilà ! » Tiens ! ma mante a un prénom humain. D'un joli mouvement de tête, elle secoue ses antennes et s'envole dans la foule. Sur le podium, une femme aux cheveux roux se rue, frémissante, vers le micro :

— Doit-on accepter un État islamique importé d'Iran, du Soudan ou d'Arabie Saoudite ?

— Non ! ! ! hurle l'assemblée.

L'oratrice tend une main fine et le silence revient aussitôt. La demoiselle a du métier...

— Chaque soir, on me menace de mort ! — Un frisson passe dans la salle. — Ma mère m'a dit : « Comment ce pays, si beau, peut-il devenir un pays de barbares ? » — Nouveau frisson. — Femmes ! N'oubliez jamais la campagne haineuse contre nous, dans les mosquées. Ni les femmes patriotes traitées de « filles de Massu », nos sœurs agressées au vitriol, les appartements de célibataires incendiés, la police religieuse déjà dans les facs, les crèches fermées dans les mairies du FIS, les fêtes attaquées pendant le ramadan, le sport féminin condamné. En vérité, je vous le dis, ils vont légaliser la polygamie, instaurer la flagellation et la lapidation à mort pour adultère ! — La salle vacille. — On me menace, on nous menace, parce que nous sommes femmes ! — La pasionaria se fait mater dolorosa et laisse couler ses larmes : — Ma mère m'a dit : « Va demander aux *moudjahidet* comment elles ont combattu la France autrefois. »

La foule fait mouvement et une *moudjahida*, ancienne combattante de la guerre d'Indépendance, empoigne le micro :

— En 1954, on s'est battues. La guerre contre les colons français a fait un million, un million et demi de morts, sans doute plus mais on a arraché la victoire. Il est temps de remettre ça, une fois pour toutes ! Nous sommes des millions d'Algériennes. Sortons toutes dans la rue !

Dans la salle, un projecteur s'allume et une équipe de télévision commence à tourner. Des femmes s'écartent, prudentes, de l'œil de la caméra. On vocifère contre une journaliste parisienne qui a eu le malheur de filmer quelques femmes de la bourgeoisie en train de danser dans la discothèque de l'hôtel El Djezaïr, au soir des élections, avant le choc des résultats. Images banales devenues soudain insupportables pour l'assemblée qui craint le courroux de barbus puritains. Du coup, des voix parlent de scènes truquées, tirées des archives et manipulées par le mauvais génie français !

— On nous fait passer pour des putains ! Où est la journaliste ? Qu'elle s'explique, là, devant notre tribunal ! éructe une femme.

Celles-là mêmes qui, l'instant d'avant, reléguaient les islamistes au Moyen Âge aimeraient bien dresser le bûcher pour y faire brûler quelques images-vérité. Je sors.

Dehors, une jeune femme aux yeux verts fume calmement une cigarette. Elle regarde mon carnet de notes et sourit :

— Superbe volée d'hystériques, non ?

— Elles ont peur. Pas vous ?

— Des barbus ? Oh ! Ils sont tristes à en crever. Avec eux, tout est interdit, *layadjouz*, comme on dit en arabe.

— Tout ?

— La danse, le raï, la musique Châabi, la chanson kabyle, celle des Aurès, les mélodies andalouses... Layadjouz ! Le cinéma, le théâtre, les boîtes, la sensualité, le soleil, la mer, les vagues... Layadjouz ! »

— Vous êtes de quel côté ?

— Bonne question. Mon amie d'enfance est devenue islamiste. La pauvre ! En hijab et mariée à un sale con qui lui fait mal l'amour, comme on commet un péché. Mon père est flic, ma mère est une ancienne combattante que l'Algérie, reconnaissante, s'est empressée de renvoyer manu militari à ses cuisines ! Moi, je suis algérienne, née musulmane, je fume, mes parents m'emmerdent et je vais à la fac où il y a autant de filles d'un parti que de l'autre. Et je n'ai pas envie de tuer mon amie d'enfance ! — Elle émet un petit rire de gorge : — Alors, dites-moi, de quel bord suis-je ?

J'ai besoin de marcher un peu, de prendre l'air dans cette ville en fusion, bourrée jusqu'à la gueule de contradictions et de violence contenue. Je revois cette inscription, tracée six ans plus tôt, à vingt mille kilomètres de là, entre deux cocotiers, sur une façade chaulée de blanc du Pacifique. À Nouméa, Nouvelle-Calédonie, en pleine révolte kanake, une main désabusée avait écrit : « Il y a quelque chose de pourri au royaume du Danemark. »

À l'hôtel El Djezaïr, le hall grouille comme le hall d'un lycée un jour de rentrée. Il y a les nouveaux, l'oreille tendue, reporters débutants qui papillonnent et notent tout ; les éternels anxieux, sombres et tourmentés, qui redoutent d'avoir manqué la bonne information ; les faux blasés, les vrais cyniques et les autres, vieux briscards économes de mots, le regard transparent, attentifs à ne pas dévoiler leurs projets. Je croise un ami qui tourne en rond :

— Ça sent mauvais, hein ! — Il m'entraîne à l'écart : — Écoute... Il y aurait des bruits de chenilles près du port, du côté de l'Amirauté. Il est trop tard pour vérifier l'info ce soir. J'y vais demain très tôt. Je t'appelle si l'histoire se confirme. Salut.

À la réception, un message de Paris m'informe de l'arrivée, dès le lendemain, de Farid, un journaliste de la rédaction envoyé en renfort. Farid, né à Belcourt et élevé à Barbès, est un authentique Parisien, électrique et drôle qui porte une fine moustache, une boucle à l'oreille droite et parle aussi bien l'arabe algérien que le kabyle. Je soupire, soulagé. Son aide me sera précieuse. J'ai rejoint ma chambre et commandé une salade, deux bouteilles d'eau minérale et un thermos de café. J'ai passé une partie de la nuit à fumer, le nez sur la fenêtre grande ouverte, avant de m'endormir la tête lourde pour une nuit de cauchemars parcourus par les chenilles de chars conduits par des hommes sans visage. J'ai horreur de ces masses de métal lisse qui avancent en rampant et crachent un nuage de fumée noire écœurante, odeur de diesel et promesse de mort. À Bucarest, en Roumanie, pendant la chute de notre camarade-guignol-sanglant Ceauşescu, on se battait sur la place du Comité central. En pleine nuit, des snipers inconnus tiraient des toits d'immeubles. En face, des chars avançaient dans des ruelles sans lumière et, avec un sens tout balkanique de la modération, tiraient sur eux au canon. Tout le monde courait à l'aveugle en essayant d'éviter les obus et de comprendre le sens de cette gigue nocturne. Dans la nuit, Jean-Louis, journaliste de télévision, guidait son caméraman en le tenant par les épaules. Une fois l'œil collé à l'objectif, ces gens-là deviennent aveugles au monde alentour. L'un filmait, l'autre le poussait ou le tirait en arrière, chenille d'ivrognes pour un mauvais réveillon de Noël. Il faisait très froid. Je connaissais Jean-Louis, fils de républicain espagnol aux allures de prince de Castille, sa moustache légère, son humour et son œil étonnamment vert qu'il promenait sans cynisme sur le monde. La veille, il m'avait parlé de la naissance de sa fille comme un écolier gourmand qui bave devant une pâtisserie. Les chars, arrêtés, faisaient gronder leurs moteurs pour bloquer leurs chenilles avant de lâcher le tonnerre de leur canon. Le bruit était infernal, l'obscurité épaisse et les tankistes, haut perchés dans leurs armoires métalliques, ne voyaient rien autour d'eux. Tout le monde était sourd et aveugle cette nuit-là.

Quand un de ces fils de paysan roumain a fait bondir son char en avant, le prince de Castille a juste eu le temps de sauver son caméraman en le projetant sur le côté. La chenille du monstre lui a agrippé une jambe, l'a fait tomber puis a fait rouler ses dizaines de tonnes sans âme sur l'homme délicat plaqué le nez contre l'asphalte. Je n'ai pas voulu voir son corps à la morgue de Bucarest.

Quelques semaines plus tard, un journaliste esthète parisien venu de Saint-Germain s'est promené dans le calme retrouvé de la place du Comité central ; il n'a pas relevé d'impacts sur un bâtiment et a conclu qu'il ne s'était rien passé. Avant de s'en aller à la recherche d'autres paradoxes exquis. Dans mon cauchemar, cette nuit-là, à l'hôtel El Djezaïr, je me voyais à genoux sur lui, les doigts serrés autour de sa gorge violacée, en train de lui faire répéter, mécanique : « Il ne s'est rien passé. Non, il ne s'est rien passé. Rien du tout... »

Je me suis réveillé en sursaut, un peu honteux de ce songe puéril, en fureur contre le monde entier. En moi grondait encore le bruit des chars. Ma chambre puait le café froid et le tabac. Le nez dans la lunette des WC, j'ai vomi.

— Huit mois que je cherche des vis platinées ! tempête Mustapha, agrippé au volant de sa vieille 4L beige qui peine à démarrer.

Le moteur tousse et le tuyau d'échappement émet des explosions désordonnées. La voiture bondit en avant sur la rue Didouche-Mourad, s'arrête aussitôt, pique du nez, rebondit et démarre enfin. Durement secoué, convulsé de rire, je m'agrippe au tableau de bord :

— J'ai fait tous les garages d'Alger. Les grands, entièrement vides ; les moyens, moyennement vides et les tout petits, bourrés de pièces détachées hors d'usage. Je passe ma vie dans les embouteillages, dans cette 4L qui saute comme un kangourou pris de hoquet. J'arrive dans un garage : « Bonjour, je voudrais des vis platinées. S'il vous plaît ! » Tu verrais la tête des garagistes... J'ai l'impression d'avoir demandé un magazine porno ! Ils me regardent en articulant : « Des vis-pla-ti-nées ! » Moi : « Oui, mon frère, c'est-à-dire les pièces de contact du rupteur d'allumage d'un moteur à explosion autrefois recouvertes de platine, d'où leur nom, aujourd'hui remplacé par du tungstène... » Alors, ils s'énervent : « Tu nous prends pour des imbéciles ou quoi ? On est mécaniciens. » Moi : « Alors, vendez-moi, je vous prie mes frères — Que la paix soit sur vous et votre garage ! — une toute petite paire de ce que vous savez ! » Eh bien le dernier garagiste que j'ai interrogé ce matin m'a regardé comme un extraterrestre et il est parti en grommelant des choses obscures sur mon père ! Conclusion : dans Alger, grande capitale d'un immense pays dormant sur des milliards de barils de pétrole, on trouve peu de pièces détachées et surtout pas de vis-pla-ti-nées !

Je regarde Mustapha, son air de colère feinte, son humour acide, son visage rond, gourmand. Je l'ai rencontré il y a quelques jours à peine et tout le monde nous prend déjà pour une paire de vieux amis. Il a fait, comme moi, ses études à Toulouse et nous avons le souvenir du même restaurant universitaire aux repas chiches illuminés par le sourire et les formes d'une cantinière fellinienne. Il m'a très vite confessé des choses graves, comme sa passion éperdue pour le saucisson à l'ail — du cochon, layadjouz ! — qu'il dévore en cachette de sa vieille mère. Le fils pudique sait que sa mère sait, bien sûr, depuis le jour maudit où elle l'a surpris dans la cuisine en plein ramadan. Aujourd'hui, il montre toujours le même appétit pour le saucisson à l'ail et la justice et peut réciter les yeux fermés des pages entières de Camus. De retour à Alger, élève pendant trois ans de l'ENA locale, il aurait pu devenir haut fonctionnaire, préfet ou ministre comme ses copains de promotion et se faire transporter dans des limousines aux coffres bourrés de vis platinées. Le fou a préféré devenir journaliste.

Nouvelle explosion du moteur ! Le flic au carrefour sursaute et nous fixe, l'œil méchant :

— Ouf ! Le monde n'imagine pas qu'on puisse se faire abattre en plein jour à Alger à cause d'une paire de vis ! Tu imagines l'avis de décès dans mon propre journal, page douze, colonne de droite, ligne vingt. En gras, bien sûr ! « Mustapha C., 41 ans, journaliste et chroniqueur, martyr, mort à son poste, au volant de sa 4L, des suites d'une attaque de vis platinées et de la riposte armée d'un flic de quartier. Que Dieu ait son âme et le recueille au paradis des victimes des garagistes ! » — Il lève les yeux au ciel : — Amen ! — Puis il prend un air de conspirateur : — Écoute, c'est sérieux ! Au journal, j'ai obtenu une information confidentielle. Note ! Il paraît qu'on peut trouver des vis platinées au Maroc. Si ma voiture tient jusque-là, j'y cours dès la semaine prochaine. Inch'Allah !

Accroché au tableau de bord, je ris de plus en plus fort, pris de hoquet et secoué par les cahots. On file vers Tammenfoust, une crique lovée à l'extrémité orientale de la baie d'Alger, là où Mustapha assure qu'on peut manger « le meilleur poisson d'Algérie, c'est-à-dire du monde ! » La 4L longe la plage d'Aïn-Taya, ses gros galets ronds et ses vagues dignes du Pacifique Sud. Autrefois, quand notre Simca Aronde Châtelaine familiale s'échouait un dimanche d'été sur ces dunes, un grand frisson me gagnait. Je m'avançais nu ou presque, un matelas pneumatique sous le bras, la peau toute hérissée par le vent, le cœur cognant au rythme de la houle assassine. Surtout ne pas regarder en arrière vers mes parents inconscients, leur sourire benêt et leurs petits gestes de la main pour m'encourager à me jeter dans cet abîme bleu. Je gonflais la poitrine, je marchais droit et je perdais pied, à un mètre à peine du bord. Rageur, je nageais contre le flot, accroché au matelas, jusqu'à passer les premières vagues. Un coup de reins et j'apercevais l'autre rive derrière moi, frontière de sable d'un monde perdu. Puis j'enfourchais ma monture de plastique pour l'engager résolument au sommet du prochain mur d'eau qui s'approchait en grondant. Et je réinventais le surf. Après, c'était l'Apocalypse. La course folle sur l'écume, le vent et l'eau qui m'aveuglait, la vague qui brisait sur le fond et, immanquablement, mon navire en toc qui piquait du nez. Puis une main de géant m'attirait vers les abysses, me maintenait asphyxié sous des tonnes liquides avant de me passer le corps au rouleau compresseur des graviers du fond. Je me voyais mourir en héros, perdu mais initié. Mais le dieu des fonds marins, sans doute ébranlé par mon courage fou et ma jeunesse, ouvrait ses doigts d'algues vertes et relâchait sa proie au pied du premier parasol de la plage. Abreuvé d'injures par la tribu des dormeurs bronzés, je rampais, sourd et aveugle, les yeux et les oreilles pleins de sable, toussant, crachant une eau trop salée qui me décapait le corps de l'intérieur. Enfin, je me laissais aller, dauphin épuisé mais vainqueur. Les épaules abandonnées aux baisers chauds des galets et le ventre exposé à la douce brûlure du soleil, je regardais la lumière céleste qui filtrait entre mes paupières mi-closes. Je renaissais ! Et je plongeais aussitôt dans un sommeil réparateur.

Au retour à la nuit, toute la famille s'entassait dans la Simca Aronde Châtelaine : mon père au volant, colosse en ombre chinoise illuminé par les phares des voitures qui nous croisaient et ma mère Suzanne, abeille infatigable qui énumérait les tâches à accomplir dès notre arrivée. Sur la banquette arrière, mes deux frères, Daniel le cadet et Claude le benjamin, deux blondinets, toujours profondément endormis, et moi, survivant du grand bleu, tout écrasé de soleil, confit dans le sel marin. Je redoutais l'épreuve finale infligée par une mère tortionnaire qui nous plantait debout dans l'évier de la cuisine et nous frottait — horreur ! — au gant de crin, à l'eau froide et au savon de Marseille.

Une explosion. Puis une série de détonations sèches. La 4L de Mustapha attaque une côte :

— Ne t'endors pas. On arrive à Tammenfoust. Est-ce que tu sens déjà l'odeur du poisson ? jubile le gourmand en essayant de rétrograder sans caler.

La crique est minuscule, enroulée autour de villas et d'énormes cubes rocheux. De petits restaurants sont creusés dans la digue de béton. Au sommet, face à la mer, on a posé des nappes en papier blanc sur des tables de camping.

Mustapha commande du poisson et de la « gazouze », pour pallier l'absence de vin. L'air marin poisse le col des chemises et la limonade, trop sucrée, englue les doigts. Je fume en regardant des adolescents en short déchiré plonger du haut des rochers, sous le regard brillant d'une jeune fille qui mordille son voile. Un turban apparaît au sommet de la digue rocheuse précédé d'un immense plat métallique débordant de mérou grillé, de daurades roses, de merlans et de rougets. On fait silence. Le nez dans le vent salin, nous mangeons la mer en la regardant dans les yeux.

— La première fois que j'ai eu le soupçon de la catastrophe, dit Mustapha en rompant le charme, c'était en 1967. Israël venait de battre les armées arabes. Immédiatement, au prétexte du « danger extérieur », le gouvernement a bouclé les frontières et exigé une autorisation de sortie pour voyager. J'ai passé soixante-dix jours — plus de deux mois, tu m'entends ! — à faire la queue devant le bureau du sous-préfet. Un type grassouillet, arrogant, irascible, qui nous passait en revue comme des conscrits à poil. Cette sinistre comédie bureaucratique a épuisé l'énergie de centaines de milliers d'Algériens... pendant douze ans ! L'année suivante à Miliana, un formidable incendie a ravagé la montagne. Elle brûlait jour et nuit. La terre fumait de douleur et les yeux nous piquaient jusqu'au fond de notre lit. Le même sous-préfet a été magnifique : il a oublié de déclencher le plan incendie ! Les militaires, qu'il n'a pas mobilisés, sont restés dans leurs casernes à regarder la montagne qui flambait. Mais on a décidé d'envoyer la population éteindre l'énorme brasier.

« Quand tout a été consumé, on a rendu aux familles les corps de vingt-quatre adolescents carbonisés. Des lycéens, en majorité. Je n'ai pas voulu identifier les cadavres de mes copains. À cause de cette nausée qui me barbouillait l'estomac. Pendant les deux jours qui ont suivi, nous nous sommes retrouvés dans la rue, côte à côte avec de braves fellahs qui n'avaient jamais osé lever les yeux face à un fonctionnaire. Ensemble, on a affronté les gendarmes, attaqué le commissariat, la sous-préfecture et foutu le feu aux véhicules de l'Administration. Évidemment, la presse de l'époque n'a pas écrit une ligne. Comme d'habitude !

« Aujourd'hui, le sous-préfet a été promu secrétaire général dans un bureau confortable de l'Administration et le commissaire de police est devenu un avocat du FIS ! Les gens meurent, les systèmes demeurent.

Il tend le doigt vers l'extrémité de la crique, là où la plage s'arrête au pied d'une enceinte de verdure :

— Regarde. Voilà une des villas du président Chadli. Lui aussi aime les rougets grillés. En 1971, quand j'étais étudiant à la fac, je venais jusqu'ici en stop et à pied, un casse-croûte dans la poche, deux tranches de pain frottées à l'ail, une tomate bien écrasée pour que le jus imbibe la mie, du gros sel et de l'huile d'olive... miam, un délice !

— Continue, tu veux...

— D'accord. Notre fac s'est mise en grève. À l'époque, pour Boumediene, c'était un camouflet. Les flics nous ont matraqués jusqu'à l'intérieur du campus. Au bout de vingt et un jours, le gouvernement nous a ordonné de reprendre les cours, sous peine d'être radiés de l'université. Nous avons cédé. Le lendemain, nous étions là, mornes et silencieux, à émarger sous le regard noir des agents de la sécurité militaire. Quelle erreur ! C'était une occasion unique de leur tenir tête. L'université ne s'en est jamais relevée. Les nouvelles règles étaient claires : pas de revendications, pas de contestation. Il fallait se soumettre ou se démettre. Après, le pouvoir a nationalisé le pétrole dans un sentiment de fierté générale. L'agriculture, elle, marchait aussi bien que ma 4L dans la côte de Tammenfoust, tu vois ? Une année, à Jijel, la récolte de tomates a été exceptionnelle. Tant mieux ! L'ouest du pays en manquait cruellement. Le problème est qu'on n'avait pas de caissettes pour les transporter. On a fini par enterrer les tomates pourries au bord des champs, sous l'œil des cultivateurs, ni attristés ni furieux. Simplement sidérés. Mais le système tenait toujours, en agitant d'une main le « complot de l'étranger » et en plongeant l'autre dans les caisses du pays, tenues par des hauts fonctionnaires, rebaptisés « hauts ponctionnaires » tellement ils touchaient d'enveloppes en passant des marchés. Nous, grugés, écœurés, regardions ça, en désespérant de nous débarrasser un jour d'un personnel politique pourri, en place depuis l'indépendance ! Et aujourd'hui...

Mustapha s'est tu, soudain un peu pâle, le regard

perdu sur la ligne d'horizon et un bateau qui croise vers le large :

— Pour la première fois de ma vie, je pense qu'il faudra que je m'en aille...

— Scénario catastrophe !

— Ici, tu devrais le savoir, le scénario du pire est toujours le plus vraisemblable.

— Allons ! Tout n'est pas joué.

— Tu plaisantes ?

Il repousse son assiette et balaie du revers de la main la nappe de papier sale :

— Tu veux faire le bilan de la catastrophe ? D'accord ! D'abord, un régime chancelant qui n'a comme béquille qu'une armée à la fois juge et partie. Deux, un pays coupé en deux, divisé par une ligne de fracture qui passe au milieu du lit conjugal. Avec, d'un côté, ceux qui applaudissent le futur coup d'État républicain et, de l'autre, ceux qui pensent que le remède est pire que le mal. Sans compter les nouveaux *moudjahidines* barbus qui commencent à prendre le maquis. Trois, la barbarie qui pointe à nouveau son museau. Tu sais ce qu'a décrit un journal hier, croyant se faire l'écho d'un triomphe exemplaire : des cadavres de « terroristes » attachés à la tourelle d'un char et promenés dans un village du bled. Oh, je n'y crois pas ! Pas encore. Si l'information est vraie, l'armée a perdu son âme. Si elle est fausse, elle en dit long sur nos fantasmes et sur la violence à venir. Jamais je n'ai eu le cœur au bord des lèvres comme aujourd'hui.

Il me regarde et se force à rire :

— Ne fais pas cette tête, mon vieux ! Et termine le poisson. Le meilleur du monde ! Ma mère me dit souvent — Que la paix du prophète, des garagistes et des poissonniers soit sur elle ! — que c'est très mauvais de vomir le ventre vide !

Je contemple la mer, sa couleur mate des après-midi d'hiver, les gosses au short déchiré qui ramassent leurs hardes sur les rochers et s'en vont dans l'ombre de la digue qui déroule un linceul sous leurs pieds. Une odeur forte d'algue monte de la terre.

— Tu sais... Je crois que nous entrons dans la nuit.

J'ai roulé toute la journée dans une ville qui retient son souffle. Les murs me renvoient en écho les plaintes de ma voiture de location japonaise, toute neuve mais déjà aussi déglinguée que la 4L de Mustapha. Personne ne se bouscule sur les trottoirs, la rue est calme, la circulation fluide, les flics discrets et les conducteurs retiennent leurs insultes. Anormal, même pour un samedi. Sur les hauteurs de Bab el-Oued, je longe des cités étriquées où le linge et la promiscuité étouffent les fenêtres. Ici, trois générations vivent dans des deux-pièces, familles de douze personnes qui ont toutes fini par voter FIS. Un grand minaret domine désormais l'ancien stade de football de Saint-Eugène. Plus loin, en suivant la côte, il reste encore quelques villas françaises, posées bien d'aplomb sur la mer et inondées de soleil. À Raïs Hamidou, autrefois pointe Pescade, le quartier résidentiel a été avalé par d'anciens bidonvilles reconvertis en cités croûteuses. Je fais demi-tour, quitte la côte et remonte vers le cimetière d'El Khattar, nécropole surpeuplée elle aussi, enroulée autour d'un long virage. Les morts et les vivants se marchent sur les pieds. Je roule. Soudain, à cinq kilomètres d'Alger, devant l'hôpital militaire d'Aïn Nadja, des troupes fraîches plantent leurs tentes sur un vaste terrain libre. Tout pue la gesticulation militaire. Entre le président Chadli qui a perdu toute autorité et l'armée a commencé un bras de fer inégal.

D'abord, on a discrètement recensé les lits d'hôpitaux et consigné les appelés dans les casernes. Des convois militaires ont quitté de nuit leurs cantonnements, à Alger, Oran et Constantine. Maintenant, ils se montrent. Le président a osé parler de cohabitation avec les islamistes. Pour les militaires, c'en est trop. Hier, des généraux ont fait irruption dans son bureau, sans armes mais avec une lettre comminatoire signée de la main de cent quatre-vingt-un colonels et chefs de corps, une lettre qui ne dit qu'une seule chose : « Démissionnez ! » Vaincu, il s'accroche encore au pouvoir mais il est seul. Je ne le sais pas encore mais, ce matin, deux gros hélicoptères ont survolé la ville et ont déposé deux cents commandos parachutistes au siège de l'Amirauté. Chadli n'a plus le choix, les généraux sont à nouveau devant lui :

— Dans l'honneur, Sid El Raïs. Vite ! Pendant qu'il est temps encore !

C'est un ordre. Il signe. Nous sommes le 11 janvier 1992, politiquement, le président Chadli n'est plus.

À six mille mètres d'altitude, on se sent inaccessible. Au moment même où le président remet sa démission, Abdelkader Hachani, leader de l'opposition islamiste, l'homme au calot blanc immaculé, est plus que jamais proche du ciel dans l'avion qui le conduit vers la très religieuse Constantine. Là-bas, les fidèles l'attendent pour continuer la campagne pour le second tour des législatives. Il doit sûrement remercier Dieu de l'avoir inspiré, convaincu d'avoir eu raison de prôner la marche du parti vers les élections, contre les autres, les durs, surtout les anciens d'Afghanistan, ceux qui décrètent la démocratie impie, crachent sur les urnes et appellent au djihad, la guerre sainte. Oui, Abdelkader peut se réjouir et remercier Dieu de la victoire écrasante du FIS.

Tard dans la nuit, Farid m'a raconté la suite grâce à un de ses amis, passager lui aussi du même avion pour Constantine.

— Excusez-moi, Ya Sidi...

— Oui... ?

À moitié assoupi, son calot blanc entre les mains, Abdelkader Hachani n'a pas vu arriver le steward qui va briser son rêve. L'employé d'Air Algérie se penche à son oreille et articule la nouvelle entendue à la radio de bord :

— Ya Sidi, le président Chadli... *khlass*... démission.

Le reste se perd. Abdelkader Hachani, soudain livide, se crispe sur son siège et demande un verre d'eau. Il est trop fin politique pour ne pas avoir compris. Tout est désormais suspendu. Le second tour n'aura jamais lieu. Le parti de Dieu est floué. La victoire, sa victoire, a désormais un goût de soufre. C'est l'œuvre de Chitane, Satan, le Diable ! Hagard, Abdelkader regarde s'éloigner lentement le steward dans l'allée centrale et ses mains nerveuses, muées en tenailles, froissent le tissu délicat de son calot blanc.

Au petit matin suivant, les blindés ont pris position devant le palais du gouvernement, les principaux ministères, le bâtiment du Trésor, le central téléphonique et le siège de la radio et de la télévision. J'appelle Mustapha. Il n'a pas fermé l'œil de la nuit et sa voix est lasse :

— Voilà ce que je redoutais. Je te l'avais annoncé. Et pourtant, je ne voulais pas y croire. Ils l'ont fait ! Les fous...

Je fonce vers les hauteurs de la ville, pour un rapide examen des banlieues. Les rues des cités sont pratiquement désertes. Je dévale la montagne. Alger surgit au détour d'un virage, avec ses vagues de maisons blanches qui descendent rejoindre celles mousseuses du littoral. En apparence, rien ne semble avoir changé. Tout s'est fait en coulisses. Dans les salons présidentiels, derrière des rideaux lourds, autour de tables aux fines mosaïques et sur la moquette épaisse des couloirs. Un ballet silencieux d'hommes en uniforme : un coup d'État sur canapé. Comment vont réagir les barbus ? Les durs, les afghans et les autres ? Tous les autres.

Ma voiture japonaise est tombée en panne. Je l'ai abandonnée et j'ai marché toute la journée dans la ville, comme pour mémoriser un visage qui risque de s'effacer. En fin d'après-midi, je retrouve Farid, inquiet :

— Voilà des heures que je te cherche ! Tu as vu le dernier communiqué du FIS ?

Je lis : « Nous appelons les combattants, les savants, les imams, les officiers de l'armée, les soldats, les enfants de martyrs à se dresser en un seul rang face à la clique du pouvoir. Dieu a dit : "Nous voulons accorder nos bienfaits à ceux qui ont été humiliés sur cette terre." »

On se regarde, soudain abattus. Il me souffle :

— On n'est pas près de rentrer à Paname ! Vendredi, il faudra faire un tour à Bab el-Oued, à l'heure de la grande prière. Tu as vu le ciel ce soir ?

Je regarde. Il a une couleur rouge sombre. Il hésite puis lâche la question qui nous ronge :

— Les kakis d'un côté, les verts de l'autre. Et aucun ne veut céder... Qu'est-ce que tu en penses ?

— La même chose que toi.

Il faut que je retrouve Abdelatif. Lui seul, je le sens, peut me dire ce qui se cache derrière le miroir. J'ai laissé des messages un peu partout, dans le moindre rassemblement de barbus. Aucun résultat. Au siège du FIS, plus personne ne répond au téléphone. Sur place, le chantier du métro est toujours arrêté et les bureaux sont pratiquement vides. On achève le déménagement des meubles, des dossiers et d'un studio de télévision aussi sophistiqué que celui de la chaîne nationale algérienne. Le tout payé par l'argent de l'Arabie Saoudite que nos armées occidentales, rempart de la démocratie, viennent de sauver à coups de bombardiers B-52 des griffes du méchant Saddam Hussein. Au rez-de-chaussée, il ne reste plus que quelques militants de base, muets, sur la défensive. Pas de trace d'Abdelatif. Mais son chef, Abdelkader Hachani le pieux, doit prendre la parole, à l'heure du prêche. Je cours vers Bab el-Oued et m'engage dans les rues tortueuses qui mènent à la Sunna, la grande mosquée du quartier.

Coup de frein sec. Au détour d'une rue, j'ai failli percuter un barrage de policiers et de gendarmes qui encerclent la zone. Ils sont là, le gourdin à la main, le doigt sur la détente, avec une volonté évidente de se montrer, d'impressionner. Et ils n'hésitent pas à serrer de près les fidèles entassés sur le trottoir et le grand escalier dévalant la rue, face à la mosquée, un bâtiment inachevé aux allures de garage de banlieue. Dans tout le quartier, des cars de police font hurler leurs sirènes qui déchirent le silence de la prière. On a même fait venir quelques femmes en uniforme de flics, pistolet à la ceinture, comme une gifle de plus sur le visage déjà révulsé des barbus. La rue est noire de monde mais personne ne bronche. Certains ont déplié un tapis ou un journal pour prier à même le sol et des femmes en tchador noir, à l'iranienne, passent comme des ombres derrière les tentures qui les séparent des hommes. Je me fraie un passage entre les kamis, statues qui affectent de ne pas voir l'étranger. Soudain, l'assemblée se prosterne. Un calot blanc immaculé s'avance et une voix s'élève :

— Notre Terre promise est l'État islamique. Ce pouvoir est condamné à disparaître. C'est inévitable. Aujourd'hui, il nous humilie... — Silence. — Moi, je vous dis : ne répondez pas aux provocations !

Un frisson parcourt la foule. Il y a là les algérianistes, militants nationalistes, partisans de l'action politique. Et les autres, mystiques, plus radicaux, qui se foutent des urnes. Les plus dangereux ne sont pas là ; les afghans, durs, regroupés à Belcourt autour d'une mosquée rebaptisée Kaboul, qui ne désirent que le paradis des martyrs de l'Islam et regardent la mort avec des yeux d'amoureux transis. Ceux-là ont un cœur de pierre noire, portent les cheveux longs, se mettent du khôl sur les paupières, épilent leurs sourcils et aiguisent leur lame de couteau quand ils entendent le mot démocratie.

Je rassemble mentalement les dernières informations de la veille : un soldat et deux gendarmes tués dans l'attaque d'un barrage routier à cinquante kilomètres d'ici ; un autre gendarme abattu dans la banlieue d'Alger ; une bombe artisanale devant le siège de la gendarmerie, à deux pas du ministère de la Défense. Les afghans ont peut-être déjà décidé de passer à l'attaque. Je réalise ce qui se joue là devant nous. Abdelkader Hachani engage tout son charisme dans la bataille pour convaincre ses ouailles de ne pas céder aux sirènes du djihad, de la guerre sainte :

— Quoi qu'il arrive... Surtout, ne répondez pas !

À côté de moi, un grand gaillard à la barbe noire éclate en sanglots. Les flics font tournoyer leurs gourdins. La foule s'échappe en glissant dans les escaliers.

— *Salam...*

Devant moi, un inconnu me tend la main. Je la serre. Au creux de la paume, une boulette de papier. Le barbu hausse les sourcils vers le ciel, fait demi-tour et disparaît. À l'écart, je déplie le message : une adresse à Kouba.

Maintenant, Alger dort, couchée en chien de fusil face à sa baie. Farid a regagné Paris. Je suis seul. Dans ce quartier islamiste, les rues sont mortes, les voitures rares et l'éclairage réduit à quelques ampoules cassées. Même la lumière de la pleine lune ne parvient pas à laver les ombres. Cette nuit, Kouba respire le désespoir.

J'ai eu un mal fou à trouver l'adresse indiquée. Deux coups sur la porte et j'attends. Silence. Ici, les habitants ont très vite retrouvé les règles élémentaires de sécurité. Personne ne parle plus des choses importantes en clair au téléphone. On préfère les cafés sûrs et bruyants. Les messages passent par des boîtes aux lettres clandestines, arrivent par le vélo du gamin ou le plat de couscous de la voisine. De l'autre côté quelqu'un déverrouille enfin la serrure et la porte s'ouvre. À l'intérieur, ils sont trois, assis autour d'un thé bouillant, à l'écoute de la radio. Il y a Ali, dit « le sage », un professeur de philosophie d'une trentaine d'années, le front bosselé et tuméfié à force de le frotter au sol au cours des cinq prières quotidiennes. À la faculté, ses étudiants savent qu'il n'enseigne Spinoza et Marx que pour mieux démontrer leur inanité, face à la lumière du Coran. À côté de lui, dans la pénombre, Rachid, banquier sec et réservé, cache son désarroi derrière d'énormes lunettes de myope. Et Djamel, le « pakistanais », une toque grasse en peau de mouton sur la tête qui enrage à haute voix :

— Démocratie... Tu parles ! On a la preuve que voter ne sert à rien. Il faut qu'on bouge ! Tu as vu les flics tourner autour de la mosquée ? Ils ont déjà arrêté les deux jeunes de la maison d'à côté...

— Et Toufik l'imam ? Arrêté pendant le prêche. Ils ne respectent rien ! Et notre député, Kerbat, à peine élu, comptabilise Rachid le banquier.

— Il faut bouger !

— Pour aller à la bagarre sur le terrain où ils nous attendent ? Non, non et non. On choisira notre heure, dit calmement Ali le sage.

Il me tend un verre de thé bouillant :

— Le pouvoir aimerait bien nous faire porter la responsabilité des violences. Mais la consigne est de faire le dos rond.

— On verra comment ils feront tourner le pays sans nous ! s'énerve Djamel le pakistanais.

— Je vois déjà des gens venir à mon guichet retirer leurs économies, jubile Rachid le banquier.

— Allah est puissant ! On a prié pour que l'équipe

de foot algérienne soit battue par la Côte d'Ivoire... sourit Ali le prof.

— ... et elle a encaissé trois buts à zéro ! grimace Djamel.

Ils rient. Le bruit d'un moteur de camion qui approche les fige. Le véhicule ralentit et attaque la côte de Kouba. Une main éteint l'abat-jour. Le véhicule s'éloigne. Et la lumière revient sur des visages redevenus graves :

— Je suis prêt à attaquer une station-service, le bureau de poste ou ta banque, Rachid, s'il le faut ! dit Djamel. Je suis prêt à tout. Même à affronter l'armée.

Autour de la table, tout le monde approuve. Même Ali le sage.

Dehors, je retrouve ma voiture et je mets le moteur en marche. Dans le rétroviseur, une ombre blanche apparaît. Des cheveux blanchis par la lune, des yeux clairs et une barbe blonde :

— Abdelatif !

— Tu me cherchais ? Me voilà. Je voulais que tu te rendes compte par toi-même du calme de nos militants. Et de leur détermination.

— Et les attentats contre les gendarmes ?

— Sûrement l'œuvre de frères égarés. Tu sais bien que ce ne sont pas nos directives.

— Que devient votre parti ?

— Ne pose pas tant de questions. On a très peu de temps. Écoute... On nous reprochait d'avoir peur des urnes. On a prouvé le contraire. Aujourd'hui, fini, khlass, plus d'élections ! Et les durs de chez nous nous traitent de faibles. Bientôt, ils diront partout que nous sommes des lâches. Et enfin des traîtres. Tu sais ce que cela veut dire ? — Il se passe l'index sur la gorge. —

L'explosion populaire est inévitable. C'est une question de jours, de semaines. Pas plus. Et ce jour-là, nous serons avec eux. Dans la rue ou dans le maquis. Salut !

— On va se revoir ?

— Je ne crois pas.

Je ne l'ai jamais revu.

« Dieu compte les larmes des femmes. »

La Kabbale.

Se faire assassiner un 14 février, jour de la Saint-Valentin, quelle faute de goût ! En France, pour la fête des amoureux, les vitrines des pâtisseries exposent des cœurs rouge fraise plantés au sommet de gâteaux à la crème Chantilly, avec de petits cupidons joufflus qui bandent leurs arcs d'un air gourmand vers un couple de tourtereaux au regard niais. Du coup, chaque année, à la même date, ma mère tout auréolée de noir passait sa journée à pleurer des mots d'amour devant la photo de son époux qui avait cessé de vieillir à la Saint-Valentin. Parfois, elle se retournait, me regardait et soupirait : « Comme tu lui ressembles ! » Et elle posait sa joue sur la commode du salon, les lèvres collées au bord du cadre de sa photo en lui murmurant des choses qui nous mettaient mal à l'aise. Nous, les trois garçons, nous grandissions en silence, impuissants, condamnés à contempler le flot de sa raison qui s'en allait un peu plus chaque année. Le ciel, ces jours-là, était toujours de la même couleur. Un gris particulier, à la fois ouaté et dense comme du métal. Un air sans oxygène et sans espace entre les choses, sans perspectives. Plus de ciel, plus d'air, plus de vie. Seulement un bloc gris épais, dernière nuance avant le noir, comme une méchante promesse. Un ciel d'avant l'orage. Qui donnait envie de se réfugier au fond d'un lit, tout recroquevillé, en attendant la fin du jour, à se répéter que le pire ne pouvait pas arriver puisque c'était déjà fait. Est-ce que j'ai embrassé mon père ce matin-là ? Je boudais parce qu'il m'avait emmené à l'école. Voilà trois mois que les cours étaient suspendus. Depuis que le bureau du directeur, un communiste, avait été soufflé par un pain de plastic. Et surtout depuis que la rumeur affirmait que les hommes du FLN, à court de sang pour soigner leurs blessés, enlevaient à la sortie des écoles des enfants que l'on retrouvait exsangues. J'ai conservé des années ce réflexe de m'agenouiller, quand je sentais la présence insistante d'un inconnu derrière moi, et de nouer lentement mon lacet de chaussure jusqu'à me laisser dépasser. Moi, je n'avais pas envie de reprendre les cours, même un mercredi, pour une petite matinée de travail. Quand mon père m'a déposé, j'avais ma tête de sale gosse. Lui me souriait. Je ne sais plus si je l'ai embrassé ou si j'ai claqué la porte de la Simca Aronde Châtelaine. Sale môme ! Accroché à mon pupitre, j'ai gardé toute la matinée une boule à l'estomac. Et en sortant, j'ai remarqué le gris particulier du ciel. Aujourd'hui, dans mon souvenir, « Valentin » a une grosse tache rouge fraise, un cœur rond comme l'orifice d'une balle de calibre 11,43, bizarrement placé au bas du dos, à quelques centimètres de la colonne vertébrale. Depuis ce jour, l'enfant en moi est mort, ma mère pleure et les amoureux sont habillés de noirceur pour l'éternité. Que pourrait-il survenir d'autre ?

Le temps est maussade ce matin sur Alger. J'ai promis à ma mère d'aller au cimetière d'Hussein-Dey où il est enterré. Je n'ai pas eu le temps jusqu'ici, pressé de courir à travers l'Algérie d'aujourd'hui, préoccupé par le sort fragile des vivants. Nous sommes déjà le 14 février 1992 et les islamistes et les militaires se fichent bien de la Saint-Valentin. Ici, vendredi est jour de prière. Allez donc expliquer cela à une mère, femme amoureuse d'un fantôme ! Mais j'ai promis. Alors, tant pis, je m'échappe.

Le chauffeur de taxi tourne en rond, demande son chemin aux passants embarrassés qui haussent les épaules et finissent par tendre le bras dans des directions opposées. J'essaie de me repérer. Autrefois, il y avait ici un grand champ, là une voie de chemin de fer enjambée par un pont... J'ai encore sommeil. Bizarre, ce sommeil persistant. Je me revois, gamin planté sur le balcon de l'appartement de mon oncle. Devant moi, dans la rue principale, un « Arabe » court en faisant d'étranges zigzags. De mon balcon, j'entends un bruit de chenilles. Le fugitif fait un brusque crochet à la hauteur du champ et s'engage dans une allée bordée d'une haie de roseaux. Il court à toute vitesse, les coudes hauts et les jambes invisibles, masquées par la végétation. Le half-track des militaires français s'arrête sous mon balcon. Un soldat casqué s'accroche à sa grosse mitrailleuse 12,7 dont les courtes rafales lui secouent les épaules.

Méthodiques, les projectiles soulèvent de petits tourbillons de poussière sur le chemin et passent leur faux dans la haie à hauteur d'homme. Mentalement, je me mets à encourager l'autre qui détale. Vas-y, vite ! Plus vite que la chute des roseaux coupés derrière toi ! Cinquante mètres plus loin, il y a un pont de chemin de fer. L'Arabe le voit, s'engouffre sous le parapet et disparaît, hors d'atteinte. Sur le half-track, l'homme casqué a lâché sa mitrailleuse et donne un coup de poing rageur sur la tôle du blindé. Il n'est pas content. Moi, je bats des mains.

Où est le pont de chemin de fer ? Je ne reconnais plus rien. De guerre lasse, je descends du taxi. Un vieillard s'avance, chuinte quelques mots sur le « cimetière d'avant » et me prend affectueusement par le bras. Je le suis, mon bouquet de fleurs à la main. Derrière le portail de fer, nous marchons entre les herbes folles. Les croix ont un air penché. Je ne connais pas l'emplacement exact de la tombe familiale et les plaques numérotées des carrés ont disparu. Le gardien ouvre de vieux tiroirs, exhume un gros registre aux pages déchirées et finit par retrouver l'endroit. J'avance sous l'œil de deux employés, gênés de me voir chercher mes morts dans ce capharnaüm. Chaque matin, ils essaient bien de défricher au râteau et aux ciseaux mais la végétation avance plus vite qu'eux. Ces morts sont envahissants.

— C'est là.

Le gardien s'est arrêté, il tend le doigt vers un monticule et fait demi-tour. La dalle est un peu ébréchée, sans plus. Je reconnais la pierre, grainée de gris-noir, de la même teinte que la devanture du magasin familial de radio-électricité. D'ici, je vois très bien le sommet de l'église blanche où j'ai fait ma communion solennelle et où le père Nicolas, solide Savoyard aux yeux bleus et prêtre-ouvrier envoyé par la Mission de France, me bombardait de questions sur le sens de la liturgie, convaincu que mon destin passait par le petit séminaire. Aujourd'hui, son église a été transformée en mosquée et j'ai perdu la foi. Dans le même alignement, au sommet d'une colline d'Alger, se dessine l'immense flèche de béton de Ryad el-Feth, le monument aux martyrs algériens de l'indépendance. Il fait chaud sous le soleil d'hiver. Fatigué, je m'assieds sur le rebord de la tombe. Je ne ressens aucune haine contre les assassins de mon père : « La haine est un sentiment qui fatigue » a dit justement un pilote de la RAF de la Seconde Guerre mondiale. En fait, je ne ressens aucune émotion particulière. Je ne sais plus prier et je me vois mal en train de chanter un hymne national ou une comptine d'enfant, mon bouquet de fleurs à la main ! Sur la dalle, les inscriptions sont encore nettes. Ici, mon grand-père, le vieux joueur au chapeau gris souris ; là, mon père, mort plus jeune que moi. Enfin, ce qu'il en reste. C'est-à-dire moins que la particule de vie arrachée par un rayon de lumière à son regard sur la photo du salon. Bien. Je crois avoir fait ce qu'il fallait. Je n'ai pas la passion des charniers. Et mon histoire n'a plus grand-chose à voir avec ce bout de carré communal. Je me lève. Il est temps de s'en aller... Je tousse. Une toux profonde. Je me racle la gorge. Trop fumé hier soir ! Encore la toux. Bizarre. Comme une grotte qui gronde. Je ne comprends pas. Je m'étire, marche dans tous les sens, respire fort, essaie de cracher. Au loin, les employés semblent n'avoir rien remarqué. J'éructe, je profère des insanités. Qu'est-ce qui me prend ? Qu'est-ce que c'est ? La toux remonte, gagne ma gorge, la secoue. J'ai l'estomac retourné, je vais vomir ? Non, je... sanglote. D'abord en saccades sèches. Puis à gros bouillons. Je n'arrive pas à y croire : je pleure pour la première fois depuis trente ans. Une toux des cavernes de mon enfance. Je suis tout abasourdi.

C'était quelque chose d'oublié. Enfoui sous une montagne de douleur, celle des autres, que j'ai escaladée pendant toutes ces années, d'abord ici, enfant en Algérie, puis à l'âge de treize ans, dans un abattoir du sud de la France où j'avais eu la mauvaise fortune de trouver un petit emploi pour l'été, puis comme secouriste l'année suivante, attaché à une ambulance qui parcourait les routes des accidents de vacances ; puis, adulte, devenu kinésithérapeute dans un hôpital de Toulouse et enfin reporter à l'étranger. Quelque chose d'enterré sous des monceaux de morts, de tombes, de cadavres comptabilisés dans mes carnets de journaliste. Sous des strates de peur aussi. La mienne, parfois je tremblais. À en avoir mal aux os et au ventre. Peur des bombes, des balles et de la lame du couteau, de la prise en otage, de la mutilation et de la mort. Mais j'avançais, je ne pleurais pas ! Ni avant, ni pendant, ni après. Et là, qu'est-ce qui se passe ? Pourquoi ces convulsions de nouveau-né ? Sidéré, je sanglote dans un cimetière d'Algérie, devant une tombe que je croyais avoir reléguée à sa place exacte. C'était une mort presque banale, dans la guerre d'Indépendance d'un pays colonisé du tiers-monde. Deux morts exactement, le père et son fils, un double hasard de l'Histoire. Parmi des centaines de milliers d'autres. Tant pis pour lui, tant pis pour moi, tant pis pour tous ceux qui se sont trouvés sur le chemin de la grande faucheuse que je vois sans cesse en action. Une déflagration, un corps qui tressaute, la vie qui s'en va, les yeux vitreux, c'est fini. Combien de fois l'ai-je vue ? Je l'ai vue. Propre et assistée, agonie silencieuse dans le décor blanc d'un hôpital ou brutale et grinçante, au bord de la route, erreur de trajectoire automobile enserrée dans un carcan de tôles. Vie tantôt tranchée nette, tantôt lentement rongée par la maladie, morts à bout de forces, vivants dans le coma, corps quasiment décomposés avant le dernier souffle. Ou dans le quotidien d'une guerre, à cause d'un éclat de métal, d'une balle, du feu, de la violence de l'air. Humain carbonisé dans une voiture soufflée par un attentat à la bombe, squelette aux os bien blancs au milieu de la cendre noire. Et tous les autres, égorgés, tués frais ou rigides, grotesques ou si sages, encore chauds ou parcheminés, ventres gonflés, peaux noircies, putréfiées, découpés à la machette ou intacts, morts énigmatiques, accrochés par morceaux aux branches d'un arbre ou alignés au bord d'une tranchée, la chair et la terre de la même couleur, ou entassés dans un charnier, le puits d'une cour de ferme, recouverts de la dentelle vivante de petits vers blancs. Ce n'est pas la mort qui est affreuse, même pas l'état du corps qu'elle abandonne, c'est l'absence de l'autre. Son absence.

Je m'étais endurci. Je croyais connaître la chair dans tous ses états. J'ai même pensé que seul le grand vertige final pourrait me mettre à genoux. Vanité. Je suis toujours ébranlé par la mort des autres. Pas seulement celle des enfants. Un homme qui tombe, martyr ou salaud, et je vois sa mère, sa femme, ses gosses, éteints pour des mois, des années, une vie entière. Mais je ne craque pas, je ne m'effondre pas. La mort des autres me troue la poitrine mais elle ne me fait pas éclater en sanglots. Et là... me voilà comme une loque, seul, heureusement ! pitoyable et honteux, à tourner en rond devant une dalle de pierre gris-noir, face à deux noms inscrits. À essayer de comprendre comment la vague a pu venir d'aussi loin. La banalité est tranchante. Elle vous ouvre le ventre comme un rasoir découpe un sac de chiffons. À l'intérieur, il y a des choses que je ne voulais pas voir.

On tire du côté de l'Amirauté, près de la place des Martyrs. Un commissariat de police a été attaqué ce matin, à l'aube, au bas de la Casbah. Pas un taxi en vue dans le parking soudain désert. Je descends en courant l'allée qui mène vers le boulevard. À la station-service au coin de l'hôtel, je trouve Djamel, un chauffeur de taxi, en train de faire le plein d'essence. Il bredouille une histoire de course réservée, prétexte un rendez-vous impératif... Il a peur. Je me cale sur le siège avant, il cède. La rue Didouche-Mourad est bouchée et le trajet est interminable. Sur le front de mer, la voie devient enfin libre. La grande avenue et les arcades se sont vidées dès les premiers coups de feu. Pourtant, Djamel ralentit, évoque la police, une zone interdite, le danger. Une détonation éclate au loin. Il se fige, blême. À force de perdre du temps, je risque de me heurter à un périmètre bouclé par la police. J'abandonne mon taxi à l'abri d'un square en lui recommandant de m'attendre au même endroit. Et je remonte l'avenue à petites foulées. À un bon kilomètre de là, des inspecteurs en civil, très nerveux et pistolet au poing, sont accroupis dos à la mer, derrière les voitures en stationnement. Un jeune soldat, baïonnette au canon, me barre le passage. Tiens ! On n'a pas hésité à faire appel à l'armée. Une détonation dans une rue adjacente détourne son attention. Je passe. Des soldats casqués, armés d'armes automatiques, rampent à l'abri du balcon de pierre qui surplombe le môle de pêche. Un fusil-mitrailleur est en batterie, avec une bande de cartouches qui pend de chaque côté, servi par des jeunes militaires, pâles, extrêmement tendus : ces hommes-là ne se sont jamais battus. Je cherche l'origine du danger : il ne peut venir que de ce grand escalier juste en face, au haut de la rue Bendali et de ces petites ruelles qui plongent tout droit vers la mer. L'angle de tir est réduit mais le bruit des détonations ricoche sur les balcons des immeubles, amplifie la fusillade et décuple le nombre réel des assaillants. Qui tire sur qui ? Il suffit d'un homme entraîné qui passe de rue en rue, lâche quelques coups de feu à chaque angle, pour paralyser en contrebas tout un escadron. Pour le déloger, il faudrait quitter le front de mer et s'avancer dans la rue Bendali, en enfilade. S'exposer. Personne ne s'y risque.

Soudain, un civil passe au milieu du boulevard, indifférent aux balles qui ricochent sur l'asphalte. Il a le visage livide, porte un survêtement inondé de sang et tient, à bout de bras, le corps brisé d'une fillette aux cheveux roux. Sans doute sa fille. Touchée par une balle perdue. On les pousse dans une voiture en direction de l'hôpital Mustapha. Trop tard. Sous la couronne de cheveux roux, j'ai vu le regard figé de la gamine. Elle doit avoir le même âge que mes filles jumelles. Au bout d'une heure, la fusillade finit par s'éteindre. Je reviens vers le square, retrouver Djamel. Sa voiture a disparu. Il doit être en train de me chercher. Inquiet, je tourne méthodiquement dans le quartier : place des Martyrs, avenue du 1er-Novembre, rue Bab-el-Oued, rue Bendali, front de mer... Personne. Au bout d'une heure, j'arrête un autre taxi et remonte vers le Djezaïr. Sur le parking, Djamel baisse la tête en évitant mon regard. Il faut que je trouve un chauffeur plus fiable.

Le lendemain, les soldats entrent dans la Casbah. Je les suis. Dans les yeux des hommes en patrouille se lit un mélange de répulsion et d'angoisse, avec cette façon de regarder dans le vide, leur œil intérieur accroché à chaque porte, à chaque lucarne, prompt à sauter de terrasse en terrasse, partout d'où le coup peut partir. Ils avancent par groupes de quatre, en file indienne, de part et d'autre de la rue Bouzrina, le long de ses trottoirs étroits. Ils sont raides et casqués, le kalachnikov porté horizontalement en travers de la poitrine, le doigt sur la détente et la baïonnette au canon dont la lame frôle, comme un rasoir, le visage des hommes de la Casbah. J'ai l'impression de nager à contre-courant dans un fleuve épais où les barbus islamistes glissent, apparemment indifférents mais blêmes d'indignation contenue, leur tache sur le front, hématome sacré plus noir que jamais.

Les soldats marchent et le décor se trouble. J'ai déjà vu la même scène sur de vieilles photos en noir et blanc des années 50, l'image de deux mondes étrangers et hostiles, séparés par une distance infranchissable entre la peur des uns et la haine des autres. Les soldats marchent — impardonnable effraction du centurion dans le ventre d'Alger — et ce ne sont plus des parachutistes français mais de jeunes soldats algériens qui piétinent la mémoire de leur Casbah.

Une courte rafale claque soudain au coin d'une place. Les militaires s'agenouillent à l'angle d'une rue, la foule reflue, paniquée, les commerces ferment dans un grand bruit de rideau de fer et un gamin se poste contre un mur, l'œil vif, aux aguets. Ce n'était rien. Juste un soldat trop nerveux qui a tiré en l'air pour presser une foule rétive. Mais la tension est montée d'un cran. Soudain, une ombre qu'on croit menaçante déclenche un contrôle d'identité ; une porte claque trop fort et tout s'emballe. Un soldat plaque un barbu sur le capot d'une voiture, un autre renverse d'un coup de crosse l'étal d'un vendeur. Ils vont tirer ! Mais l'ordre sec d'un officier brise l'escalade. La rue Bouzrina, artère spasmée sous le choc, se détend lentement, comme à regret, et la vie s'écoule à nouveau, à grandes pulsations, le long des trottoirs en pente. Rebelle, la Casbah a toujours suinté le danger et la peur.

J'ai rendez-vous tout près d'ici, au 24 rue Amar-Ali, chez le docteur Laadi Flici, médecin des pauvres de la Casbah. Coup d'œil sur le plan : de la rue Bouzrina, il suffit de prendre la rue Benachère pour croiser Amar-Ali. J'avance un pied et le quartier m'avale aussitôt dans un enchevêtrement de venelles en trompe-l'œil. Je grimpe un escalier raide, sous le regard agressif de guetteurs morveux. Le chemin se resserre, tourne sur lui-même et me jette face à un mur en impasse. Demi-tour. J'emprunte une rue qui traverse une maison, court le long d'une terrasse et s'ouvre, trompeuse, sur une autre impasse. À l'évidence, la Casbah cherche à m'égarer dans son royaume secret de courses-poursuites et d'embuscades. La belle est en train de me prendre dans ses voiles. C'est un labyrinthe, un merveilleux terrain de jeu, une cour des miracles et un coupe-gorge. Partout, des regards m'épient. Mille personnes à l'hectare vivent dans ce grand triangle tracé par les Turcs face à la baie d'Alger. Je me réfugie sur une terrasse haute où le regard se perd dans le bleu de la mer comme du haut des falaises d'Étretat. En bas, je devine des magasins enterrés dans l'obscurité des arcades, blottis au centre de la terre. En haut, la ville blanche, moderne et arrogante, a beau s'être étalée tout au long de la côte pour faire sa place au soleil, elle n'a pas pu grignoter le cœur mystérieux d'Alger. Ici reposent les tombeaux des « cent trente-deux saints » de la Casbah. Hussein-Dey, lieu de mon enfance, a pris son nom ici, du dey Hussein qui a chassé d'un coup d'éventail historique un consul français de son palais. À mi-pente est le fort de la prison Barberousse où la France guillotinait les « terroristes » pendant que tout le quartier résonnait des youyous de colère des Mauresques. Ici se cachaient les militants pourchassés du FLN, ceux qui refusaient de se rendre aux paras de Massu. Après l'indépendance, le fort a retrouvé son nom turc, Serkadji, puis, reconverti un temps en musée des horreurs coloniales, il est très vite redevenu une énorme prison. Je marche depuis maintenant une demi-heure. Cette fois, je suis perdu. Je croise des gamins effrontés qui jouent autour des restes d'une habitation. L'un d'eux s'approche, me jette, provocant : « C'est la maison d'Ali ! » Et s'enfuit. Ali ? Ali la Pointe, Ali le Fou qui a refusé de se rendre et a préféré attendre la mort au fond de sa cache en écoutant les paras français se préparer à dynamiter toute la maison. C'était il y a plus de trente ans. Le sang a séché sur les terrasses, les infidèles ont retraversé la Méditerranée et le petit peuple de la Casbah s'est jeté à l'indépendance sur les grands appartements bourgeois désertés de l'avenue d'Isly. Mais les anciens n'ont pas oublié le temps où, chaque nuit, on lavait les rues à l'eau de mer, où la Casbah respirait la propreté, le jasmin, le safran et l'odeur du thé à la menthe. Derrière ses moucharabiehs complices, la belle étalait sa sensualité, la musique

Chaâbi, le kif et les bordels. Arabes, Juifs ou Maltais, tous se tutoyaient, se mélangeaient, partageaient la même langue, les mêmes plaisanteries et les mêmes rêves. En plein centre de la ville, la Casbah était le bled originel, celui qui abrite l'enfance de la vie, celui que des adolescents orgueilleux quittaient pour conquérir le monde, celui que les hommes mûrs et nostalgiques brûlaient de retrouver. C'était le bled, la matrice, l'arbre planté au milieu du jardin de pierres d'Alger la Blanche. Oui, c'était un privilège d'habiter ici. Ces murs étaient le symbole d'un art oublié, culture de plaisir, d'amour et de liberté.

— Aujourd'hui, c'est une plaie béante, dit le docteur Laadi Flici.

J'ai eu du mal à trouver son cabinet, minuscule mais toujours ouvert, de huit heures trente à dix-neuf heures, six jours sur sept, sur tous les maux du quartier. Derrière des lunettes de myope, le médecin a le regard du praticien impuissant et des vagues de révolte soulèvent régulièrement ses épaules fatiguées. Il frictionne son crâne nu, me propose un café, oublie de le demander à sa secrétaire et s'effondre dans son fauteuil :

— Trente ans que je suis là... le temps de voir tout dégringoler !

Les yeux mi-clos, il raconte comment l'Algérie nouvelle a oublié d'où elle tenait la vie. Dans l'euphorie de l'indépendance, les nouveaux habitants, immigrés de l'intérieur, sont venus en masse de leur campagne aride. Et personne ne leur a transmis le secret des lieux, ce mélange subtil de débauche et de vertu. Aujourd'hui, les meurtrières du quartier visent l'étranger, les égouts coulent à ciel ouvert et l'odeur des marchés aux fruits recule devant les monceaux d'ordures qui asphyxient les escaliers et les cours. À chaque pluie un peu forte, une maison s'affaisse en emportant sa mémoire avec elle. À chaque secousse, un pan de mur historique s'effondre. Au-dessous, il y a des gens prisonniers de leur misère.

— L'autre jour, on m'a amené une gamine mordue par un rat ! Pas surprenant. Ils jouent ensemble dans le même manque d'espace.

Voilà longtemps que la Casbah ne respire plus le jasmin. Les nouveaux arrivants plantent leur tente sur des gravats. Les « anciens » s'entassent parfois à quinze dans une cave obscure, là où autrefois on entreposait les sacs de bananes vertes.

— Une fois la famille couchée, plus personne ne peut se lever, se retourner sans toucher l'autre. Pas d'appartement, pas de mariage. Imaginez les tourments des hommes... — Il passe sa main sur ses yeux rougis de fatigue. — Célibataires à trente ans, ils continuent de coucher, chaque soir, serrés au milieu des autres, parfois contre le corps de leur cousine, de leur sœur. Des années de désir contenu ! Des milliers de nuits de torture sexuelle... jusqu'à la faute, inévitable. La faute, le péché, comme vous dites ! Ici, cher monsieur, on n'affronte pas un tel scandale : on l'étouffe.

Chaque fois, une des matrones de la maison coupable enveloppe d'un voile lourd le ventre incestueux de la pauvre fille et la pousse, en maudissant Dieu, vers le cabinet du docteur Flici.

— Je les vois arriver, tête basse, comme des petites souris qui voudraient s'enterrer vivantes. Je les reçois le plus vite possible. Entre une tuberculose sévère, un père qui crache du sang, une mère au cœur malade de trop d'angoisse ou un ado désespéré qui a avalé une boîte entière de Zelta, l'équivalent de votre Valium.

Il gonfle ses joues et souffle longuement comme s'il voulait évacuer l'air comprimé qui opprime ses poumons. Que peut faire un médecin algérien face à une fille perdue ?

— J'écris un mot à destination de l'hôpital pour un accouchement secret. L'enfant est abandonné à la naissance et la femme repart retrouver sa cave, son frère, sa honte.

Dehors, un vendeur ambulant passe en faisant grincer sa carriole.

— Moi aussi, j'étais un gosse de la rue, turbulent, vivant, plein d'espoir... Putain ! On nous a trahis.

Jeune homme, il a rejoint les commandos urbains du FLN et s'est très vite fait arrêter par les Français qui l'ont envoyé moisir six ans au fort d'Alger. À la sortie, il aurait pu vivre en privilégié du parti, ouvrir un cabinet dans une villa d'El-Biar et soigner des gens bien-portants. Il a choisi de revenir ici, au bord de ce trottoir où Ali la Pointe venait gagner sa vie aux dés quand il n'était qu'un petit voyou de la Casbah. Aujourd'hui, les gosses qui jouent au même endroit sont tous des Ali la Pointe :

— Pas un seul lycée construit en trente ans d'indépendance, pas un seul hôpital, pas un seul centre culturel ! Vous avez vu de vos yeux, non ? Soixante hectares de misère, de violence, de mal-vivre. Pour moi, toubib, le diagnostic de la maladie est facile : l'humiliation, l'abus de pouvoir, l'injustice affichée, le manque de travail, de femme, d'air, de dignité. Le manque de tout ! C'est une maladie endémique, un syndrome national, malin comme une tumeur...

Je repense à ce cancer dont parlait Clémence :

— La Hogra ?

— Je vois qu'on apprend vite l'Algérie ! Oui, la Hogra. Et pourtant, c'est la Casbah qui a fait la « bataille d'Alger », non ? C'est quelque chose de fondateur, une sorte d'Alésia de l'Algérie nouvelle comme aurait dit mon instituteur colonial ! La Casbah s'est engagée, elle a saigné et on l'a oubliée. Regardez-la aujourd'hui, cette amante délaissée et vieille. À force d'être minée par les pluies de l'hiver, d'être secouée par le moindre tremblement de terre, elle a fini par laisser exploser sa colère dans le seul forum politique qu'on lui offrait : les mosquées où les hommes de quinze à trente ans se sont retrouvés entre eux. On leur refuse un jean, des baskets, des cigarettes, une femme, des voyages... ? Parfait ! Par réaction, ils s'habillent en kamis et savates, arrêtent de se droguer, prônent l'abstinence et déclarent le monde extérieur *haram*, péché ! Les vieux, leurs pères, réconciliés, les bénissent ; leurs mères les adorent et le quartier entier les respecte. Ce ne sont pas des Iraniens ou des Soudanais comme le disent les imbéciles du pouvoir ! Mais des chômeurs et des artisans de la rue, des commerçants, de petits bijoutiers, voire des artistes... Tenez, allez voir un sculpteur, à deux pas d'ici. Il a renoncé à son art au nom d'Allah, le Dieu sans visage. Allez ! j'ai des malades qui attendent dans la salle d'à côté. Filez !

Il me rattrape à la porte du cabinet et prévient :

— Ne traînez pas trop dans le coin. Vous êtes curieux, journaliste, français, chrétien, étranger... Faites attention ! La Casbah est redevenue dangereuse.

À quelques maisons de là, le sculpteur ne m'invite pas à entrer chez lui. Dans la pénombre du couloir, il ne jure que par le Prophète — Que le salut soit sur lui ! —, m'agrippe les mains, parle vite et à voix basse de sa foi, de Dieu, du FIS, de tous ces « gens honnêtes » qui veulent sauver le pays et rétablir la justice. Un bruit dans l'escalier. Et il se tait. Une ombre. Et il se sauve. Vendredi dernier, jour de prière, un homme a commis l'erreur de s'aventurer dans la forteresse habillé d'un vieux burnous fatigué et de chaussures trop neuves. Des guetteurs ont immédiatement flairé l'intrus. Ils l'ont arrêté, fouillé, secoué, découvert son arme de service et sa carte du ministère de la Défense. Les jeunes sont immédiatements allés chercher les hommes aux yeux maquillés de khôl, les « afghans », et on a retrouvé le fonctionnaire, allongé à même le pavé d'une ruelle, la gorge ouverte comme un mouton, sa carte de flic clouée sur la poitrine. Complice, la Casbah n'a rien dit. Les islamistes avaient gagné une bataille. Évidemment, l'armée est venue et avec elle le fléau des perquisitions au petit matin, l'homme qu'on arrache au sommeil, la femme à demi nue qu'on pousse dans la rue, les cris, les coups de feu et l'arrestation du fils qu'on emmène les bras liés. Et le lendemain, la noria des mères en pleurs qui courent les commissariats pour mendier des nouvelles.

J'accélère le pas. Sous moi, l'ombre s'efface. Quelques minutes encore et il fera sombre dans les ruelles. J'aimerais m'attarder, traîner à la nuit tombée, aller voir « Momo », qu'on dit être le sage de la Casbah. Mais déjà, les portes se ferment comme des ponts-levis à l'approche de l'obscurité. Je trouve la rue Bouzrina, la remonte et oblique en plongeant à droite vers la place des Martyrs, avec la même sensation éprouvée quand je laissais derrière moi la frontière invisible de la ligne verte à Beyrouth, la Passe de l'Éléphant au Sri Lanka ou les derniers faubourgs de Vukovar. D'abord le soulagement, la respiration plus facile, puis l'émergence d'un regret et, très vite, le besoin de faire demi-tour et de revenir le plus vite possible explorer cette planète inconnue. Je sens qu'il faut faire vite : la Casbah est en train de se refermer sur elle-même.

Dès le lendemain matin, je reprends la rue Bouzrina en sens inverse. La veille, je suis passé au bureau de l'AFP, près de la Grande Poste, faire le point des infos de la journée. Une maison de la Casbah, tenue par des islamistes armés, a été investie en pleine nuit par un commando de l'armée. Je comprends mieux la nervosité des soldats en patrouille. Les grandes opérations de ratissage ont commencé. Partout, dans le pays, on ramasse de l'islamiste à la pelle. Huit mille arrestations, annonce le gouvernement ; trente mille, clame le FIS. De retour dans ma chambre, j'ai voulu consulter un document de travail que je venais de classer. L'ordre n'était plus respecté. J'ai vérifié. Ma chambre avait été fouillée. Sur la corniche, vers dix heures ce matin, des hommes en chèche et au visage passé au noir ont intercepté une voiture de la Télévision française. À coups de crosse dans la carrosserie, ils ont obligé les journalistes à sortir, fait ouvrir la caméra et volé la cassette vidéo. Au commissariat, après deux heures de palabres, un inspecteur leur a expliqué qu'il devait s'agir « d'hommes en civil armés »... et qu'il n'y pouvait rien ! Tous les journalistes ont compris qu'ils allaient devoir désormais protéger leurs films, photos ou documents.

Les vieux réflexes de sécurité reviennent très vite. Comme celui d'éviter le téléphone ou d'apprendre les plans et les adresses par cœur. La rue Bouzrina ? La voici. Plus haut est le « numéro 1 de la rue Kléber... », celui de la maison prise d'assaut par l'armée au RPG 7, lance-roquettes antichars, et surnommée aussitôt par Alger la « maison RPG ». C'est une maison mauresque, avec une petite entrée, un escalier de deux étages et un grand patio ouvert sur une cour intérieure. Là, au fond de l'impasse plane encore une odeur âcre de brûlé. Il était à peine quatre heures hier matin et les voisins ont cru que le plafond leur tombait sur la tête. Un commando de l'armée a attaqué l'étage des afghans au kalachnikov et à la grenade. Sur le palier d'en face, un jeune voisin a eu le temps de sauter de son lit et de sortir de la chambre avant de s'écrouler la poitrine criblée de balles. Hier, le docteur Flici m'a dit qu'en examinant le mort il avait passé sa main sur un thorax étrangement bosselé, grêlé de plomb. Je marche sur des cendres encore tièdes. La porte d'entrée bat, au rythme d'un courant d'air. Le premier étage est noirci, les colonnes mauresques déchiquetées, les piliers criblés d'impacts de balles. Je grimpe un escalier à moitié détruit pour aboutir au deuxième étage, noirci par une traînée rectiligne qui s'est terminée en énorme boule de feu et a ravagé l'appartement. Le tir de lance-roquettes et son souffle de deux mille degrés ont transformé la pièce en enfer. L'odeur de la chair carbonisée imprègne encore les murs. Face à l'armée, les afghans n'avaient aucune chance.

Pendant toute la matinée, la population a défilé dans un silence religieux devant les quatre corps, petits paquets de cendres alignés sur le tapis de la mosquée. Il y avait autrefois la maison d'Ali la Pointe comme lieu de pèlerinage, il y a désormais ce patio noirci que les islamistes s'empressent de sanctifier. Et des fidèles qui crient vengeance. Je sais qu'il ne faut pas s'attarder ici. Je descends les escaliers. Dehors, cinq jeunes à la barbe rase et en chaussures de sport tournent autour de moi avec un regard fuyant. Je les salue. Pas de réponse. L'un d'eux caresse sous sa gandoura un objet métallique dont le manche de corne dépasse de sa poche. Je vais vers lui, en me forçant à sourire, la main tendue. Il m'évite et se retrouve un peu derrière moi. Tous font un pas en avant et referment le cercle dans la petite cour de la maison calcinée. Maintenant, il faut choisir vite. Hurler, ameuter le quartier ou passer en force et courir au hasard avec derrière moi ces fils de la Casbah qui connaissent chaque ruelle, chaque raccourci, chaque pierre. Un geste du plus grand et le plus jeune sort faire le guet au coin de la rue. Elle est vide et silencieuse. J'entends le courant d'air refermer la porte qui grince.

Le plus grand, celui qui n'a rien dit depuis le début, dodeline de la tête comme s'il entendait une musique intérieure. J'entends distinctement le déclic métallique du ressort d'une lame qui se détend. Je sens un picotement entre mes omoplates. La première fois que j'ai entendu ce bruit, j'avais dix ans et on se battait comme des chiens dans les terrains vagues autour de Diar Djemaa, une cité moderne au-dessus d'Hussein-Dey. Mon groupe avait réussi à couper le chemin à l'autre bande, défaite par nos tirs de lance-pierres. J'étais tombé à bras raccourcis sur un solide Maltais, vieil ennemi de la cité et chef de bande teigneux. Emporté par mon élan, je m'étais retrouvé les genoux sur ses épaules. Les mains sur son front, j'avais commencé à lui cogner avec application la nuque sur un gros caillou. Puis j'avais senti son bras droit glisser. Et entendu un déclic. J'étais reparti en courant, piteux, sous ses insultes, en emportant mon cartable troué au milieu par la pointe de son cran d'arrêt. Trente-deux ans après, j'ai le même air benêt mais je n'ai plus de cartable pour parer le coup. La mâchoire crispée, l'autre fait encore un pas en avant, le dernier. J'ai la bouche en bois. Le vent sent la poussière... Je tente :

— Je cherche la maison de Momo. Vous savez où c'est ?

— Tu connais Momo ?

C'est le silencieux qui a parlé.

— J'ai rendez-vous avec lui au numéro 5 de l'impasse Aïssa-Rahmouni. Je suis en retard. C'est loin ?

L'instant d'après, le cran d'arrêt, replié, a retrouvé la poche de la gandoura et le visage du silencieux affiche un sourire d'adolescent. Je m'essuie discrètement le front. On dévale les escaliers de la Casbah, comme des marsouins sur les vagues d'Aïn-Taya. Au carrefour, quelques policiers apparaissent, apparemment incontournables. Le silencieux me fait signe de le suivre dans l'entrée d'un immeuble, file le long du couloir, ouvre une porte sur un jardin et retrouve une autre volée d'escaliers, hors du regard des flics. Je repense à ma situation, tout à l'heure, devant la maison RPG. Une chose est claire : je n'avais pas la moindre chance de semer cette bande de corsaires !

L'impasse Rahmouni s'arrête sur une porte en bois sculpté, un patio, une fontaine et des fleurs. Un extravagant jeune homme de soixante-quatorze ans s'avance, souriant et barbu, en gilet et pantalon bouffant, les cheveux longs pris dans un catogan. L'élégant remercie les jeunes d'un sourire et ils s'en vont en roulant des épaules. Je reste seul devant Himoud Brahimi, dit Momo le Sage, poète et philosophe, acteur le temps d'une apparition dans le film *Pépé le Moko*. Momo, un ancien champion d'apnée qui, bien avant *Le Grand Bleu*, disparaissait régulièrement dans les eaux de la baie d'Alger. Et surtout Momo le soufiste, le mystique musulman, le cent trente-troisième saint de la Casbah, l'homme qui contemple Dieu. Momo, l'élu du ciel, capable de converser à la fois avec Allah et les dauphins du môle. Il me montre un escalier en spirale qui s'élève comme un chemin de prière vers sa maison suspendue, une seule pièce ajourée, au sol jonché de tapis, de peaux de mouton et d'instruments à corde. Près du plafond, au-dessous d'un trou de lumière, brille un crucifix. Lové dans sa méditation, Momo ne sort plus que rarement mais il sait et sent tout de la Casbah devenue le centre de son univers terrestre.

— Un jour de 1956, Frantz Fanon s'est fait arrêter avec sa femme à un contrôle de police dans la région de Blida. Et il a dit aux militaires : « J'ai peur de la peur que je vois dans vos yeux. »

Il me regarde avec bienveillance :

— Vous avez bien fait d'invoquer mon nom avec ces gosses.

Il ferme les yeux :

— Dans la Casbah, il y a une base, un sommet et cinq points. Comme la base, le sommet et les cinq points de la Grande Pyramide. Le premier est l'Air, le deuxième est l'Eau, le troisième est la Terre, le quatrième est le Feu et le cinquième est l'Éther... Mais il existe un sixième élément, comme le pharaon à l'intérieur de la pyramide. Ce sixième élément, c'est le Verbe.

Il ouvre un œil pour s'assurer que je suis son cours

initiatique, se lève, s'incline devant une étagère et en revient avec un gros volume vert à la main :

— Seuls les ignorants — pardonnez-moi ! — parlent de la Casbah comme d'un quartier. Ils ne voient pas qu'il y a ici un « souffle originel ». Parce que la Casbah est une pulsation qui porte en elle le mouvement de tout ce qui nous a précédés. Je souffre de la voir malade. Je ne reconnais plus ces ruelles où des frères d'une même famille s'entre-tuent. Un militaire d'un côté ; un civil de l'autre. C'est le temps des fous...

Il montre le Coran :

— Tout est là. La guerre ou la paix. On y prend ce qui résonne en nous. Les gosses sont allés écouter Ali Benhadj le grand prédicateur et il leur a parlé, comme un grand frère, le langage de l'affectivité. C'était le langage du désespoir ! Hélas, ils n'ont pas choisi la partie la plus lumineuse du chemin de Mohammed. Oh non ! Ils ont pris la partie obscure, celle du combat contre les autres. La Casbah a la bouche sèche et ceux qui sont venus des frontières ne la connaissent pas. Ils sont venus en marchant sur les cendres de ceux qui étaient morts en la défendant. Et ils voudraient maintenant marcher sur les enfants de ces cendres. Alors, la Casbah a mal. Et quand elle a mal, c'est toute l'Algérie qui est malade. Aujourd'hui, l'humanité est triste.

J'ouvre la bouche et il m'arrête d'un geste doux, le regard soudain ailleurs. Il se raidit brusquement, ferme les yeux, joint ses mains et sourit, illuminé comme un bouddha au royaume d'Angkor. Le temps s'écoule et lui gémit d'aise, le corps à moitié décollé du tapis.

Quand il finit par déplisser ses paupières, il a l'œil brûlant comme un charbon ardent.

— Incroyable... « IL » était là ! « IL » est venu me

rendre visite. C'est si rare ce moment ! Dieu, merci de cette rencontre, quel bonheur ! Vous, mon ami, vous avez eu beaucoup de chance d'avoir été présent pour ce moment de grâce.

Momo a soudain l'air un peu embarrassé :

— Mais ne le dites jamais à personne. Promis ? Au moins tant que je serai vivant, ici-bas. Allez, maintenant ! Tout est lumineux mais il va faire sombre. N'ayez crainte, les gosses vont vous accompagner. Et n'oubliez pas. Désormais, seul l'amour peut nous sauver...

Le lendemain, à six heures du matin, les militaires sont entrés au pas de charge dans le patio de l'impasse Rahmouni. Ils se sont arrêtés net face à ce jeune homme aux cheveux blancs de soixante-quatorze ans, vieillard un peu fou qui leur ouvrait les bras. Du coup, ils ont fait demi-tour sans oser fouiller la maison suspendue. Sur le pas de la porte, Momo les a regardés s'enfuir en éclatant de son rire légendaire.

Quand il a rejoint son Créateur, quelques années plus tard, la Casbah a beaucoup pleuré.

Que tout est petit à Hussein-Dey ! Voilà longtemps que je repoussais cette échéance naturelle, mais ma tournée des quartiers islamistes devait forcément passer par ce pan de banlieue industrieuse qui prolonge Alger sur la côte est. La nostalgie familiale et ma mémoire avaient redessiné une ville à l'architecture aérée, aux grands quartiers résidentiels, riche de commerces, de grandes brasseries, de squares ombragés et de cinémas. Dans mon souvenir, les arbres étaient immenses et la rue principale, rue de Constantine devenue avenue de Tripoli, s'étalait comme des Champs-Élysées d'une station balnéaire. J'étais un nain, le monde était géant et tout était magique. Las ! Ce matin, à Hussein-Dey, je marche à hauteur de ramure, le long d'une rue de banlieue populeuse qui déborde d'une foule étouffante. Du magasin de mon père à l'école, de l'école au magasin, je connais encore le chemin par cœur. D'abord la cour du collège, son préau et ses platanes, avec au centre une ligne frontière tracée à la peinture blanche pour nous séparer, nous les « petits », des « grands » que nous rêvions d'être. Sous les arcades, je retrouvais les copains, les poches gonflées de noyaux d'abricot. Les uns s'asseyaient dos au mur avec des airs de banquiers, un tas de noyaux assemblés entre leurs jambes écartées, les autres se postaient à deux mètres, un noyau sec et poli à la main, avec le visage concentré du tireur de pétanque. Un coup au but et on emportait les quatre noyaux du tas. En calcul, pour moi, un tas, c'était toujours quatre, voilà tout. On avait peur des maîtres, surtout celui en blouse grise, qui dessinait au tableau d'interminables trains baptisés « locomotive-proposition principale » et « wagons-proposition subordonnée ». À la moindre erreur, il vous envoyait laver votre nez en sang au robinet d'eau de la cour. À l'étage, on retrouvait « M. Douillet » qui portait bien mal son nom, sa canne de bambou à la main, un éternel chapeau rond vissé sur la tête même pendant les heures de classe. Ou l'autre professeur, ancien footballeur nostalgique, qui décochait des shoots aux fesses à vous décoller du sol. Et, plus cruel encore, ce prof d'arabe qui déposait sur la table du premier élève surpris à parler une règle en acier, véritable « patate chaude », un brûlot qu'il fallait transmettre d'urgence au prochain bavard, sous peine de recevoir à la fin du cours non pas un mais deux coups — aïe ! — sur le bout des ongles. Indic ou martyr, il fallait choisir. Mais une fois dans la cour, nous n'avions peur de rien, le pied sur la ligne blanche de démarcation, juste à la frontière des grands, notre sac de noyaux d'abricot à la main, l'autre poing fermé dans la poche, bien serré, prêt à la bagarre. Sûrs qu'un jour on passerait de l'autre côté rafler tous les abricots du monde ! Par-dessus les murs, on pouvait apercevoir l'immense rectangle jaune du terrain de football en tuf calcaire, brillant sous le soleil, dur au genou. Mon père acceptait parfois de m'emmener avec lui le dimanche au stade pour suivre les matchs de l'Olympique d'Hussein-Dey, quand le choc des deux équipes ne s'annonçait pas trop violent. La foule encourageait « l'OHD » et insultait l'adversaire. Mon oncle Louis achetait un gros cigare, l'allumait sans le fumer et le mâchait au rythme de l'action sur le terrain. Aux premiers mouvements de foule, mon père le pacifique m'emportait sous le bras, malgré mes protestations. Et je quittais parfois les gradins, au milieu d'une bagarre générale, le visage rouge de colère et la tête en bas, avec la vision de « tonton Roger », le frère aîné de mon père, qui balançait son immense carcasse et faisait le vide dans les gradins à la cadence de ses gros poings. Je rêvais de porter le maillot « Violet-Jaune ». Et je l'ai porté ! Une fois, une seule. Comme arrière droit, lors d'un match de pupilles dans le grand stade d'Hussein-Dey. Le hasard du jeu et une passe en or d'un coéquipier m'ont offert le ballon, démarqué, seul, dans les dix-huit mètres adverses, face à un goal perdu dans sa cage immense. Un but immanquable. J'étais pétrifié. Dans les gradins, j'entendais la foule hurler : « Shoote ! Shoooooote ! Mais shoote, petit ! »

Un siècle s'est écoulé et la pointe d'un pied adverse revenu du bout du stade m'a ôté tout espoir de devenir un héros. Effondré, j'ai retrouvé mon père au bord du terrain qui m'a serré affectueusement contre lui en m'expliquant qu'il faudrait... « bien travailler à l'école ». Moi, j'attendais impatiemment la sortie des cours pour vider mes poches, mes querelles et remplir mes devoirs d'homme nain. Il fallait toujours garder un œil protecteur sur Langlois le « patos », mon copain parisien aux yeux bleus, blond et délicat, civilisé effrayé par l'Algérie et ses nouveaux barbares. Ou retrouver Abdelkader, assis à côté de moi en classe, avec ses épaules charpentées et sa tête de futur commerçant du Mzab. Il me passait toujours ses devoirs d'arabe ; moi, ma copie de français. Du coup, on n'a jamais rien appris ensemble. Un jour de dispute, il m'a insulté... *Yen'aâl din... !* J'ai lancé mon poing, par réflexe, par principe, par devoir. Les lèvres en sang, il m'a regardé sans rien dire. Moi, j'ai eu honte. Trois ans après, à la cantine d'une école du sud de la France, alors que j'étais toujours façonné au moule de la violence, un grand gaillard à l'accent plat m'a traité de « petit con ». Je me suis levé calmement, lui ai envoyé un coup de genou au bas-ventre pour l'amener à ma hauteur, puis un grand coup de tête sur l'arête du nez et un crochet court à la mâchoire au moment où il s'écroulait, en sang. Un classique de la bagarre. Je l'aurais bien achevé, pas par méchanceté mais par sécurité, mais une main puissante m'a soulevé à la hauteur du visage débonnaire d'un surveillant qui m'a demandé ce qui avait provoqué une telle tempête. Je lui ai répondu que le grand m'avait « manqué de respect ». C'était tout ? Oui, c'était tout. Et c'était bien assez, non ? L'adulte m'avait alors regardé, ahuri : « D'où tu sors, toi ? »

Je sortais d'ici, de ce pays où un mot de travers justifiait impérativement un combat de rue. Avec une règle d'or : frapper toujours le premier, le plus fort possible et aux endroits qui font mal. Je sortais de cette école où Abdelkader, mon copain, m'avait montré, inquiet, un nouveau graffiti, trois grandes lettres incompréhensibles, tracées sur le mur en face du portail de l'école : OAS. J'avais haussé les épaules, lui avait troqué un sac de noyaux contre un Carambar et on s'était quittés au coin de la rue de Constantine, en se promettant d'aller chaparder des artichauts dans les champs voisins, bien armés d'arcs et de flèches en branches de figuier, au bois souple et élastique. Puis j'avais descendu, seul, la grande avenue pour affronter « Charlemagne ». Il était terrible !

La barbe et les cheveux fous, les yeux injectés de sang, des jambes énormes, gonflées, couvertes d'ulcères qui grouillaient de mouches. On le sentait à dix mètres. Une puanteur affreuse d'homme enveloppé de cartons, appuyé contre un mur, à la fois djinn, chaman, sorcier, démon et créature de l'enfer qui agitait son litron de rouge à mon passage, comme un sceptre du royaume d'en bas. Je pressais le pas, tremblant, en me pinçant le nez. Et dans mes cauchemars, c'était toujours « Charlemagne » qui me rattrapait ; moi, impuissant, les jambes paralysées dans une course immobile ; lui, l'œil fou, essayant de me serrer dans ses bras monstrueux. Un jour, les cartons ont disparu. Incrédule, je suis revenu sur mes pas mais l'affreuse odeur s'était évanouie à jamais. J'ai d'abord poussé un soupir de soulagement. Puis je me suis senti malheureux.

Plus loin était la grande boucherie, avec ses agneaux suspendus, écorchés, la tête en bas et leur paire d'yeux vitreux qui vous regardaient par en dessous. Et la petite boucherie « hippophagique », d'où a surgi un jour un jeune soldat blond à la bouche gourmande qui mangeait un morceau de viande hachée — crue ! — étalée sur du papier gras. Devant mon air horrifié, le barbare à l'accent parisien avait éclaté de rire : « Tu ne connais pas le steak tartare, mon grand ? » Non. Je ne connaissais que les succulentes côtelettes d'agneau du boucher d'à côté, au n° 6 de la rue Parnet, un musulman aux yeux bleus, souriant, belle moustache et chevelure frisée dans laquelle il plantait droit son crayon à mine. Un matin, j'ai découvert un grand trou dans sa devanture déformée par le souffle d'une explosion qui ne m'avait pas réveillé. Le quartier répétait qu'il « donnait de l'argent aux fellouzes ». Moi, je râlais en pensant aux côtelettes perdues. C'était peu de temps avant, je crois, que des parachutistes en jeep, menés par un officier bronzé et aux cheveux ras sous son béret rouge, avaient enfoncé à coups de bélier le rideau de fer des commerçants arabes de la rue. Histoire de casser un ordre de grève lancé par le FLN. Oui, c'était juste après avoir déménagé de la maison d'en face, au n° 3 de la même rue. Il y avait une grande cour collective où résonnaient la vie des autres et parfois les cris des femmes du voisin arabe, un bel homme riche d'un scooter blanc, qui battait durement sa nouvelle épouse à coups de ceinture, ce qui obligeait mon père, indigné, à aller lui demander un peu de modération. Je filais souvent sous le grand escalier partager mon goûter avec Tania, ma belle épagneule bretonne, surtout quand elle dissimulait sous sa fourrure douce une portée de petites choses en peluche qui vous léchaient le bout des doigts d'une langue râpeuse. Ma mère grondait, me corrigeait ou s'évanouissait comme le jour où je suis revenu un torchon dégoulinant de sang enroulé autour d'un avant-bras ouvert sur dix centimètres. Pas ma faute. Le voisin arrogant mais décevant que j'avais coincé contre une fenêtre s'était affaissé comme un soufflet dès la première gauche. Emporté par mon élan, ma droite n'avait percuté que le carreau brisé. « Ah ! te revoilà... » avait souri le bon docteur Gary en m'agrafant les chairs à vif. Quelques semaines auparavant, dans la « villa Mascotte » de mon grand-père, c'est une bagarre à coups de tôle ondulée — plantée droit dans mon tibia — qui m'avait conduit sur la table d'opération de l'hôpital Parnet, heureusement mitoyen. Le pire étant que l'anesthésie à l'éther m'avait formellement interdit de toucher aux montagnes de gâteaux de la noce célébrée, cet après-midi-là, dans la cour de l'immeuble, sous mes yeux écarquillés par le manque ! Puis on avait déménagé et perdu Tania, ma belle épagneule, impossible à caser dans le nouvel appartement. La gentillesse de ses nouveaux maîtres n'a jamais pu effacer cette lueur mélancolique dans son regard quand elle nous a quittés. Et j'ai découvert, quand elle s'est éteinte un peu plus tard, qu'on pouvait mourir de tristesse.

La famille avait perdu Tania mais avait récupéré un gentil soldat français aux allures d'épagneul perdu en Algérie. Il était arrivé de sa banlieue parisienne un jour brûlant de sirocco, dans un ciel envahi par les sauterelles qu'il s'amusait à attraper à la main. Curieux pays ! L'armée l'avait chargé de former les recrues à la conduite des bahuts et il tournait dans son camion-école, au milieu d'une guerre dont il n'a jamais vu ni les flèches ni les Indiens. C'est ma mère qui l'avait découvert sur le pavé devant la maison, un soir d'hiver, le seul sans doute où il se soit retrouvé dans les rues d'Hussein-Dey. Ma mère s'était horrifiée :

— Mon Dieu ! Ces pauvres soldats, en train de se geler de froid devant notre porte...

Et elle avait couru leur apporter un thermos de café brûlant. On l'avait invité à revenir et il était revenu, un peu gauche, gêné, visage poupin de gamin du Nord paumé dans sa caserne du 119e génie à Hussein-Dey. Lui aussi s'appelait « Pierrot » et ma mère avait fondu. Le petit soldat français était venu déjeuner, dîner, nous accompagner à la plage l'été et au stade l'hiver. À la fin, il dormait chez nous, sur le canapé du salon, et faisait partie de la famille, secrètement un peu amoureux de ma mère mais si sage, admiratif et respectueux de mon père qui suivait le manège en souriant. Toute la famille était triste quand il est reparti un jour, après vingt-huit mois de service militaire. Nous l'aimions bien notre petit soldat français qui n'a jamais utilisé son arme, conscrit noyé dans des événements trop grands pour lui. Finalement, il a eu de la chance ; il aurait pu se retrouver dans le djebel, au fond d'un thalweg, à chasser le fellagha, à suer de peur, à se durcir, à perdre un copain, à torturer, tuer ou se faire tuer.

Plus loin encore, sur le chemin en revenant de l'école, se trouvait une superbe papeterie, celle de ma grand-tante Marie qui m'accueillait avec son œil bleu lavande larmoyant de trop de bonté, reconstituait mes stocks de taille-crayons et me couvrait de ses baisers mouillés. Je continuais mon chemin, sage devant l'église, stoïque devant la pâtisserie, excité devant la librairie bourrée de bandes dessinées, rendez-vous du dimanche matin. L'argent de la messe, régulièrement détourné, servait à acheter un sachet de « blis-blis », des pois chiches secs poudrés de farine rouge ou blanche et sucrée, que je lapais doucement avant de tout croquer, en dévorant les aventures de Kit Carson le cow-boy, de Blek le Roc le trappeur ou de Battler Briton, l'as de la RAF qui descendait des Messerschmitt pilotés par des Allemands qui crachaient des bulles écrites en gothique : *Ach ! Mein Gott !* À ce rythme, je dépensais vite la grosse pièce de cent francs destinée à l'église. Avec un arrière-goût de honte. Un tout petit goût. L'après-midi, à la sortie du match dominical, mon père déboulait dans la cuisine et soulevait sa femme en piaffant :

— Prépare les petits, on se paie un film !

Ma mère protestait :

— Encore ? Ce n'est pas raisonnable... Tu es fou !

— Allez ! Vite. La vie est courte.

Hussein-Dey avait trois cinémas, le Royal face au stade, le Moderne qui était le plus vieux et l'Étoile où j'avais vu, en cachette, dressé sur la pointe des pieds en passant devant la caissière, un prétendu « film médical » interdit aux moins de douze ans, où les patientes dénudées poussaient d'étranges soupirs. J'en étais ressorti le front brûlant et le ventre dur, en me jurant de devenir médecin ! Le bar de l'oncle Jeannot était juste à côté, avec une grande baie vitrée et des tables de bois où mon grand-père jouait sobrement au jacquet, l'index tapotant le bord de son chapeau mou, en laissant échapper un sifflement d'esthète au passage d'une jolie femme. Au bas du comptoir, une barre de cuivre, marchepied de gamin, permettait d'accéder au bar garni d'un verre de grenadine, de sous-tasses pleines de cacahuètes dorées, d'olives vertes piquantes et de « tramouss », graines de lupins jaunes dont l'élastique membrane résistait avant de crever délicieusement sous la dent. À hauteur d'adulte, l'oncle Jeannot buvait de l'anisette en fumant, parlait peu d'une voix caverneuse et frottait contre ma joue son nez cassé, écrasé, cabossé. Je me doutais qu'il était sérieusement malade pour avoir surpris des conversations familiales où on disait qu'il était atteint de « communisme ». J'avalais une dernière grenadine ou un Crush et je filais. Le plus dur était à venir... D'abord, le grand magasin de jouets, à deux rues de là, une vitrine sans fin où je plaquais mon nez de morveux. Puis le magasin de confiserie de la mère Gros-Jean, bourré de rouleaux noirs avec une pastille blanche lovée au centre de la réglisse, des dragées rouges en forme de fraise, des bonbons charnus, blanc et noir, avec deux goûts différents qui se fondaient en un seul, inconnu, sur la langue. J'arrivais enfin, épuisé, les sens en feu, jusqu'à la devanture de la boutique familiale.

Je pose la main sur le mur du magasin de radio-électricité transformé en atelier de torréfaction de café. C'est toujours la même pierre gris-noir, légèrement granulée. Ce grain. Je l'avais oublié. Saillant, légèrement arrondi, chatouillant la paume, sensuel sous le doigt, comme les minuscules galets d'une plage d'été où je me roulais au soleil. Au fond du magasin, un petit escalier de bois menait à une mezzanine où couchait Abdelkader, l'apprenti, un Kabyle aux yeux très noirs qui économisait ainsi le prix d'une chambre. Là, sur cette marche de marbre usée, mon cousin Gérard et moi passions des heures à nous raconter nos aventures extraordinaires, nourries de nos exploits et de très gros mensonges. À l'intérieur du magasin, il y avait des trésors dans l'ombre, des appareils magiques, postes de radio et de télévision, avec de grands écrans auréolés de boutons, le ventre ouvert farci de fils, de lampes bulbes et de petits joyaux de métal qui fumaient sous le fer à souder et que mon père appelait d'un nom insolite : les « diodes ». Parfois, il se levait, étirait son mètre quatre-vingt-cinq et allait dehors prendre l'air. Sur le tronc de l'arbre face à la boutique, il gravait du bout de son Opinel un gros cœur avec ses initiales : PM, Pierre Mari. L'arbre ? Je me retourne... Il n'est plus là ! Tous les autres sont bien alignés de chaque côté de la rue. Mais, à la hauteur du magasin, il n'y a plus rien. Le patron de l'atelier de torréfaction, qui depuis un moment regarde d'un air suspicieux un fou caresser sa façade de pierre, s'avance et me montre un vieux trou dans le trottoir :

— C'est à cause de l'autobus. Il a voulu faire demi-tour. La rue est trop étroite pour ce genre de véhicule. On l'a dit au chauffeur, il pouvait tourner un peu plus loin. Têtu, ce chauffeur ! Sûrement un Chaouïa à peine débarqué de son bled. Il a préféré tenter la manœuvre.

En reculant, l'autobus a arraché un arbre. Oui, l'arbre qui était là... Il y a longtemps.

Je déteste la bêtise, des chauffeurs ou des assassins, qui ont réduit le cœur gravé de mon père en bois de chauffage. C'était un gros cœur, un grand cœur. Mais un homme solide. Un soir de grande tension à Hussein-Dey, alors que les rues bruissaient de rumeurs alarmistes sur une « descente armée des Arabes sur notre quartier », je l'avais vu prendre un grand couteau à la cuisine et s'en aller tranquillement, malgré les cris de ma mère, monter la garde avec ses copains, toute la nuit, à la limite des champs. Un jour, en revenant de l'école, juste avant de tourner l'angle de la rue principale, je suis tombé en arrêt face au corps d'un petit homme suspendu, les pieds à vingt centimètres au-dessus du sol. Une seconde plus tard, le bras mi-tendu de mon père apparaissait, soutenant le voleur pour le conduire au commissariat le plus proche. Il ne l'avait pas brutalisé et n'a pas voulu porter plainte. C'était un cœur aimant et généreux. En costume-cravate, il était aussi élégant que mon grand-père mais je le préférais l'été, en short, polo et sandales, avec ses joues un peu rondes et pas rasées qui grattaient quand je posais mon menton sur son épaule en respirant fort l'odeur de son après-rasage. Il était grand, fort et paisible. Une balle, une seule. Calibre 11,43. J'ai toujours détesté les armes et les chiffres.

Parfois, je traînais au magasin, maladroit et turbulent, au milieu des appareils démontés et il me caressait les cheveux pour me demander en silence de ralentir ma sarabande. Je me calais devant lui en proclamant : « J'ai faim ! » Il me souriait, amusé, « encore... » et me tendait une pièce de cent francs lourde comme une promesse de festin. Je courais jusqu'à cette pâtisserie arabe, une échoppe qui brûlait de l'intérieur, avec des langues de feu qui sortaient du four à briques et léchaient les murs de céramique fleurie. De profil, face à l'âtre, se tenait un dieu souterrain, calot blanc sur un crâne rond et chauve, un œil blanc et mort qui tournait dans une orbite creuse, l'autre brillant et rivé sur son infernale cuisine.

Mon Vulcain borgne n'hésitait pas à plonger ses bras dans la gueule du four pour y déposer des pâtes blanches, en ressortir des corps durs et fumants qu'il envoyait grésiller dans une bassine de sucre. Je restais là, muet et pantois, en bavant, les mains sur le comptoir, à bout portant de rubans de miel dorés comme des lingots, de pavés granuleux fourrés aux dattes, de triangles feuilletés dégoulinant d'un sirop épais et sucré, capables de foudroyer un diabétique.

— Tiens ! Te voilà... Alors, qu'est-ce que tu veux aujourd'hui ? Zallabia, makroud ou baklava, demandait Vulcain qui avait fini par remarquer ma présence.

Je ne me souviens pas d'une question plus difficile que celle-là. Il éclatait de rire devant mon silence, ma bouche grande ouverte et mes yeux exorbités. Il attendait, en soupesant ma pièce de monnaie, avant de suggérer :

— Ou alors un bon beignet, comme d'habitude...

Je mobilisais ma nuque raide, en signe d'approbation. Il déchirait une feuille de papier blanc — craaac ! — plongeait la main dans sa bassine, élevait vers le ciel l'objet du désir frissonnant de sucre chaud et d'huile bouillante et l'enveloppait d'un geste impérial dans le cornet de papier qu'il déposait au creux de mes mains comme on transmet un secret. Je mourais de plaisir. L'Arabe borgne faustien me souriait et je perdais mon âme dans le péché de gourmandise... C'était il y a un siècle.

Devant moi, le rideau de fer est rouillé, la céramique froide et la pâtisserie arabe fermée. Mon vieux Vulcain a dû mourir depuis longtemps.

— *As salam...* dit un vieillard rond et fripé, appuyé contre le mur.

Je lui réponds, un peu distraitement. Il me tend la main du geste large des aveugles. Je la serre. Il frémit. Me touche les doigts, la paume, me caresse le dos de la main. Et se redresse, calme, souriant, sûr de lui, ancien borgne clairvoyant derrière ses deux orbites désormais creuses :

— Tu es le fils de Pierre Mari, pas vrai ? Est-ce que tu aimes toujours les beignets arabes ?

Le vertige me prend.

Je me suis réveillé ébloui. Les rayons obliques du soleil qui filtraient des persiennes de bois inondaient ma chambre du Djezaïr. La renaissance de la lumière du matin. La tête en feu après une nuit trop courte, j'ai fermé les yeux sous la douche, avalé un demi-litre de café et j'ai gagné la rue. Dehors, les murs d'Alger s'affrontaient à coups de graffitis : « Bientôt l'État islamique », a écrit une main nerveuse ; « Ici, l'Ordre ! » lui répond une écriture autoritaire ; « Je veux partir... » a crayonné un enfant perdu. Les jambes écartées, un homme pissait sous un panneau « Défense d'uriner » et les poubelles s'entassaient à l'endroit précis où un pinceau officiel ordonnait de « ne pas jeter d'ordures ici ». Parfois, les murs flirtaient avec le paradoxe : « J'aime Londres, l'Australie... Et le FIS ! » Mais le plus souvent, ils sombraient dans un désespoir tranquille : « Alger sortira de la merde le lundi 30 avril 3999. À minuit. »

Dans un bistrot du port, j'ai avalé deux cafés brûlés. Le premier cigare du matin m'enflammait la gorge. Depuis la visite au cimetière, quelque chose en moi s'était déchiré. Une question me remuait, à bas bruit, corde de basse grattée du bout des doigts, petite musique sans les mots : « Qu'est-ce que je cherche ? » Maintenant le verbe s'était incarné dans l'image d'un corps immense autrefois allongé sur une table de pierre à l'hôpital Mustapha. À midi, dans l'appartement familial, nous avions attendu en vain le retour de mon père. Sur la table, le plat de lentilles avait refroidi. Ma mère se tordait les mains. Enfin, quelqu'un avait sonné. Un homme un peu raide avait dit qu'il était « arrivé quelque chose à votre mari, madame. Rien de très grave. Enfin, quand même... Il est à l'hôpital. » Ma mère avait vacillé comme une flamme avant de s'éteindre. Quelqu'un nous avait conduits, elle et moi, vers Alger. Dans le jardin de l'hôpital Mustapha, un adulte m'a pris fermement par les épaules :

— Tu es le fils aîné. Maintenant, c'est toi le chef de famille. Prends soin de ta mère et de tes deux frères.

Moi, un chef ? J'étais un nain et il m'avait fallu enjamber les momies blanches qui encombraient la morgue ; cadavres d'Européens et de musulmans, tous civils, enroulés dans des draps réglementaires, avec une fleur rouge à hauteur de la gorge ou de la tête. Un employé lavait au jet un sol en pente douce et l'eau poussait le sang qui gargouillait au centre, autour de la bonde. J'avais eu de la chance. Mon père n'était pas allongé à même le carrelage du sol. Ou dans le quartier des « pendus de la morgue », dans un de ces cinquante sacs de plastique transparent que les employés entassaient, suspendus par un crochet, à la verticale, par manque d'espace, comme des quartiers de bœuf dans un entrepôt frigorifique. Non, il était là, dans une pièce réservée, couché sur le dos, beau sous un drap immaculé, la mâchoire retenue par une bande de gaze légère. Ma mère avait laissé échapper une phrase qui m'avait paru ridicule : « Pierre !... Mon Dieu comme tu es grand ! » Et j'ai appris, plus tard, à décrypter cette étrange formule concluant le rapport d'autopsie : « Plaie transfixiante de l'abdomen avec lésions viscérales et vasculaires » qui expliquait scientifiquement mon ciel coupé en deux. Une infirmière racontait que, sur les seize blessés graves opérés ce matin, tous étaient morts. Et que le chirurgien épuisé avait pleuré sur la table d'opération en répétant : « Ne me lâche pas mon petit. Ne me lâche pas ! » Petit, mon père ? À trente-cinq ans ? Le mot m'avait heurté.

À l'étage au-dessus, en réanimation, mon grand-père, coude brisé et rate éclatée par quatre balles, s'est réveillé un instant, déchoqué par les perfusions et l'oxygène. Il s'est dressé sur son lit de mort comme s'il voulait partir, en demandant : « Et mon fils ? » Puis il a définitivement replongé dans le coma. Il est mort le lendemain. Moi, je ne comprenais pas grand-chose à tout ce tumulte. Mon père était là, c'était bien. Je me suis approché pour l'embrasser, sans bouder. Et c'est en posant mes lèvres sur sa joue encore chaude et piquante d'un début de barbe que j'ai compris qu'il était mort.

Enquêter aujourd'hui sur le décès de mon père ? Faire l'enquête, être en quête, faire la quête... mais de quoi, bon Dieu ? Je savais déjà, non ? J'avais toujours su. Depuis ce jour, des morts du même genre, j'en avais vu des centaines. Il n'y avait pas de quoi mobiliser le Quai des Orfèvres ! D'ailleurs, je connaissais les circonstances de l'attentat. On m'avait tout raconté, sans faire aucun mystère. Le 14 février 1962 était un jour de grève générale à Hussein-Dey. La veille, le gérant du bar Le Tourbillon, soupçonné d'appartenir à l'OAS, avait été enlevé par six hommes armés de mitraillettes, sans doute des barbouzes dont la DS noire avait filé en direction de Maison-Carrée. Dans toute la ville, les magasins étaient fermés et les rideaux tirés en signe de protestation. Une des maîtresses de mon élégant grand-père se plaignait d'une bouteille de gaz butane vide. Sa voiture, une Dauphine blanche, était en panne, il a appelé mon père. Même au lit avec une grippe, « Pierrot » ne refusait jamais un service. Il s'est levé malgré les protestations de ma mère et les deux hommes ont pris la Simca Aronde Châtelaine jusqu'au dépôt de gaz le plus proche, le dépôt Zimmerman, rue Hadj-Pacha à Kouba. Parce que, guerre ou pas, la vie continue et qu'il vaut mieux manger chaud. Pour comprendre la suite, disons que c'était une époque farfelue où les automobilistes fixaient de grandes palmes ou des aimants aux pare-chocs pour se prémunir contre les pointes d'acier semées par les « terroristes ». Pas mon père, bien sûr. Qui donc aurait pu lui vouloir du mal ? Il a suffi de quelques clous jetés sur la route de Kouba, d'un pneu qui crève et qu'il faut bien changer, d'une voiture en embuscade et de quatre Algériens qui tuent parce que le pays est entré dans le chaos et que le moment et l'endroit sont propices. Mon père accroupi devant la voiture, abattu dans le dos, par une balle de gros calibre 11,43, une arme de tueur. Mon grand-père qui s'avance, hébété : « Ne tirez pas !... C'est mon fils ! » et tombe lui aussi frappé de plusieurs balles. La voiture du commando qui démarre. Et deux civils innocents qui se vident de leur sang au milieu de la rue Hadj-Pacha puis sur le siège de la voiture d'un automobiliste qui passait par là, un inconnu qui a pris le risque de traverser tout Alger en direction de l'hôpital. Où est le mystère ? On m'a évité l'enterrement, suivi, d'après le journal de l'époque, par un bon millier de chrétiens et de musulmans, dont sans doute pas mal de clients qui devaient déjà regretter ces créanciers débonnaires. Je suis allé à la morgue, je les ai vus. Ce n'étaient pas des fantômes mais des corps sans vie qui refusaient de répondre à mes appels au secours. Soit. Il y en a eu d'innombrables comme eux. L'époque était à la haine et à la violence entre communautés.

J'ai retrouvé des coupures du *Journal d'Alger* où l'on tenait, avec précision et sobriété, le journal de bord des tueries. Comparé à d'autres jours, il faut bien reconnaître que ce mercredi 14 février était une petite journée :

À Alger
6 h 15 : Dans le centre, MM. Ladjali, Gaouar et Alili Amrani, blessés ;
6 h 30 : Au Frais-Vallon, M. Pascua Vincent, mortellement poignardé ;
6 h 45 : À Belcourt, M. Zenini Mahfoud, blessé ;
7 h 15 : À Pointe-Pescade, M. Jean Raphaël, tué ;
9 h 20 : Place du Gouvernement, attentat manqué contre M. Georges Sellès ;
9 h 35 : À Lavigerie, charge de plastic neutralisée ;
10 h 5 : À Kouba, M. Joseph Mari a été blessé et son fils Pierre, tué ;
10 h 15 : Dans le centre, MM. Allaoui Belkacem blessé, Kalifa Amar, tué ;
10 h 45 : À Belcourt, M. Charles Koria, blessé ;
11 h 30 : Le corps d'un Européen âgé de vingt ans environ, tué d'une balle et les pieds et mains ligotés, découvert sur une plage. Il était démuni de toutes pièces d'identité ;
14 h 20 : À Birkadem, M. Lucien Bagur, blessé ;
14 h 25 : À El-Biar, mitraillade faisant deux blessés : M. Bernard Boulay et M. Paradis ;

14 h 55 : En haute Casbah, M. James Bantos, tué ;
15 h : Dans le centre, une mitraillade a fait trois blessés : MM. Belkadi, Ali Boumerdasi et Ramdane Bélaïd ;
15 h 40 : À Belcourt, M. Louis Juanico, blessé grièvement ; son agresseur, Aliane Areski, abattu par les forces de l'ordre ;
16 h : À Hussein-Dey, deux blessés, dont une femme ;
16 h 50 : Rue Lamarck, M. Etienne Llorens, blessé ;
17 h : À Rovigo, M. Kouider Menad, blessé ;
18 h : À Birmandreis, MM. Pierre Forestier et Jean Menther, tués tous deux ; MM. Gacem Abderrahmane et Benhamou Messaoud, blessés ;
19 h : À Hussein-Dey, deux blessés au cours d'un attentat. Les victimes ont été évacuées ;
19 h : Chemin Abdelkader, M. Fella Abdelkrim, blessé ;
19 h 20 : À Bouzaréa, M. Omar Mansour, blessé...

Voilà pour Alger. Après, il y avait le bilan d'Oran, de Bône, de Constantine et d'ailleurs. Oui, une petite journée. Je me rappelle les bulletins radio où, entre deux résultats sportifs, on annonçait un matin « quatre-vingts morts dans les quartiers musulmans » et le lendemain « soixante-treize Européens abattus ». Je te tue parce que tu es français, européen, arabe, musulman. Ailleurs parce que tu es bosniaque, serbe, croate, kosovar, palestinien, juif, chiite, chrétien libanais, druze, indien, tamoul, sikh, persan, tutsi, hutu... Des millions et des millions de fois. Quoi de neuf à l'horizon des conflits d'intérêts, de la haine ethnique et du droit inaliénable des peuples à s'entre-tuer ? Rien. Alors, pourquoi devrais-je revenir sur cette mort du passé, affreuse sans doute mais banale, à la fois si proche et si lointaine ? Pourquoi ce grondement en moi, pourquoi tout ce remue-ménage ? En quête de quoi, bon Dieu... Je ne sais pas. Mais j'ai appris une chose, avec l'expérience : on n'est jamais le même au début et à la fin d'une enquête. Et puis cette toux ressurgie de mon enfance a réussi, trente ans après, à me faire frémir comme un homme des cavernes. Elle pesait sur moi, m'écrasait en secret, me dépassait ; elle a peut-être tracé ma vie. Alors, je dois fouiller. Pour ne plus être surpris par une grosse bulle de larmes venue du passé. D'avant la fin de la naïveté et la conscience crue de notre condition d'adulte. Au-delà de cette date, mon enfance n'était plus autorisée. Mon enfance, c'était ici, avant. Mon enfance est un étrange pays. Un jour, le voile s'est déchiré — craaac ! — comme le papier blanc et sucré de mon pâtissier arabe et borgne, en emportant le bonheur de l'ignorance, de la candeur, de la gourmandise. Et j'ai fait la connaissance intime du Mal. Lui et moi, les yeux dans les yeux. Même pas peur, papa ! Non, seulement écrabouillé. Puis j'ai grandi et appris à regarder la mort dans tous ses états, à l'étudier à l'hôpital ou en reportage, comme la tumeur obscène d'une souris de laboratoire. À la disséquer, à la recenser et à l'éviter. Je me suis appliqué à aller de l'autre côté du fleuve noir, à marcher dans les cendres des autres et à revenir dans le monde des vivants. J'ai mis longtemps à comprendre qu'il fallait éviter de parler trop fort au retour, de raconter ces choses terribles à table, pour ne pas déranger les autres, ne pas encombrer leur vie déjà si compliquée, ne pas leur demander de prendre sur leurs épaules toute la douleur du monde. Il faut savoir laisser en paix ceux qui le désirent. Libre à chacun de traverser ou non cette obscure frontière dont on revient les yeux dessillés mais la bouche amère. « Il faut lutter pour s'endurcir sans se durcir » comme disait un célèbre guérillero cubain mort d'utopie. Il faut aimer encore et davantage parce que c'est le seul antidote connu.

Je croyais être seulement de passage, par hasard, à Alger. Je ne suis ici que depuis quelques semaines, le pays s'est emballé et il me semble qu'il est déjà trop tard. Aujourd'hui, la vérité dont je me contentais, gamin pressé de grandir en exil, paraît bien courte à l'adulte habitué à se poser des questions. Et si tout n'était que demi-vérité, mensonge pieux, conte familial ? Hussein-Dey m'a paru si étrange ! Une dalle de pierre gris-noir a ouvert un abîme sous mes pieds. Un aveugle m'a reconnu. Et un autobus a emporté l'arbre que je croyais éternel. Tout est peut-être à l'avenant. Et si mon père n'était qu'un faux innocent, un saint Valentin de plâtre, un Européen qu'on a assassiné parce que c'était lui, précisément, que les tueurs — arabes ou français ? — avaient pour mission d'exécuter ? On m'a peut-être trompé ou je me suis abusé moi-même en me reconstruisant une mémoire sur mesure. Et si je m'étais bâti sur du sable ? Sur un château prêt à se déliter à la première vague comme mes pâtés d'enfant au bord de la plage ? Détourner le regard et fuir ? C'est sans doute éviter la douleur de l'examen mais c'est aussi jeter un voile définitif sur ma part d'ombre. Comme un deuxième linceul.

Je dois me pencher sur cette mort banale, d'une autre époque de moi, d'une autre vie. Remuer cette couche de cendres que je croyais froide. Au moment même où d'autres foyers menacent d'embraser les profondeurs d'Alger. Le volcan qui se réveille ici, trente ans plus tard, a des allures de déjà-vu. J'ai mis le doigt dans un engrenage. Bien sûr, je pourrais encore me dégager. Il me suffirait d'un coup d'épaule ou d'un accord politique en Algérie mais une voix sourde au fond de moi me dit que ce serait contraire au cours des choses de ce pays. Les mêmes mots ressurgissent — « attentats, terroristes, égorgeurs, maintien de l'ordre, poignée de rebelles, ratissages, éradication, dernier quart d'heure... » —, la même mécanique qui dresse l'un contre l'autre deux blocs frères ennemis, le scénario du pire inévitable, cette spirale de violence qui dépasse les hommes et les emporte tout droit vers ce qu'ils croient pouvoir éviter.

Pour comprendre le présent de l'Algérie, il va falloir que j'exhume le passé. Tout le passé. Le sien et le mien. Me voilà tombé, à pieds joints, dans le piège que je redoutais. Tant pis ! Ou tant mieux. De toute façon, je n'ai plus le choix.

« L'histoire... se répète, comme une bouche sanglante qui ne vomit qu'un bégaiement furieux. »

Albert CAMUS (*Actuelles, III, Chroniques algériennes, 1939-1958*).

Les mois ont passé et l'hiver humide s'en est allé en laissant des frissons dans l'air. Le FIS a été dissous et l'état d'urgence est en vigueur depuis le mois de février. Le printemps est venu et il a apporté avec lui le vol des martinets, de grands pans de ciel bleu outremer et un air de Grèce antique sur les frontispices rongés du bord de mer, puis l'été a commencé à faire fondre l'asphalte des rues et le pays me colle aux semelles. Un nouveau président est venu puis s'en est allé. Il avait un visage ascétique, une légitimité révolutionnaire, des envies de changement et une réputation d'incorruptible : on l'a assassiné. Mohamed Boudiaf avait ouvert des camps pour les islamistes dans le Sud, il a commencé à fouiller dans les placards vermoulus du régime et promis la fin du chaos. Il est mort peu après, abattu par un membre chargé de sa protection. Exécuté d'une grande rafale dans le dos pendant qu'il parlait, assis à la tribune du palais de la culture d'Annaba, au moment précis où il prononçait le mot « Islam », son dernier mot. Parfois, l'Algérie donne le vertige.

Moi, ce matin, je marche dans la fournaise de juillet, en équilibre instable sur une ligne imaginaire qui coupe en deux la cité de Bab Ezzouar, là où habite Mustapha, dans la banlieue d'Alger. Le terrain vague est large de cinquante mètres à peine, entouré de fils de fer étoilés de sacs de plastique qui claquent au vent comme des drapeaux. D'un côté, des blocs d'immeubles proprets de fonctionnaires, avec des parkings, des jardins miniatures, des antennes paraboliques sur les toits, des locataires qui parlent français au téléphone et craignent pour leurs privilèges. La masse des autres ne parle que l'arabe populaire, vit à l'extrémité du terrain, dans les mêmes blocs de béton, avec une flopée de gamins mais sans parkings, sans téléphone, sans fleurs et sans espoir. Les deux mondes ne se rencontrent jamais et leurs enfants ne se connaissent pas. Personne ne traverse la ligne. Restent, de part et d'autre de la poussière, les nantis et surtout les gueux qui jurent, les dents serrées, qu'un jour et par la force, ils passeront de l'autre côté de la cité.

Parfois, l'Algérie est paradoxale. J'ai suivi un groupe d'un bon millier de jeunes islamistes aux funérailles du président Boudiaf. Ils étaient là, tristes et recueillis, et chantaient leur foi en tenant leur index droit pointé vers le ciel : « Pour elle, je vis. Pour elle, je meurs. » Il n'y avait chez eux aucun signe de défi, seulement un hommage au mort. À la fin de la cérémonie, certains ont marché vers les voitures d'officiels en accusant : « C'est vous qui avez tué le président Boudiaf. Assassins... » Une minute avant sa mort, ces gamins pourtant le vomissaient ! Parce qu'il représentait le pouvoir en place, répétait que le FIS était révolu et n'avait pas hésité à envoyer ses militants derrière des barbelés au Sahara. Et maintenant ils le pleurent. Parce qu'ils ont cru que le président allait mettre à bas tout le système et les débarrasser de la mafia du pouvoir. Une fois mort, ce président — inconnu, attendu, respecté, redouté puis haï — est redevenu un noble vieillard, un père fondateur, le symbole de la lutte contre la Hogra. Le sang sur la poitrine lui a rendu sa pureté originelle. Voilà pourquoi ces gamins portent son deuil.

Parfois, l'Algérie est hypocrite. Comme les larmes du parti FLN à qui Mohamed Boudiaf avait juré de faire la peau, de lui ôter ses immeubles bourrés de caciques et de le pousser vigoureusement vers le musée de l'histoire. Larmes de vieux crocodiles.

Parfois, l'Algérie est émouvante quand je lis à la une d'un magazine ces quelques lignes : « Il y a quelques jours, un homme est mort, tué dans le dos. Ce dos, c'est le nôtre, et la mort est notre ennemie. »

Souvent, l'Algérie est déconcertante. J'ai roulé jusqu'à Blida où on avait annoncé un procès implacable contre les chefs du FIS, Abassi Madani le notable et Ali Benhadj le visionnaire. Les chefs d'inculpation, terribles, s'appuyaient sur un texte écrit sur mesure au lendemain de l'état de siège, l'« instruction N-22 » qui prévoyait pêle-mêle la violation du couvre-feu, la constitution de groupes armés, la destruction des moyens de communication de la police, de la gendarmerie, de l'armée et l'enlèvement des responsables. Bref, la mise à bas de l'État. On condamne à mort pour moins que cela dans ce pays. Le procès devait être public, politique et impitoyable. Il n'en fut rien. Le pouvoir a interdit les journalistes étrangers, le procureur s'en est tenu aux faits et les accusés ont sauvé leur tête. Dès le lendemain, après la prière du vendredi, les islamistes ont enflammé des pneus et dressé des barricades dans les rues et la police a ouvert le feu au kalachnikov dans Bab el-Oued, El Harrach, El Biar et Bachdjarrah. Des morts, des blessés, le sang. J'essaie, en vain, de ne pas perdre le compte de ce début de boucherie en notant les victimes et les dates et en les comparant avec les bilans des autres journalistes. Une centaine de policiers et de militaires ont été abattus. Pour le reste, tout va trop vite. Hier soir, en sortant de son journal, Mustapha m'a raconté qu'on venait de retrouver les corps criblés de balles de policiers en civil, mitraillés alors qu'ils fonçaient dans une voiture banalisée, sans phares et dans l'obscurité : ils étaient attendus, un travail de professionnels bien informés. La violence change de nature, l'attentat individuel cède la place à la guérilla urbaine.

— Tu connais la dernière plaisanterie qui court ici, a dit Mustapha, l'air sérieux : à Beyrouth, les gens ont très peur que le Liban ne s'algérianise !

Parfois encore, l'Algérie arrive à se moquer d'elle-même. De plus en plus souvent, elle préfère l'indifférence. Quand un apparatchik est nommé président intérimaire, le maître d'hôtel du Djezaïr jette un coup d'œil au portrait officiel aussi empesé qu'un uniforme de parade et il replie son journal en soupirant qu'il y a des gens que plus personne ne peut croire.

Toujours, l'Algérie est résolument militaire. Retranché dans son bunker, l'état-major des généraux galonnés contrôle sans cesse le jeu politique. Mais les simples soldats sont fatigués, eux, d'affronter la vie chère, de courir après du lait en poudre ou des médicaments. Fatigués de faire la police dans la rue quand ils ont parfois un frère islamiste ou un parent en prison. Certains commencent à déserter, avec armes et bagages, ou restent le jour sous l'uniforme mais attaquent des sentinelles la nuit, comme ces deux soldats arrêtés lors de la fusillade contre l'Amirauté. L'assassin du président Boudiaf était lui-même un militaire. D'autres jeunes officiers en rupture s'accrochent encore à leur credo, nationalisme, patriotisme, arabisme, mais ils ne rejettent plus l'islamisme. Ceux-là se coupent peu à peu de leur hiérarchie et font craindre une implosion ou une tentative de coup d'État. Et ils sont désormais plus surveillés par la sécurité militaire que les militants du FIS. La cohésion historique d'une armée est en jeu. Et, à travers elle, l'État.

Il fait maintenant une chaleur à vous griller la moelle des os. J'aimerais étouffer de bonheur au soleil. Mais l'Algérie est un crève-cœur. Quand elle affiche des airs de vacances, des diamants au sommet des vagues, des corps bronzés sur les dunes de sable, du poisson frais à la terrasse des restaurants et de la musique raï dans l'air. Pourquoi faut-il qu'il y ait aussi cette lave noire en perpétuelle fusion dans le regard des jeunes ? Jamais l'Algérie n'est en paix.

J'ai rencontré Mehdi bien plus tard. Il vivait avec ce volcan à l'intérieur de lui. Parler était un besoin et une souffrance. Je l'ai vu souvent, longtemps, et la confession a duré des années. Parfois, il ouvrait grand la bouche et je suivais l'ascension de la grosse bulle de douleur qui lui nouait le ventre. Elle remontait vers ses poumons et il cherchait de l'air comme s'il avait toujours un chiffon imbibé de détergent ammoniaqué enfoncé dans la gorge. Je me taisais et il faisait un dernier effort pour expulser cette saloperie en lui. Souvent, il échouait. Sa bouche se refermait avec un bruit de robinet vide. Parfois, il expulsait un mot, une phrase, mineur de fond rescapé qui cracherait des boulets de charbon. Il restait là, tout étonné par ce qu'il venait de vomir. Puis ses yeux arrondis devenaient humides. Et il pleurait comme un gamin brisé qu'il était. Faut pas être trop sérieux quand on a dix-huit ans. Faut pas se frotter au monde des laids et des brutes quand on a un visage de beau gosse, le nez aquilin, les cheveux et les yeux très noirs, le teint pâle et délicat.

La première fois, il n'a rien dit ou presque :

— Moi, je voulais étudier le droit islamique. Pas pour

rejoindre les fanatiques de mon quartier. Non, au contraire. Pour combattre ceux qui voulaient se servir du Coran et le dévoyer. Jamais, tu m'entends, jamais je n'ai rejoint les islamistes !

Au début, je ne l'ai pas cru. J'avais tort. Chez lui, ils étaient huit enfants, et la famille, d'origine kabyle, était respectable. Le père, pieux, était un ancien magistrat de la Cour suprême devenu avocat, et les trois frères étaient tous docteurs d'État. À la maison, la véritable religion, c'était le droit. Lors des émeutes de 1988, Mehdi est descendu dans la rue, comme les copains du lycée, pour crier : « Réveillez-vous, gens de la capitale ! » Puis il a vu les flics avec leurs gourdins et son voisin est tombé dans une flaque de sang. Alors il a eu peur et il est rentré en courant chez lui. Trois ans plus tard, il s'inscrit au très officiel Institut de sciences islamiques, faculté construite par le gouvernement, dont les deux tours pompeuses en forme de minaret dominent la crasse d'Hussein-Dey, dans le quartier du Caroubier. Malgré les événements, il réussit à ne pas rater un cours. Même si, en ce printemps 1992, il lui faut traverser toute la ville, braver la tension de la rue, les contrôles et les regards lourds des soldats.

— Un jour, c'était le 9 mars, à la sortie des cours, je les ai vues. Au bas du grand escalier de l'institut, moteurs arrêtés, en file indienne... les camionnettes de la police.

Les unités antiémeutes sont déployées en arc de cercle et quelques flics en civil se sont mêlés aux passants, au cas où certains élèves seraient tentés de jeter leur cartable pour se fondre dans la foule.

— Simple contrôle d'identité. Tout le monde au commissariat... lâche un inspecteur. On les pousse vers les camions qui démarrent. Un copain de Mehdi se redresse :

— On a des papiers en règle ! Alors pourquoi...

Une grande claque le renvoie s'asseoir sur la banquette :

— Bouclez-la. Tas de merde. Vous n'avez que trop parlé !

Le camion freine sèchement. Les flics les font descendre les mains sur la tête. Ils sont répartis en petits groupes. À l'intérieur, Mehdi se retrouve avec une vingtaine d'autres, dans une salle, dos au mur. Cinq policiers en civil entrent dans la pièce, en manches de chemise. L'un d'eux tient une tasse de café à la main. Il s'avance face à un étudiant à la peau foncée, tache sombre sur le front, petit et sec comme un tronc d'olivier. Le flic se penche, approche son visage à quelques centimètres du sien, le regarde calmement, droit dans les yeux. Et lui met un énorme coup de tête. Le bruit du nez brisé emplit la pièce, comme un signal de départ. Mehdi prend un coup de pied entre les jambes, s'affaisse à genoux, les mains accrochées à son bas-ventre et ne voit pas arriver le second coup de godillot qui lui scie les côtes. Recroquevillé sur le sol, il se retrouve face au regard vitreux d'un adolescent au visage de bébé, deux rigoles rouges coulant de ses narines éclatées. Mehdi reconnaît un voisin d'amphithéâtre à la fac et sent l'odeur fade du sang se répandre sur le carrelage. Il a envie de vomir, n'y parvient pas. Des contractions lui déchirent le ventre et il s'évanouit. Une demi-heure plus tard, les cinq flics sont en sueur et les étudiants en sang. On pousse les suspects vers la sortie. D'autres camions les attendent. Des militaires. Mehdi et les autres sont plaqués sur le plancher, une main abaisse la bâche kaki et le convoi s'ouvre un chemin dans les embouteillages. À l'arrivée, quelques kilomètres plus loin, sur le front de mer, Mehdi reconnaît les arbres, porteurs de caroubes, ces fruit secs, plats et légèrement ondulés, au noyau dur et au goût de réglisse, qu'on donne en pâture aux chevaux et que, gamin, je croquais en cachette, pendant que mon grand-père perdait aux courses à l'hippodrome du Caroubier. L'Institut de sciences islamiques n'est pas très loin et Mehdi se prend à espérer une libération. Le camion s'arrête. Des cris. Les militaires les poussent en hurlant vers des stalles, dans les anciennes écuries de l'hippodrome, reconverti en caserne des gardes républicains. Coups de poing, coups de matraque. Les portes se referment sur des murs froids, une couverture sale sur le sol mouillé et un trou de WC creusé au centre du box. Mehdi n'y tient plus. Il colle sa bouche contre la porte en bois et appelle :

— Monsieur ! S'il vous plaît. C'est une erreur... une erreur !

De l'autre côté de la porte, un pas s'approche :

— Ta gueule ! Qu'est-ce que tu veux ?

— Vous vous êtes trompés, ma famille est très connue, je ne suis pas...

L'autre le coupe :

— Connue ? Tiens donc ! Une erreur tu dis... bien. Ton nom ? Où est-ce qu'on t'a ramassé ?

— On m'a arrêté à la sortie de l'Institut de sciences islamiques et mon père...

L'autre rugit :

— Salaud d'islamiste ! Je ne veux plus t'entendre, tu comprends ? Plus un mot. On va s'occuper de vous !

Plus tard, un ordre sec, une cavalcade, des bruits de rangers sur le sol et la porte s'ouvre. Dehors, les militaires regroupent une dizaine d'étudiants.

— Face au mur !

Ils obéissent. Derrière eux, huit soldats alignés, fusil au pied, avec un sergent, en retrait sur le côté. Son revolver à la main, il hurle :

— Armes à l'épaule. En joue...

Mehdi sent ahuri les trous des canons dirigés contre son dos. Son cerveau s'emballe comme un cheval fou pris dans un incendie. Un peloton d'exécution ? Contre des étudiants ? Sans procès, sans avocats, sans jugement ? Quelle loi, quel décret, quelle ordonnance ? Le pouvoir ne peut pas faire ça ! Le sergent a levé sa main droite à la verticale. Un étudiant, le visage tuméfié, se dépêche de prier : *Bismillah Al Rahman Al Rahim !* Mehdi regarde son voisin d'amphi, il est pâle comme la mort, une tache sombre s'élargit sur son pantalon de gamin et des gouttes sales tombent sur ses chaussures. Mehdi ne peut plus penser, il se fige en attendant les coups de poing dans sa poitrine. Il va mourir sans comprendre :

— Feu !

Un bruit de culasse vide claque dans le silence. Le sergent éclate d'un gros rire satisfait et les regarde, méprisant :

— Allez ! Ramenez-moi ce tas de fumier à l'écurie... Exécution !

En roulant sur les hauteurs d'Alger, au printemps, j'ai vu parfois passer, pas très haut dans le ciel, de gros avions Hercules qui filaient vers le sud. Et je me demandais ce qu'ils transportaient à un rythme aussi soutenu. Une semaine après son arrivée aux Caroubiers, Mehdi a pris l'un d'entre eux. À l'intérieur, menottes aux mains et pieds enchaînés, il m'a dit qu'il n'avait pas vu Alger se dérouler sous le ventre de l'avion militaire. L'appareil a laissé rapidement Blida et la montagne de

Chréa sur sa droite. Il a survolé Aïn Oussera puis Djelfa, a dû frôler les monts des Ouled Naïl à l'est du djebel Amour — j'aime ce nom — et il a sans doute poursuivi son chemin au-dessus des derniers nuages vers Laghouat et Ghardaïa, la ville aux toits bleus des Mozabites. En vitesse de croisière, il a volé deux heures et cinquante-cinq minutes, — Mehdi a regardé sa montre —, jusqu'aux premières dunes du Grand Erg occidental avant d'entamer sa descente et de se poser sur une piste du désert, aux portes d'El-Goléa. Entassés dans la carlingue et sonnés par le vacarme des moteurs, il y avait là des militants du FIS, quelques « afghans » muets, des gosses des rues de Baraki ou de Kouba qui n'avaient pas seize ans, un vieillard de soixante-dix ans à l'air incrédule et des étudiants, à peine sortis de leur amphi et qui n'avaient jamais connu d'autre matrice que le ventre d'Alger baigné par la mer. Quand les portes se sont ouvertes sur l'inconnu, Mehdi a entendu le rire des pilotes, il a reçu de plein fouet une rafale sèche de sable, vent chaud qui promettait de devenir bouillant. Et, face au désert, il a écarquillé les yeux devant cet océan mort qui l'attendait.

— En un instant, j'ai décidé d'oublier ma vie d'avant. De ne penser qu'à résister au présent. À survivre.

La caserne est plantée à la sortie d'une ville qu'il ne verra jamais. Ils sont douze cents, répartis dans des tentes de huit personnes, entourées de grillages et de fil de fer barbelé. Les nuits d'avril sont encore froides mais les vents de sable de mai chauffent bientôt l'air à quarante degrés. Chaque jour, on leur distribue un seau de quatre litres d'eau trouble, pour boire et se laver. L'eau, la nourriture, l'hygiène, tout est rare. Mehdi croise des hommes raflés en faisant leurs courses au marché et qui ont encore leur couffin à la main. Un autre se promène avec sa cage à canaris. Il y a même un intellectuel du Parti communiste algérien, résolument anti-islamiste, arrêté au volant de la voiture de son frère, sympathisant du FIS.

— Parfois, je cherchais une explication à tout ça ! Mais les barbus m'ont dit : « Surtout ne cherche pas à comprendre ou tu deviendras fou. »

Les islamistes l'étonnent. Ils établissent un « Madjliss Achoura », le conseil de la Choura, désignent en secret un émir qui fait passer ses ordres de bouche à oreille, organise la distribution de nourriture, les soins aux malades et le partage équitable des rares colis reçus. Dans le camp, certains prisonniers islamistes sont d'anciens maires, députés, avocats, médecins ou professeurs de faculté. Ils ont formé des comités, santé, culture, éducation et un département de langue arabe classique et moderne. On enseigne aussi l'anglais, le français, l'italien, l'espagnol et le persan. Le jour, des ingénieurs agronomes donnent des cours d'agriculture moderne aux paysans et, le soir, un disciple d'Abassi Madani, un des leaders du FIS emprisonné, disserte sans fin sur la théorie du « Retour aux sources » dans l'Islam. La discipline est stricte. Avant même la tombée du jour, les détenus assis en cercle écoutent le cheikh parler des questions religieuses. Au début, Mehdi l'étudiant avance bien quelques arguments mais le cheikh l'arrête d'une main autoritaire : « Tu étais aveugle. Ici, tu vas voir la lumière. » Et Mehdi décide de ne plus souffler mot.

À l'arrivée au camp, les islamistes ne représentaient pas plus du tiers des prisonniers. Quelques semaines plus tard, les privations et le lavage de cerveau des interminables « cercles » du soir ont converti la plupart des prisonniers. L'intellectuel communiste fait désormais sa prière, les illettrés apprennent le Coran par cœur et tous les autres ne rêvent que de vengeance. Mehdi se tient à l'écart et tremble la nuit quand il entend les Land Rover de la sécurité militaire pénétrer dans le camp et repartir avec des hommes que plus personne ne reverra vivants. Un jour, un militaire l'appelle à l'entrée du camp. Son père est là, après des semaines de recherches, malgré le silence de l'administration et ses mensonges :

— J'étais maigre, sale, brûlé. Il a eu du mal à me reconnaître.

Il lui tend des vêtements propres, de l'argent, l'embrasse, promet de remuer ciel et terre mais doit repartir. Mehdi est transféré à Ouargla, à quatre cents kilomètres de là, dans une prison militaire entourée de murs de sept mètres de hauteur, avec un quartier interdit, des cellules aveugles réservées aux soldats et officiers suspects de sympathie islamiste. Il va rester cent jours à Ouargla, en plein été, par cinquante degrés à l'ombre, rongé par la diarrhée et l'eczéma, couché au ras du ciment pour fuir la brûlure du vent du désert.

— J'avais un copain, « El Harrachi », un petit vendeur au marché noir, un trabendiste. Il faisait toujours des cauchemars. Il avait dix-sept ans et s'était fait rafler par les gendarmes de Bab Ezzouar. Ils l'avaient torturé, battu à coups de câble électrique et sodomisé avec une bouteille.

« El Harrachi » avait oublié les coups mais était obsédé par le viol, un déshonneur, qu'il voulait venger. Le gamin du quartier d'El Harrach ne faisait plus confiance à personne. Sauf à Mehdi, à qui il confiait la garde de son portefeuille.

— Un soir, il est venu me demander son argent. J'ai compris qu'il allait s'évader. Il a réussi. Très vite, il est devenu un terroriste recherché, presque célèbre. Un an après, il a été abattu.

En représailles à l'assassinat du président Boudiaf, les rations sont divisées par quatre. Un seul repas par jour, une soupe à l'eau, quelques pâtes, un bout de pain. Les plus faibles défaillent. La nuit, les disparitions se multiplient. Le conseil de la Choura décide une grève de la faim. Le pouvoir veut les briser ? Eh bien, ils mourront, en martyrs, en disant non !

— Au camp, ils tenaient des discours enflammés. Je commençais à mieux comprendre la double personnalité des islamistes. Un côté bon, protecteur, séduisant ; l'autre autoritaire, dangereux, complètement fou.

Les responsables du camp appellent les parachutistes en renfort contre les islamistes barricadés. Leur charge enfonce la première porte, puis la deuxième, blindée, puis la troisième. À l'intérieur, c'est l'émeute. Ne reste que la quatrième porte qui va céder. Du haut des murs d'enceinte et face à l'entrée, les militaires mettent des mitrailleuses en batterie. On va droit au massacre. Un officier plus sage que les autres écoute les revendications. L'eau, la nourriture, l'hygiène, le droit de visite... tout est concédé. L'émeute est terminée.

Le 9 août 1992, un militaire tend à Mehdi un bon de sortie. Mehdi cligne des yeux, incrédule, range le document avec le recours administratif qu'il a rédigé. Il demande comment aller à Alger : « Tu es libre. Alors démerde-toi ! » Les islamistes lui proposent de se cotiser pour payer son voyage. Mehdi refuse. Il prend un camion jusqu'à Ghardaïa, puis l'avion vers le nord jusqu'à la capitale :

— Alger, le rêve ! La tête me tournait. J'étais libre

mais fiché. J'avais peur. Tout le temps. Et s'ils me reprenaient ?

Mehdi embrasse ses parents et part se cacher dans sa famille à Constantine. Le camp a déniaisé l'étudiant sage et il préfère plonger dans une semi-clandestinité. Mehdi croit qu'il pourra oublier le goût des cendres. Il ne sait pas encore que ces choses-là vous collent au palais toute la vie.

Au palais, à la gorge, au larynx, au pharynx... Mon oncle Jeannot, le vilain communiste, en avait eu partout de ces saloperies de phlegmons. Son nez cassé, déformé, défoncé n'avait rien à voir, comme je l'ai longtemps cru, avec le nom du bar qu'il tenait, le Boxing Bar. D'ailleurs, il n'avait pas le regard en dessous et la carrure d'un combattant du ring, même s'il était voûté, affaissé, décharné, avec cette voix cassée des vieux boxeurs qui ont accumulé les combats de trop. À vingt ans, il ne se bagarrait jamais et ses mains fines sculptaient avec art le bois d'un magasin de meubles à Bab el-Oued. C'était un garçon doux, droit mais opiniâtre, qui parlait peu mais haut et fort et suivait les directives du parti-qui-a-toujours-raison, un « communiste acharné » comme le disait la famille où penser à gauche équivalait déjà à une infirmité étrange. Licencié sous Pétain, dénoncé par le maire d'Hussein-Dey, il est envoyé au bagne de Djenien Bou Rezg quand la Wehrmacht passe la ligne de démarcation. À huit cents kilomètres au sud d'Oran, entre Aïn-Sefra et l'ancien Colomb-Béchar, le bagne était autrefois une base avancée pour la conquête du Sud, avant d'être transformé en prison militaire. Officiellement, le bordj fortifié entouré de murs de sept mètres de haut était devenu un « centre de séjour surveillé ». En réalité, Djenien Bou Rezg était un camp de concentration en plein désert, destiné à faire crever à feu vif les déviants comme mon oncle. Il a tenu trois ans.

J'ai retrouvé son nom, « Jean Mari », dans un livre d'André Moine, *Déportation et Résistance en Afrique du Nord, 1939-1944*, dans une longue liste, entre ceux du docteur Chaouat, un juif communiste, de Joseph Grau et d'Ali Rabiah, tous morts au camp. À l'arrivée, le détenu endossait des habits militaires et perdait tous ses droits. Mené baïonnette au canon vers son bâtiment, il était enfermé trois fois, à l'intérieur d'une grande enceinte derrière une porte unique, dans une cour intérieure surmontée de miradors et, la nuit, dans une bâtisse verrouillée à clé. Mon oncle dormait sur une natte à même le ciment, envahie de punaises, de scorpions et de vipères à cornes. La vie était une punition : se réveiller à six heures du matin pour porter les tinettes, avaler un café, se saisir d'une pelle, d'une pioche, d'un couffin d'alfa et courir, encadré de goumiers armés — *Aya ! Aya !* Plus vite ! — vers le chantier. Dégager à la main le lit de l'oued obstrué par de gros blocs de pierre, construire un bassin, arracher des racines d'épineux ancrés dans le sable, transporter des pierres jusqu'au camp — cinq kilomètres aller, cinq kilomètres retour — deux fois par jour. Quand le tas de cailloux était épuisé, on recommençait, dans l'autre sens — *Aya !* Plus vite ! Sans la mer, par cinquante degrés à l'ombre le soleil de l'Algérie n'est que torture. Et il n'y avait pas d'ombre à Djenien Bou Rezg. Surtout ne pas flancher, ne pas protester. Sinon, c'était la « pelote », un couffin rempli de gravats sur la tête, la course sous les coups pendant des heures jusqu'à la chute, inévitable, punie de semaines de « cellule ». Au menu : rien à boire et à manger le premier jour ; un tiers de pain et un litre d'eau le deuxième jour ; idem le troisième ; rien du tout le quatrième. Et on recommençait. Le commandant De Ricko, chef du bordj, avait des principes : pas de malades dans son camp. Seulement des vivants ou des morts. Quand les survivants ont fait une grève de la faim, il a envoyé les spahis donner de la crosse sur les mutins, en criant « Crevez-les, ce sont des youpins. Crevez-les ! » Le commandant n'aimait ni les juifs, ni les musulmans, ni les communistes. Il était d'origine russe, naturalisé français, proallemand, disait « notre armée » en parlant de la Wehrmacht et considérait Hitler comme son chef. Il harcelait le docteur Bourgeois qui persistait à soigner les détenus amaigris de quinze à vingt kilos en moyenne, comme Grau, prisonnier malade du foie et de l'estomac, mort en vomissant du sang ; et Rabiah, phlegmon gangreneux dans la bouche, parti après trente-six heures d'une effroyable agonie, et le docteur Chaouat, atteint du typhus, qui s'est éteint sous les yeux de mon oncle. Je ne sais pas si Mehdi, l'étudiant algérois, aurait survécu à ce rythme. Mais mon oncle Jeannot est revenu, cadavérique, le visage tuméfié, mais vivant. Et toujours aussi militant. Une maladie, on vous dit ! En 1952, il est même élu ajoint au maire d'Hussein-Dey, avec « Tiffou », son copain et chef de cellule. Un homme solide lui aussi, au moins jusqu'en 1962, jusqu'à ce que d'autres tortionnaires anticommunistes — flics, paras ou OAS ? — le fassent asseoir trop longtemps sur une bouteille et l'obligent à se traîner le reste de sa vie sur des béquilles. Mon oncle a laissé le souvenir d'un bon adjoint au maire que tout le monde aimait bien « même si... bon... il a ses opinions, quoi ! L'Algérie aux Arabes ? Quel traître... Quel cabochard, ce Jeannot ! » À la mairie, il a marié divers membres de la famille pendant que l'abbé Scotto — curé partisan lui aussi d'une Algérie algérienne — les bénissait à l'église d'Hussein-Dey.

Avec les « événements », Jeannot le rouge a renoncé à sortir, vivant entre le rez-de-chaussée de son nouvel établissement, le café Trocadéro, au début de la rampe Bugeaud, et la mezzanine mansardée située juste au-dessus. Toute la famille le protégeait. Il y a bien eu ce grand déjeuner familial, avec Jeannot, son ami Tiffou, mon oncle Roger, anticommuniste à la voix forte, Yvonne si douce, Charles son mari, très à droite, et tante Marie, désolée de tant d'éclats quand on a abordé l'indépendance et l'avenir incertain. Ce fut la dernière fois. Dehors, les hommes s'égorgeaient sur les mêmes thèmes. Pas chez nous. Chacun savait qu'il pouvait trouver refuge chez l'autre, le frère ennemi, en cas de revers politique. Désormais, juré, on ne parlerait plus politique à table en famille, voilà tout. Après l'indépendance, tout le monde est parti sauf Jeannot, pour une fois vainqueur et doté d'une carte du FLN. Quand, en 1964, il s'est fait chasser de la nouvelle Algérie, révolutionnaire et ingrate, mon oncle s'est réfugié à Carpentras. Et la perte des illusions de toute une vie a réussi à tuer rapidement le communiste fervent qui avait résisté au bagne de Djenien Bou Rezg.

Ce matin, je grimpe le long de la rampe Bugeaud où on ne sert plus d'alcool dans l'ancien café Trocadéro. Un été a chassé l'autre et l'Algérie dégringole au rythme naturel des saisons. Partout ailleurs, à Beyrouth, à Sarajevo ou à Kaboul, la canicule suspend la rage de se battre. Au plus fort de la chaleur, le combattant du maquis garde un œil sur la vallée mais il s'allonge sous un arbre enroulé dans son chèche ou la casquette abaissée sur le front. En face, le soldat pose son casque lourd et brûlant, quitte son véhicule blindé, aménage une cahute et cherche l'ombre, pas l'accrochage. Quand l'été brûle, les hommes soufflent. Partout ailleurs dans le monde, les combattants préfèrent s'égorger à la fraîche. Partout, sauf à Alger.

Les avions vont trop vite, ils ne vous laissent pas le temps de passer d'un monde à l'autre. À force d'allers et retours entre la France et l'Algérie, Paris n'est plus qu'un intervalle dans ma vie, une escale rapide entre deux reportages. En plein mois de juillet 1993, à une heure à peine des plages de la Côte d'Azur, je retrouve l'aéroport Houari-Boumediene et il n'a rien d'estival. Le pied à peine posé hors de l'aérogare, Alger m'avale avec un bruit de langue poisseuse. Un gros trou dans le hall de l'aéroport rappelle qu'une bombe déposée sous une banquette publique a fait neuf morts à l'aveugle. Dehors, le grouillement habituel de la foule a laissé place à un espace vide, protégé par des barrières de sécurité. Voilà sept mois que le couvre-feu a été décrété dans les wilayas de l'Algérois, un an que le président Boudiaf a été abattu et dix-huit mois que le pays vit sous état d'urgence. Les rafles ont envoyé quinze mille personnes dans les camps d'internement, et les cours spéciales, établies cet hiver, doivent traiter une montagne de nouveaux dossiers. Trois mille Algériens, au bas mot, ont déjà été emportés par une violence inouïe. Les chiffres, déjà impressionnants, sont dérisoires comparés à ceux des années à venir. La vague enfle régulièrement sans donner le moindre signe de fatigue. Le bras de fer continue, la guerre des mots aussi. Le pouvoir parle de « terrorisme armé », les islamistes de djihad, de guerre sainte, et tous les autres — militants, intellectuels, journalistes — dissertent avec plus ou moins de bonne foi sur le vocabulaire à employer. Faut-il parler de troubles, de crise ou de guerre ? Moi, j'ai appris depuis 1962 qu'une nation comme la France peut décider pendant un tiers de siècle que les centaines de milliers de personnes massacrées l'ont été au cours de simples « événements en Algérie » avant de concéder que c'était une guerre sale. Les États ont un mal fou à avouer ce que les populations martyres crient à voix haute. Ici, aujourd'hui, les islamistes font la guerre à l'armée et les militaires font la guerre aux islamistes armés. Et au milieu du champ de tir, il y a des civils qui n'ont pas le cœur à parler de simples « troubles de l'ordre public ».

Devant moi, à l'est, s'étale la blancheur provocante d'Alger. À l'ouest, la route qui file vers la première montagne entre de plain-pied dans ce qu'on appelle désormais ici « le triangle de la peur », figure géographique à trois côtés égaux de cinquante kilomètres chacun, dont les sommets touchent la banlieue de la capitale, Blida et Lakhdaria que mon instituteur aurait écrit « Palestro » à la craie et en lettres bien droites au tableau noir. Et il n'aurait jamais imaginé qu'un jour, dans cette région que je crayonne avec maladresse sur ma carte, l'armée algérienne serait désormais en territoire ennemi. Le soir, à l'hôtel, je passe quelques coups de téléphone en annonçant haut et fort que je partirai en fin de matinée vers Tipaza. Et le lendemain, dès l'aube, je file dans la direction opposée, vers la montagne. Simple précaution. Une fois passé le quartier de l'aéroport, je remarque que les automobilistes n'échangent plus un regard et ralentissent. Quelques kilomètres plus loin, une herse cloutée et deux véhicules blindés coupent la route, des soldats surveillent les champs, d'autres sont allongés sur le toit de leur jeep, le doigt sur la détente de leur fusil-mitrailleur. Le dispositif n'est plus seulement policier mais militaire. Je roule. À Tidjelabine, des soldats en campagne ont planté leurs tentes sur le terrain d'un marché aux voitures d'occasion. À Thenia, les champs sont submergés par des grappes d'immeubles, villes champignons plantées là pour recueillir le trop-plein de la Casbah, cités de transit dont personne ne sortira jamais. À Beni Amran, des immeubles étrangement vides regardent la montagne, face à des sentiers muletiers et des nids d'aigle que les habitants, têtus et incontrôlables, refusent de quitter. Soudain, la route commence à tourner et la terre s'ouvre sur le cauchemar de toute armée en campagne : une magnifique montagne de roches aiguës, masse écrasante posée bien d'aplomb au-dessus de tranchées profondes et redoutables : les gorges de Palestro. Il suffit de quelques hommes au sommet, en embuscade, l'œil collé à l'œilleton de leur fusil, pour transformer cette ancienne route touristique en souricière. Je repense à la RC 4, la route coloniale de l'ancienne Indochine qui relie Lang Son à Cao Bang, en longeant la frontière chinoise, une enfilade de gorges, de défilés profonds, de côtes raides, dominés par des pitons moussus couverts d'une épaisse végétation. Un coup de mortier sur le premier véhicule, un autre sur le dernier et le convoi français immobilisé prenait des allures de petit Diên Biên Phu. Aujourd'hui, la route des sommets du Vietnam du Nord est truffée de champs de tombes où dorment bon nombre de légionnaires tombés dans cette embuscade géologique. Pourquoi donc nos glorieux ancêtres se sont-ils obstinés à coloniser des pays impossibles ? Ici aussi, les parois algériennes des gorges de Palestro me renvoient l'écho du moteur de ma voiture. Plus un blindé, plus un homme sur les barrages mais de petites routes interdites, coupées par des pierres et des talus de terre que personne ne se risquerait à franchir. Là, récemment, dans la montagne de Zberbar, s'est tenue une réunion secrète capitale. Elle a réuni Bouyali, un rebelle islamiste célèbre passé dès les années 80 à l'action et huit chefs de groupe décidés à prendre le chemin de la guerre. Les uns ont proposé des armes qu'ils n'avaient pas, les autres de l'argent qu'ils attendaient. Qu'importe, le GIA était né. À l'automne, quand le désert a libéré quelques milliers de prisonniers formés à l'école des camps du Sahara, beaucoup ont pris aussitôt la direction du maquis. Puis les soldats gagnés au FIS ont déserté avec leurs armes, ils ont volé des fusils de chasse et les revolvers des petits flics égorgés au carrefour, attaqué des armureries, des postes de gendarmerie et une bonne douzaine de casernes. Très vite, le maquis s'est peuplé de sept mille enragés qui se cachent par unités de dix à quarante combattants ou travaillent au village le jour et gagnent la montagne la nuit pour apporter armes, nourriture et médicaments. Chaque groupe suit son chef militaire ou spirituel. L'un d'eux, Abdelkader Chebouti, l'imam surnommé « Liwa » — le général —, est devenu la figure emblématique des combattants islamistes après avoir réussi un spectaculaire coup de main. Le 22 mars dernier, soir de ramadan, le « général » envoie six hommes à lui, déguisés en militaires, à l'entrée d'une caserne. À l'intérieur, ils sont rejoints par une trentaine de complices. Le commando poignarde les sentinelles, détruit le matériel de transmission, égorge dix-huit hommes au total, en blesse douze autres et repart les bras chargés d'armes automatiques. L'armée doit engager une gigantesque chasse à l'homme pour rattraper et neutraliser le commando islamiste. Mais le mal est fait et le choc politique terrible. Alger réalise que les islamistes peuvent mener de véritables actions de guerre.

Au maquis, l'existence est intense mais courte, la durée moyenne de survie d'un combattant n'excède pas neuf mois. On recrute, on se bat, on tue, on enterre. Un chef chasse l'autre. Il y aura bientôt Meliani Mansouri, un ancien chauffeur de l'armée. Et Omar El-Eulmi, doyen de l'ex-Syndicat islamique du travail, qui a lancé dès son retour des camps un appel au « djihad total ». Et Abdelhak Layada autoproclamé « commandant des groupes armés islamiques » après la mort de son chef, Moh Léveilley, dit « Moh », un nom qui enflamme toujours les jeunes des cités. Au départ, Moh est un jeune tôlier du quartier Léveilley à Hussein-Dey qui joue les ambulanciers lors des émeutes de 1988. Avec l'état de siège, il passe dans la clandestinité et attaque une impressionnante série de banques. Plus rebelle qu'islamiste, Moh affiche lunettes de soleil, gourmette et roule dans une grosse voiture en faisant hurler sa radio. Très vite, les adolescents d'Alger ne parlent que de Moh le révolté, voyou et pieux, celui qui défie le pouvoir et sa police. On le traque. Il est prêt à tout. Encerclé sur les hauts d'Alger, il tue deux officiers commandos et passe tous les contrôles en présentant les papiers d'un des hommes qu'il vient d'abattre. Une information indique sa présence dans une villa en construction que les chars rasent aussitôt à coups d'obus. Moh Léveilley en sort indemne. L'armée l'accroche à nouveau du côté de

Blida. Cette fois, il est acculé et ses hommes tombent les uns après les autres. Un lieutenant le prend à revers. Moh se retourne, insulte l'« ennemi de Dieu », ouvre le feu et tombe, criblé de vingt-sept balles. Dans les banlieues de l'Islam, les militants en font immédiatement une légende. Pour réduire le maquis de Zberbar, il faudra trois mille cinq cents soldats, l'engagement de chars et d'hélicoptères, quatre mois de ratissage et quinze jours de combats au mortier. Pendant ce temps, les analystes se déchirent toujours pour savoir s'il vaut mieux parler de « terrorisme » ou de « guerre civile ».

Soudain, la route s'élargit, respire et les parois de la montagne retombent, comme mes épaules qui se détendent. À Lakhdaria, premier sommet du triangle de la peur, l'air est plus frais, la ville propre, les rues pleines. Au centre est la grande mosquée. Peu ou pas de femmes. Celles qui passent sont strictement voilées. Elles l'ont toujours été : Alger est déjà si loin. J'ai besoin d'un café. Dans le bar au sol couvert de sciure, les gens s'écartent du comptoir à mon arrivée, les regards sont fuyants et le patron me sert en silence. J'essaie une question anodine, et l'entends rebondir aux quatre coins sourds d'une salle suspicieuse. Inutile d'insister. Je repars.

La route frôle maintenant la Kabylie et ses hommes au teint pâle, montagnards calmes, jaloux de leur femme, de leurs terres, de leurs voisins et de leurs droits. Sur le bas-côté, des gamines de six ans marchent des kilomètres, aussi droites que leurs mères, un gros jerrycan d'eau sur l'épaule. Je repense à cette phrase des *Chroniques algériennes*, écrite par Camus en juin 1939 : « Devant cet immense paysage où la lumière du matin bondissait, au-dessus de ce trou vertigineux où les arbres paraissaient des buées et dont la terre fumait sous le soleil, je comprenais quel lien pouvait unir ces hommes entre eux et quel accord les liait à la terre. » J'aimerais faire une halte, m'asseoir au bord de la route, me laisser aller, rêveur, à prendre des notes sur la chaleur de la terre et des femmes, le goût des asphodèles et le vol des martinets. Je roule.

À la sortie d'un dernier virage, quand le bleu des eaux d'un barrage hydraulique coupe la route, je plonge vers la plaine, vers Khemis el-Khechna, Meftah et Larbaa, le fief des islamistes armés.

Ici, on égorge les indicateurs et les imams officiels envoyés par le gouvernement. La population est soudée, entièrement acquise au djihad et la collecte des fonds systématique. Ici, l'armée est en terre étrangère et vit, plus qu'ailleurs, entourée de sacs de sable et de barbelés. Le jour où un automobiliste qui venait de renverser un paysan est allé vers une caserne demander de l'aide, il n'a trouvé qu'une porte murée et entendu la voix méfiante d'une sentinelle :

— N'approche pas ! Reste où tu es. L'homme que tu as écrasé... Il est mort ?

— Non. Seulement...

— Alors, fous le camp !

Je n'ai aucune envie d'avoir un accident, de tomber en panne ou de crever un pneu. Je dois glisser, avancer, me faufiler dans un mouvement perpétuel mais surtout ne pas m'arrêter, ne pas laisser le temps aux passants de croiser mon regard, de se poser la question de ma présence. Je revois cette marche interminable au Pendjab en Inde après l'assassinat d'Indira Gandhi par un sikh, membre de sa garde personnelle ; le temple d'Amritsar était interdit d'accès depuis six mois et encerclé par l'armée indienne. La veille, à New Dehli, j'avais décidé de tenter l'aventure. Olivier, un ami journaliste, avait juré à trois heures du matin, ivre mort, de m'accompagner dans cette expédition vouée à l'échec. À cinq heures du matin, dégrisé mais constant, il m'attendait sur le parking de l'hôtel. On avait roulé toute la journée en évitant les barrages. Arrivés à Amritsar, nous avions marché plusieurs kilomètres en franchissant une bonne douzaine de postes de contrôle, passant droit, le regard fixe, en essayant de ne pas accrocher le regard des militaires sidérés. Il aurait suffi d'un « Hello ! », d'un clignement d'yeux, d'une réponse de notre part et la question, inévitable, de notre présence en ces lieux aurait amené l'arrestation. Nous avions glissé, nagé, à petites brasses, dans ces flots hostiles, comme si nous n'existions pas, avec le culot tranquille des Blancs qui ont obtenu un laissez-passer imaginaire. Et chaque poste franchi sans un mot nous conférait un peu plus d'autorité pour forcer le suivant. Jusqu'à atteindre l'entrée taboue du temple des sikhs du Pendjab, rebelles en armes et assiégés. J'ai retenu la leçon d'Amritsar : surtout ne pas s'arrêter.

Je roule au ralenti dans la rue principale de Meftah. La foule est épaisse mais elle ne rassure pas. La démarche des hommes en kamis paraît étrangement raide et leurs faux regards de somnambules scintillent de haine quand ils devinent, trop tard, l'étranger au volant. J'abaisse le pare-soleil et me tasse dans mon siège, sans accélérer, pour prendre le temps d'observer une jeep militaire bondée de fantômes encagoulés qui vient de me dépasser. Elle s'arrête brutalement devant une boutique et des hommes en combinaison bleue bloquent aussitôt le trottoir. Le chèche sur le visage ne laisse voir que leurs yeux d'hommes tendus à craquer, la mitraillette nerveuse à bout de bras : des « Ninjas » comme les a surnommés la population, chargés des arrestations musclées, des rafles et des mauvais coups. Un dossier sous le bras, un officier s'avance vers le magasin et tambourine sur la porte fermée. Un homme ouvre, il est blême. Je ralentis. Aussitôt, les hommes en chèche agitent leurs armes en me montrant la rue vide devant moi. En redémarrant, le plus lentement possible, j'aperçois dans le rétroviseur le commerçant en kamis que les Ninjas en bleu poussent rapidement à l'intérieur de leur jeep. Tout autour, la rue est devenue muette, les barbus de Meftah passent leur chemin, tête dans les épaules et regard immobile, soldats de plomb. Le « triangle » s'est refermé.

Je roule vers Blida en passant près de la route qui mène à Chréa. Me reviennent en mémoire les images floues d'une grande maison encombrée de cousins lointains, de vacances au « grand air » non loin de la station où, disaient les grands tout excités, on pratiquait un sport bizarre qui m'était inconnu, le ski, un nom pour moi aussi mystérieux que la neige. On ne skie plus ici. Quelques semaines plus tôt, une colonne de soldats qui ratissait cette superbe région est tombée sur ce qui semblait être une base islamiste, avec des feux de camp encore fumants, de la nourriture et des vêtements qui séchaient au soleil. Le piège a fonctionné. La troupe s'est déployée au creux de la vallée et les soldats se sont avancés. Embusqués dans la forêt voisine, les islamistes les ont balayés à l'arme automatique. Quarante-trois morts au moins, un coup terrible dont l'onde de choc a parcouru l'armée. Les maquis, même secoués par la répression, restent une plaie ouverte.

La route est plus droite, j'accélère. Voici Blida et sa prison militaire, pleine, qui retient toujours Abassi Madani et Ali Benhadj, chefs de l'ex-FIS. Toutes les femmes sont voilées et c'est nouveau ici. Hier, sur une route secondaire, des islamistes ont abattu l'adjoint de la mairie, un employé et le chauffeur. Près de Blida, un ingénieur agricole et sa femme ont été criblés de balles, chez eux, à deux heures du matin, parce qu'ils étaient communistes, des « mécréants ». Souvent, la montagne alentour retentit du bruit lourd des obus ou des missiles qui pilonnent les hauteurs de la ville. On fait désormais donner l'artillerie et l'aviation contre les hommes embusqués dans le maquis. Des « troubles » ? La région est en état de guerre ! Et c'est bien plus grave qu'on ne le disait. Je fuis vers Alger.

Ou plutôt je crois fuir. La dernière pointe du triangle passe par une ceinture de cités populaires, les Eucalyptus, la Montagne et Cité-Soleil. De biens jolis noms pour des ghettos-poubelles rouges de sang. À deux pas des montagnes, le terrorisme a pris les formes des cités algériennes, éclatées, dures, chaotiques, secrètes et méfiantes à l'extrême. En milieu urbain, le groupe armé se réduit souvent à une poignée d'hommes jeunes, du même quartier, de la même rue, parfois du même immeuble. Ils n'ont aucune culture politique, aucune culture religieuse, souvent aucune culture autre que celle du pavé qui les a vus grandir. Des « Pierrot le Fou » en savates qui partagent la même rage, la même solidarité dans la bagarre, la torture et la mort. Un soir, j'ai croisé un des flics qui les pourchassaient. Il avait de grands cernes noirs sous les yeux, le teint blême de ceux qui ne vivent plus que la nuit, pour traquer, piéger et abattre le terroriste, qu'ils appellent le « terro », comme une créature malfaisante issue d'une race étrangère. Le policier ne parlait que de la mort. Il la portait sur lui.

— Quand on en tue un, on est sûr de voir, quinze jours plus tard, apparaître le nom de son frère ou de son cousin sur les avis de recherche, a dit le flic en écrasant sa cigarette comme s'il voulait trouer le fond du cendrier.

Très vite, les groupes de quartier ont appris à respecter les lois de la clandestinité apprises au temps des paras français. Parmi eux, le cinquième homme reste inconnu des autres. Et lui-même fait partie d'un groupe dont il ne connaît pas tous les membres. Ils se retrouvent en secret à la mosquée, choisissent une cible et demandent à un intermédiaire d'obtenir auprès d'un homme de religion la *fatwa* sacrée qui autorise l'action et la rend « licite ». Ils commencent par tuer des policiers en uniforme pour leur voler leurs armes, puis des flics en civil, en congé ou à la retraite, dans la rue, dans un café ou sur le pas de leur porte. Quand les policiers sont devenus plus méfiants et que la censure a imposé le silence aux médias, ils ont choisi des cibles plus vulnérables ou plus spectaculaires : petits employés de l'administration, responsables de commune, écrivains, journalistes, intellectuels. Toujours avec la même haine envers ceux considérés comme les agents du pouvoir. Large définition... La fille de Mohamed Boukhobza, brillant sociologue de cinquante-deux ans, gardera longtemps la vision des murs de la chambre maculés du sang de son père tombé, la gorge tranchée au couteau, pour avoir ouvert sa porte à un inconnu.

Je jette un coup d'œil sur la jauge à essence. J'ai pris soin cette fois de choisir une voiture puissante et nerveuse, avec une boîte de vitesses manuelle. J'ai toujours en mémoire l'accident de Jean, excellent conducteur, gravement blessé à une jambe par un tireur à un carrefour de Sarajevo à cause d'une boîte automatique aux reprises trop molles. À la sortie d'une école, une volée de gamins en cartables me coupe la route.

Je pense à une écolière de huit ans, la fille d'Omar, directeur d'un grand quotidien francophone. Sa rédaction est installée à la Maison de la Presse, un bloc d'immeubles sur la rue Hassiba-Ben-Bouali, désormais barricadé comme un dépôt d'armes idéologique. Parfois, les petites filles ont des caprices célestes. Omar m'a raconté comment la gamine était restée obstinément calée sur la banquette arrière de sa Renault 25, avec l'intention affichée de ne pas rejoindre son école, à quelques mètres de là. Omar est un journaliste bouillant, un homme précis et pressé. Voilà quatre ans qu'il fait le même chemin, chaque matin, à la minute près. Il est déjà huit heures ce lundi 17 mai 1993 et le journal l'attend avec, sur son bureau, la litanie des attentats et des violences, des papiers à relire et un éditorial à écrire. Sans compter les suites de l'« affaire des gendarmes » ! En janvier, le journal a publié une information sur l'assassinat de cinq gendarmes. Une source à la gendarmerie locale, une autre à l'hôpital : l'information était bétonnée. Mais Alger a décidé le black-out. Le soir même, une vingtaine de gendarmes débarquent à la rédaction et l'emmènent avec quatre autres journalistes au centre de Bouzaréah. Trois nuits d'interrogatoires. Et six chefs d'inculpation pour « attentat contre la sûreté de l'État, les corps constitués, le moral des troupes, la divulgation d'informations prématurées... ». Le régime fait donner l'artillerie lourde contre l'information. Ce n'est qu'un début. Omar passe une semaine en prison. La presse proteste avec énergie et il est relâché mais l'affaire attend de passer en jugement et il doit travailler désormais avec une épée de Damoclès à la verticale de sa machine à écrire. Et cette gamine qui minaude un lundi matin en refusant d'aller à l'école !

Omar s'est retourné, a grondé la fillette, l'a poussée

vers la portière et l'a regardée trottiner vers l'escalier. Parfois, un caprice d'enfant peut vous sauver la vie. En se retournant, il a aperçu un homme sauter le parapet de la rue. La veille, à Tlemcen, le procureur général avait été abattu devant l'école de ses enfants. La veille encore, dans la nuit, un homme politique inquiet avait appelé Omar pour lui parler de la montée en puissance des attentats contre les civils. Nouveau coup d'œil en arrière. Omar revoit l'inconnu qui s'avance, une sacoche à la main :

— Je me suis couché sur ma banquette. J'ai enclenché la première en écrasant la pédale de l'accélérateur.

À cinquante centimètres apparaît le canon d'un pistolet automatique. La voiture bondit en avant. Les quatre coups de feu font un bruit énorme. Les deux premières balles se perdent, les deux autres font exploser les vitres de la voiture.

— Je fonçais ! J'entendais le moteur hurler en croyant qu'une balle l'avait touché. En réalité, j'étais tellement paniqué que j'avais oublié de passer la seconde...

Il roule vers un poste de police à moins de cinq cents mètres. Des témoins verront l'inconnu, sans barbe et en costume bleu impeccable, dévaler les escaliers devant l'école et s'engouffrer dans une camionnette qui l'attend. Le soir, de retour chez lui, Omar entend une voix lui dire au téléphone :

— On reviendra. Avec des professionnels. Et cette fois... On t'aura. Même si tu te caches dans le ventre de ta mère !

Depuis, il a envoyé sa famille à l'abri et dort chaque nuit dans un endroit différent. Au journal, tout le monde a reçu des lettres de menaces des islamistes. Omar me montre une photo :

— Regarde ! Tu le reconnais ?

Oui. Tahar Djaout, intellectuel brillant, écrivain incisif, polémique, résolument anti-islamiste. Assassiné. Au-dessous, une légende rédigée d'une écriture d'écolier : « Liquidé parce que c'était un extrémiste de la francophonie et un ennemi achevé de la langue du Coran, de la religion islamique et de la constante nationale ! » Suit une liste d'autres journalistes menacés, dix-neuf « cibles », accompagnée des portraits-robots. Désormais, la plupart des journalistes quittent la rédaction avant le crépuscule, modifient sans cesse leur trajet, dorment à l'hôtel ou, pour les privilégiés, au Club des Pins, une résidence pour officiels sous haute protection. Tous vivent comme des hommes traqués et Omar a l'air vieilli :

— Je dois m'habituer à l'idée de me faire tuer au matin, chez moi ou dans la rue. C'est une dimension nouvelle, quelque chose qui s'est installé dans ma vie, dans notre vie à tous.

Dans les semaines qui ont suivi, d'autres journalistes ont été arrêtés ou abattus. Mais chaque matin, pendant les années qui ont suivi, Omar et les autres ont continué à se rendre au siège de leur journal.

Coup d'œil dans le rétroviseur. Personne. Devant moi, les écoliers ont tourné le coin de la rue en se bourrant de coups de cartable. Il me reste un peu d'essence et je tourne toujours en rond dans les cités de Baraki, d'El Harrach ou des Eucalyptus où il est devenu déraisonnable de s'arrêter pour suivre la trace des morts qui ne sont plus comptabilisés par personne. Pourquoi est-ce qu'on tue, ici ? D'abord, par haine de la différence. Le montagnard tue le citadin, le rural tue l'urbain, la banlieue tue le centre-ville, le civil tue l'uniforme, l'arabophone tue le francophone, l'ignorant tue le savant, l'intellectuel ignoré tue l'intellectuel reconnu, l'indigène tue l'allogène. On tue un militaire qui a sali l'honneur d'une femme il y a dix ans, on tue pour un vol, un abus de pouvoir, on tue pour assouvir une vieille rancune. Les Algériens sont en train de solder l'accumulation, sur trente ans, de comptes mal réglés. Ils hésitent désormais à circuler et à travailler, s'évitent, ne se parlent plus. Le rasoir ou l'arme automatique imposent le silence à ceux qui persistent à penser l'Algérie en termes pluriels. Pour fêter les noces sanglantes du terrorisme et de la répression, on fait sauter de préférence les hommes-passerelles entre les communautés, pour isoler l'autre rive et ne laisser que deux blocs. Le doute est devenu interdit et la nuance un luxe mortel. Chut ! Silence ! Il faut obéir et se taire. Le silence est glacial. Et j'ai froid en plein été.

L'odeur devient soudain affreuse. Un début d'obscurité m'a surpris, vaguement nauséeux, à l'approche du pont de l'Harrach et de son éternelle puanteur. J'ai roulé toute la journée dans le triangle. Demi-tour. Mustapha m'attend à l'hôtel El Djezaïr ou au Saint-Georges, je ne sais plus comment le nommer. Je lui décris mon itinéraire. Il pose son index sur mon front :

— Toi, mon ami, tu es fou.

Allons donc ! Il suffit de quitter Paris pour être traité de fou par ceux qui restent. D'aller explorer la campagne d'Alger pour être qualifié de fou par ceux qui sont assez fous pour vivre dans la capitale. Fou celui qui aurait les moyens de fuir et qui se lève ici tous les matins pour aller conduire son gosse à l'école, celui qui ose enseigner, construire, pétrir, cuisiner, écrire, labourer et ne cède pas à l'appel au meurtre d'un camp ou de l'autre, arrive à rester debout, croit en une chose qui s'appelle démocratie et préfère professer la tolérance plutôt que la haine de l'autre. Qu'un sage meure égorgé par hasard et il sera aussitôt qualifié d'inconscient, d'irresponsable. Il continuait à vouloir vivre ? Le fou ! Et pourquoi pas, un jour de Saint-Valentin 1962, aller comme mon père chercher une bouteille de gaz butane pour offrir un repas chaud un jour de grève générale ? Ce pays a toujours été fou. Une folie récurrente dont le dernier accès, il y a trente ans, a envoyé des centaines de milliers d'aliénés, Européens et musulmans, vers la mort et un bon million de pieds-noirs voguer sur de grands bateaux-asiles qui les emmenaient mourir de nostalgie en France. Ceux, Algériens, qui sont restés ici ont fait des enfants, touchés rapidement par le même syndrome et qui s'entre-tuent avec la même ardeur.

Dialogue de fous :

— Le pays est beau, n'est-ce pas ?

— Magnifique.

— Il est riche et peut nourrir ses enfants...

— Bien plus riche que d'autres.

— Nous, Algériens, sommes intelligents, courageux et durs à la tâche, non ?

— Sans aucun doute.

— Alors, dites-moi, pourquoi sommes-nous si pauvres, si malheureux ? Hein ! C'est bien que quelqu'un d'autre en est responsable. Où est le coupable ? Tenez ! Vous, par exemple. Pourquoi êtes-vous aussi avide de couvrir l'Algérie, hein ?

Une fois épuisé le filon paranoïaque du complot international et de la France coloniale, les procureurs se sont retournés vers leur voisin de palier. L'école de la révolution leur a tellement répété qu'il a fallu « un million, un million et demi de martyrs » — au moins ! — pour gagner le paradis de l'indépendance, qu'il suffit de savoir payer le prix — quel qu'il soit ! —, d'être plus dur, plus violent, plus impitoyable — même avec les siens — pour écraser l'adversaire, le jeter à la mer et retrouver enfin son dû. Ici, on ne menace pas en vain, on ne dit pas « je vais te tuer » avant de le faire, on dit « je vais te tuer » au moment précis où on le fait.

Je suis né en Méditerranée, dans un pays où la terre est en deuil permanent et le soleil tranchant comme un rasoir, un pays en noir et blanc, violent comme un négatif. L'Algérie n'hésite jamais entre la terreur et la vertu. Pour elle, la terreur est la vertu. Et le compromis une lâcheté répugnante. Alors, personne, jamais, ne recule en cédant un pouce de terrain. À vos couteaux, mes frères ! Le salut est dans l'Apocalypse. Courageux les Algériens ? Certes oui ! Jusqu'au dernier, s'il le faut. Le bilan ? Tout le monde se hait. La haine de l'étranger, la haine de l'autre, la haine de cet autre qui est une partie de soi. La haine de soi.

Après les « Européens contre musulmans », tragédie historique donnée sous l'œil désespéré de Camus, voilà que l'on reprend la pièce, en adaptant le titre, « musulmans contre musulmans ». Que disait-il déjà ? Ah oui : « On dirait que des fous, enflammés de fureur, conscients du mariage forcé dont ils ne peuvent se délivrer, ont décidé d'en faire une étreinte mortelle. Forcés de vivre ensemble, et incapables de s'unir, ils décident au moins de mourir ensemble. »

Fou ce pays ? Non. Malade. Douloureusement malade. Et les aviateurs de l'armée française ou algérienne ont eu le même tort, à trente ans d'intervalle, de croire qu'on pouvait éradiquer le mal avec des cataplasmes au napalm. Dans les moments de désespoir, je me dis qu'il faudrait effectivement bombarder le pays d'en haut, longtemps, par des raids massifs et continus, mais avec des B-52 bourrés de pilules au Valium. Ensuite, et ensuite seulement, on pourrait réunir ces enfants maudits d'un même pays autour d'une table, en s'assurant que la médication les a hébétés mais calmés, pour leur expliquer enfin que le suicide collectif n'est pas la meilleure façon de préparer le « grand jour », que le TGV de l'Histoire passe vite, et qu'il est déraisonnable de le regarder filer en ne pensant qu'à le faire sauter.

Fous les hommes de ce pays ? Sans doute. Comme Mehdi, l'étudiant fragile libéré du camp de Ouargla et du désert. Réfugié à Constantine, il a cru — le naïf — qu'il pouvait retrouver sa famille à Alger et poursuivre le cours de sa vie. Il a abandonné ses études de droit et a renoncé à être avocat, métier devenu à haut risque, puis il a réussi à trouver un poste dans l'administration d'une polyclinique. Entouré d'hommes en blanc, Mehdi respirait mieux. Les gendarmes l'ont repris peu après.

C'était un soir de novembre. Mehdi a vu un convoi de six voitures s'arrêter au bas de son immeuble. Un ratissage ! Il est fiché, il le sait, il comprend :

— J'ai embrassé ma mère en lui disant de ne pas sortir. Je ne voulais pas qu'ils montent tout casser chez moi. Alors, j'ai préparé rapidement mes affaires et je suis descendu.

Son père veut intervenir. Mehdi l'en empêche :

— Laisse. Tu ne peux rien. J'y vais. Je sais que c'est l'enfer qui m'attend.

Il va durer quarante et un jours. Et surtout quarante et une nuits.

D'abord, les gendarmes le poussent dans une cellule aveugle où le noir est total. Trois jours à l'isolement. Sur le ciment, Mehdi est nu. Une nuit, la porte s'ouvre et des hommes se jettent sur lui. Des escaliers. On le traîne vers une cave en sous-sol. Il est menotté. On le force à ouvrir grand la bouche pour lui introduire un tissu sale, imbibé d'eau de javel et de détergent, au fond de la gorge. Il étouffe, vomit. C'est le supplice du « chiffon ». Mehdi ouvre grand les yeux et ne voit que du noir. Il cherche de l'air, n'en trouve pas, se noie, convulse. Les hommes pèsent sur son corps qui tressaute, mécanique :

— J'ai vu mon âme s'en aller... elle s'enfonçait dans un grand sac, en forme d'entonnoir.

Il est en train de glisser, doucement, vers les grands fonds, là où il n'y a sans doute pas de réponse mais où il n'y a plus de questions. Soudain, il se passe quelque chose d'extraordinaire. D'abord, tout devient noir. Cela dure un temps infini. Puis il est aveuglé de l'intérieur par une grande lumière blanche, une sorte de « cécité des neiges ». Et il flotte. Sous lui, en dehors de lui, il voit quelqu'un d'autre, un corps en bas aux mains des bourreaux, le visage d'un jeune homme torturé, hideux, gris de souffrance. C'est lui. Étrangement, il n'a plus mal. Il flotte toujours, désincarné, calme et paisible, spectateur de la souffrance de l'autre. Il est ce rêve qui contemple le réel. Plus rien n'a d'importance, de consistance. Sinon cette lumière. Elle est là, l'attire et il se laisse aspirer vers elle. Ailleurs. Comme dans cette eau-forte de Jérôme Bosch, *L'Empyrée*, où des êtres venus des ténèbres d'en bas volent vers l'entrée d'un tunnel au bout duquel scintille une aveuglante lueur. Parvenu de l'autre côté, Mehdi aurait peut-être souri, illuminé de bonheur, en accédant enfin à l'autre rive.

Brutalement, le noir à nouveau l'environne. Il reçoit une grande gifle et sent la brûlure de l'air dans la poitrine. Une main a retiré le chiffon. Il entend des questions, hurlées : « Des noms ! Des réseaux ! Des opérations ! » Pour l'instant, il est incapable de parler. D'ailleurs, il ne sait pas quoi dire. Plus tard, il apprendra à inventer des histoires, à avancer des heures, des adresses et des acronymes en mélangeant des prénoms de voisins, des lieux et des noms anciens, à décrire des visages qu'il n'a jamais vus, à dire n'importe quoi pour obtenir une bouffée d'oxygène. Tout est faux. Peu importe. Tout est improvisé, maladroit. Et c'est plus grave. Les autres s'en aperçoivent vite. On lui écarte les mâchoires. Plus fort, plus longtemps. Le chiffon. Au bout d'une demi-heure, Mehdi demande la mort. Ils rient. Il les supplie. Coups de poing, de rangers, de matraque, sur le visage, le ventre, les reins, le sexe. Et le chiffon. Encore le chiffon. De retour dans sa cave, il entend un homme qui hurle et pleure dans la cellule d'à côté. Puis d'autres. En plus de la douleur, il y a du désespoir dans le cri de ces hommes. La spécialité d'un gendarme originaire du Sud, « une vraie bête » dit Mehdi, qui viole chaque soir un prisonnier, avec l'aide des autres gardiens. La nuit, on torture en sous-sol ; le jour, tout est calme et la gendarmerie est ouverte aux citoyens qui viennent accomplir des formalités. Les gendarmes vivent dans la caserne, prennent leurs jours de repos et ne sont jamais masqués. Sans doute sont-ils aimables avec leurs voisins et tendres avec leurs enfants.

Comme ce gardien de la paix qui vivait autrefois dans la cour de mon immeuble. Le samedi, il nous invitait chez lui, tirait les rideaux et déroulait un grand drap blanc sur le mur. Nous, les enfants, les poches bourrées de biscuits et des étincelles dans les yeux, attendions que la magie de son projecteur huit millimètres nous offre le monde de Chaplin et de Zorro. Il était doux, patient, heureux de nous offrir cette belle récréation. J'étais fou amoureux de sa fille, Gilda, forêt de cheveux bruns au-dessus d'une paire d'yeux noisette et d'une bouche en sucre-fraise, une superbe créature de cinq ans à qui je prenais une main tremblante dans l'obscurité de ce cinéma amateur. Le papa-gâteau, les confiseries du samedi, Chaplin et Gilda : le bonheur. Même s'il m'a fallu très longtemps pour comprendre ce qu'il avait voulu dire un jour, éreinté par le travail en retirant son uniforme de policier, sur cette semaine affreusement chargée et sur le fait qu'« il y avait pas mal de gens qui gueulaient en ce moment dans les caves du commissariat ».

Dans la gendarmerie de Mehdi, pendant qu'on enregistrait une plainte pour un vol de poule ou qu'on vérifiait un permis de conduire en surface, lui attendait la nuit en sous-sol, nu sous sa couverture, recroquevillé sur le ciment, contre un mur sans fenêtre, à se demander ce qu'il allait bien pouvoir trouver à dire après le crépuscule. Pas une nuit sans chiffon. Parfois, les hommes ne posaient aucune question, ne voulaient aucune réponse. Ils le tiraient simplement hors de la cellule, le tourmentaient comme d'habitude, plus longuement même, sans un mot, avant de le rejeter évanoui dans sa cave. Parfois, ils exigeaient des réponses, des précisions sur un attentat dont Mehdi n'avait jamais entendu parler. Et quand le chiffon avait épuisé sa capacité de douleur, les hommes préféraient l'humiliation de la torture sexuelle.

Je regarde Mehdi, jeune homme fragile au crâne désormais marqué de cicatrices, l'estomac ouvert par des ulcères, une suture au flanc droit après l'ablation de sa vésicule biliaire éclatée. Et une mémoire bourrée, en vain, de tranquillisants :

— Une fois, j'ai failli dire que j'avais assassiné un policier. Mais la séance s'est arrêtée juste avant. Heureusement.

Après ? Après, il ne se souvient plus. Un trou noir de quelques jours, inexpliqué. Amnésie. Je n'ai pas envie de lui demander ce qu'ils lui ont fait et il n'a pas envie de fouiller davantage. Il sait seulement que, un matin, bien plus tard, un gendarme a ouvert la cellule de son voisin d'à côté en s'exclamant :

— Hé ! Celui-là est cuit !

Trois morts en une semaine. Les tortionnaires amateurs manquaient de mesure. Le jour où on l'a enfin sorti du cachot, Mehdi est passé devant une cellule où un jeune homme de vingt-cinq ans environ soutenait sa main droite noircie, infecte, à moitié décollée du poignet :

— On ne peut pas le prendre pour l'amener au juge ! Pas présentable... a constaté un gendarme en refermant la porte du cachot.

Au palais, dans l'antichambre du cabinet du juge d'instruction, ils sont neuf. L'un a des menottes enfoncées dans les chevilles jusqu'à l'os ; l'autre, le visage couvert de brûlures, et quatre d'entre eux ne peuvent même plus marcher. Par chance, le juge connaît le père de Mehdi. Seul avec lui, il lui souffle entre les dents :

— Écoute petit... Si je prononce un non-lieu, ils vont te reprendre à la sortie du palais. Et te torturer encore. Ou te tuer. Tu comprends ? — Mehdi fait un signe de la tête. — Je ne peux pas te relâcher mais je peux t'envoyer en prison. Pas à Serkadji mais à El Harrach, c'est moins dur. Après, on verra. D'accord ? — Le juge s'approche encore un peu et murmure : — Reconnais, avoue, ne parle pas des tortures... C'est mieux. On essaiera de te faire relâcher plus tard. Mais ne te fais jamais reprendre. Jamais tu m'entends ? Allez ! Courage.

Puis le magistrat se redresse, prend un ton solennel et, à voix haute, demande :

— Reconnaissez-vous ce que vous avez déclaré aux gendarmes ? Oui ou non ?

Mehdi m'a confié qu'il ne savait pas comment il avait eu la force de répondre :

— Non.

Les gendarmes se sont raidis. Le magistrat l'a regardé avec compassion et lui a tendu le procès-verbal où Mehdi niait ses déclarations faites sous la torture. Dehors, les gendarmes hésitent, puis il est poussé dans la malle d'un 4 × 4 Toyota et conduit à la prison d'El Harrach, au quartier dit des « Affaires islamistes ».

On ne torture pas en prison, sauf si un gardien crie « visite ! » pour annoncer des gendarmes qui ont décidé de venir vous reprendre. Islamistes et détenus de droit commun sont mélangés dans une grande salle où ce sont évidemment les cheikhs qui font la loi. Mehdi croise Amar, vingt-deux ans, un casseur de villas que les gendarmes ont fait avouer en le suspendant par les pieds, avec une poulie, au-dessus d'un baquet d'eau. Noyé, chaque nuit, pendant des semaines. Et Yahyia, islamiste convaincu, qui a crié face aux bourreaux : « J'ai le FIS dans le cœur ! » Le FIS ? Trois lettres que les gendarmes lui ont inscrites au chalumeau sur la poitrine. Et tous les autres, cohorte de zombies qui traînent leurs oreilles trouées par les électrodes, le bout des doigts brûlés, les ongles arrachés. Mehdi recueille les témoignages sur les trente feuilles d'un cahier d'écolier. Il le brûle aussitôt quand les islamistes sont informés, deux jours à l'avance, d'une fouille générale. Le Madjliss Achoura régente la prison comme il dirigeait le camp du désert. Pas de vol, pas de drogue, pas de tabac sous peine d'être emmené par les islamistes à la « salle d'eau » et tabassés jusqu'au sang qu'on lave à l'eau du robinet. Les détenus de droit commun sont endoctrinés. À la sortie, ils rejoindront les maquis pour continuer à voler, violer et tuer mais cette fois au nom d'Allah. Violence et rédemption. Les plus instruits, capables de mémoriser des fiches techniques complexes, sont formés à la fabrication des explosifs. Dans la cour de la prison, on apprend aux recrues à tomber et à se relever, un kalachnikov imaginaire à la main, ou à s'approcher de sa victime par-derrière, lui donner un petit coup de genou pour faire plier la jambe, avant de lui tourner la tête sur le côté, pour mieux l'égorger. Du haut des miradors, les gardiens regardent, sans broncher. Certains procurent aux islamistes les rasoirs, le musc et le khôl qu'ils affectionnent et des bâtonnets pour se nettoyer les dents, à la manière du Prophète. D'autres matons n'osent plus rentrer plus chez eux, comme « Madbouh », « l'Égorgé », qui porte encore une cicatrice à son cou de survivant. Radio Wafa, un poste clandestin, donne régulièrement le nom des indics. Mehdi en a vu un venir supplier le cheikh de lui assurer une protection à sa libération. Le religieux ne lui pas accordé un regard.

L'autre s'est mis à sangloter, il était mort et il le savait. Comme ces trois indics libérés pour la fête de l'Aïd — celle où tout bon musulman doit égorger un mouton —, trois hommes aussitôt retrouvés la gorge ouverte. Dans leurs prisons, les islamistes forgent d'autres armes, des épées confectionnées avec des morceaux de sommier aiguisés ou des revolvers que les familles leur envoient dans de grands seaux de semoule à double fond. Ils recrutent, s'entraînent, enseignent, se disputent entre partisans de l'AIS et du GIA, menacent, exécutent, appliquent leur religion et leur loi. Ils sont les maîtres de la prison. Mehdi, qui préfère encore la compagnie des droit-commun, n'en peut plus d'entendre les barbus ne parler que du retour au califat, de djihad et des armes artisanales antichars qu'ils ont confectionnées au maquis ou raconter pour la centième fois comment ils ont égorgé leur dernière victime, un « mécréant » de moins ! Mehdi désespère de sortir du cercle infernal islamistes-gendarmes. Et avec lui toute l'Algérie.

J'étouffe. Je me force à marcher dans la ville triste et dure. Tellement dure. Comme je ne l'aime pas. J'ai beau attacher mon regard à la blancheur des murs des villas d'antan, la gracieuseté des formes hispano-mauresques, le mouvement des branches de palmiers dans le vent, le bleu du ciel et la brillance de la mer qui mousse là-bas derrière la route moutonnière... Rien n'y fait. Allons, rappelle-toi ! Sur ce port étaient la pêcherie et un restaurant où des hommes qui savaient encore sourire ont posé sur la nappe en papier le plus fin des poissons, un saint-pierre à la tête hideuse et au corps délicat dont le goût t'a transformé en dauphin gourmand. Et la femme que tu aimais alors chavirait à l'unisson dans la même vague. Le cuisinier m'avait lancé un clin d'œil à la fois complice et interrogateur et je lui avais répondu en ouvrant grand les mains pour mieux le bénir. Il y a des assiettes qu'on ne repousse jamais de sa mémoire. Allez, essaie ! Ce voyage éclair dans les Aurès, la beauté de la montagne plissée et écailleuse comme la peau d'un animal préhistorique affalé au soleil, ce week-end à Alger baigné de lumière de début du monde... Quand ? Au début des années 80. Moi ? En Algérie entre deux guerres ? Oui, maintenant, je me rappelle. Un seul voyage, court mais bien réel. Et tu l'avais oublié ! Ce pays voluptueux a existé, tu l'as entrevu et il renaîtra, une fois refermée cette parenthèse hideuse. Allez ! Rappelle-toi encore.

Impossible. Le charme est rompu, effacé par cette boue qui brouille les regards dans la rue Didouche-Mourad. Le ramadan ailleurs dans le monde est le temps du pardon et de la miséricorde. Nous ne sommes pas au Caire. Là-bas, devant la mosquée Al-Hussein du vieux quartier Khan el-Khalili, ils ont dû installer de grandes tentes pour les miséreux et des volées de nappes blanches garnies de soupes de fèves fraîches, de soucoupes de *homous* noyées d'huile d'olive, de *chich taouk*, de *kefta*, de *falafels*, de tomates, d'oignons, de galettes brunes à croquer goulûment au signal pieux mais affamé du muezzin de l'université d'Al-Ahzar. Ensuite viendront les sucreries, fruits secs, raisins, noix de coco et riz au lait parfumé à la cannelle... Béni soit le ramadan ! Une fois gavés, les hommes se saouleront de thé à la menthe fraîche en fumant une *chicha* parfumée à la pomme, le regard vague flottant sur des volutes de tabac blond, entre les lumières de la mosquée en fête, le marbre blanc des colonnes, la légèreté de la rue, la lourdeur du Nil et la sensualité du ciel d'Égypte. À Alger, en ce mois de février 1994, si loin du Caire et d'Allah le Clément, le Miséricordieux, le ramadan n'est plus que le temps de la haine, de la frustration et d'une colère qui n'est plus contenue. Un mélange épais qui vous submerge. Ceux qui me croisent ne disent rien mais ils ont envie de hurler. Seule la peur les retient. Le jeûne des croyants a laissé place pour tous à l'ascèse obligatoire. La rue vous surveille, sans prendre la peine de se cacher derrière ses volets. Je jeûne donc tu dois jeûner. On ne discute pas la loi des intégristes. Se priver n'est plus une action de grâces, seulement une épreuve de plus. Dès la mi-journée, le manque devient insupportable. Pas de café, pas de cigarettes, rien de ce qui fait l'ordinaire de cette ville tendue à craquer. Je cherche en vain le secours du ciel, pas de son Dieu mais de sa lumière. Aujourd'hui, il est vide, mou, cotonneux. La masse informe des stratus descend jusqu'à la mer, gomme l'horizon, vomit un spleen à désespérer les vagues et les poissons. Je passe devant la Grande Poste au moment où un Peugeot 505 break commercial frôle par accident une Hyundai déglinguée. Son propriétaire, un commerçant au ventre épais, descend du véhicule et défie l'autre conducteur, un jeune homme aussi sec qu'un détonateur. Aussitôt, les insultes fusent, terribles. Avant de détruire le rival, il est bon de l'humilier : « Fils de chien ! Tu n'es rien ! Rien du tout ! » La bataille éclate, à coups de tête et de poing, jusqu'au sang qui coule sur la carrosserie.

En fin d'après-midi, à l'approche de la rupture du jeûne, tout le monde disparaît, les bureaux se vident, les taxis deviennent introuvables et les clients courent, obsédés par ce repas du soir qui n'est plus une fête. Tout est tellement cher. La pénurie fait flamber les prix : l'oignon au prix du sucre, le sucre au prix du miel. Finies, la débauche de pâtisseries traditionnelles, les douceurs qui faisaient oublier la dureté d'une journée sans eau, sans pain, sans café, sans tabac, sans baisers. Le manque s'ajoute au manque. On mange ce qu'on a pu stocker, on mange beaucoup, on mange trop et mal, avec avidité, avec violence, avant d'allumer la première cigarette qui marque la fin de la punition. C'est le temps d'un sourire, un moment de grâce fugitive. Puis la grisaille reprend ses droits.

Oubliées, les sorties, les longues promenades dans les

vieilles rues d'Alger ; oubliés, la sensualité de la nuit, le goût du baiser volé, la main qui épouse dans l'ombre la lourdeur d'un sein. Oubliée, la liberté des corps. Impossible de traîner, le couvre-feu est là. Tout est trop dangereux. Chacun est menacé : le policier ou l'inspecteur des impôts — des suppôts du pouvoir, évidemment —, la femme mariée à un étranger — sale catin ! —, le démocrate fort en gueule — un partisan de la laïcité ? le traître ! —, le producteur de musique rock ou l'artiste timide — tous des dépravés ! —, le gérant de café — un mécréant qui sert de l'alcool ! En cherchant bien, ils ont tous quelque chose à se reprocher, tous une bonne raison d'être saignés par les islamistes sur le pas de leur porte. Et pour faire bonne mesure, les hommes en kamis redoutent la répression, les ratissages, la torture, l'exécution ou la disparition : le militant du FIS devenu illégal, le barbu parce qu'il est barbu, le père d'un terroriste recherché, le jeune vendeur au noir dont le cousin ou l'ami est passé au maquis. Et malheur à celui dont la tête étrangère dépasse de la grisaille ! Comme ce libraire éclairé de la rue Didouche-Mourad, un pied-noir d'origine espagnole, Joachim Grau, dit Vincent. Amoureux des beaux-arts, connu et aimé des intellectuels, il se croyait bêtement à sa place dans sa librairie, à l'abri dans sa bulle de culture, bouffée de lumière d'une ville devenue crasse. Vincent vient d'être abattu par les balles imbéciles du GIA. Une façon d'éteindre les lumières d'Alger, l'une après l'autre, comme on fait éclater les ampoules d'une rue entière, jusqu'au noir.

Alors, autant rester chez soi, devant la télévision, près d'une antenne parabolique qui vous envoie les images d'autres mondes. En vrac. Matchs de football, feuilletons indiens, émissions de catch grotesques, cours de

Coran ou dernier porno de la nuit, cocktails de corps nus, collés en sueur et en tas, jusqu'à l'overdose. Histoire de tuer le temps, la nuit, le désir, l'intelligence. Au matin, les Algériens n'ont pas envie de parler, ils jurent entre leurs dents serrées, se lamentent, accusent. Leurs ministrent n'expliquent jamais rien mais se plaignent d'être mal compris, les journaux dénoncent pêle-mêle « les forces occultes », « la main de l'étranger » voire les autres journalistes. On applaudit à la mort, celle de Djaafar « l'afghan », éphémère numéro un du GIA, aussitôt remplacé. On se méfie des mesures de libération du président — tiens ! un nouveau chef d'État —, à la recherche d'une impossible décrispation.

Tout à l'heure, pendant que je fumais dans le jardin du Djezaïr en suivant les ronds de lumière à travers le feuillage, le directeur de l'hôtel est venu m'interpeller :

— Qu'est-ce que vous pensez de la situation ?

J'ai soufflé la fumée de mon cigare, commencé une phrase et il m'a coupé aussitôt. Avant de m'asséner ses vérités en dénonçant l'intox, les coups tordus, les traîtres et les comploteurs :

— C'est clair, non ?

Moi, je ne peux plus frôler un uniforme militaire ou m'approcher de la Casbah interdite sans me cogner à la même question : existe-t-il encore un chemin dans ce pays qui ne mène pas à une dictature islamiste, au bain de sang ou à la guerre civile ? J'étouffe de plus en plus.

Ce matin, j'ai fait une mauvaise rencontre : un miroir. C'est moi ça ? Ce visage triste, défait, plissé comme un minable employé aux écritures, petit comptable du malheur des autres ? Trente ans plus tard, l'Algérie rime toujours avec la peur. La mienne. Celle de mon enfance, avec laquelle j'ai grandi, et celle d'aujourd'hui, qui voudrait m'empêcher d'avancer. Au palmarès des tueurs barbus, un journaliste est une belle cible, à peine inférieure au diplomate, pratiquement inaccessible. Dans la Casbah, un journaliste français, Olivier Quémeneur, et son caméraman australien, Scott Allan White, ont été abattus en plein jour. Désormais, il faut se faire petit voleur d'information, filmer vite et filer aussitôt. Le dernier bilan est de quarante-cinq journalistes algériens assassinés. On a retrouvé à Raïs Hamidou, à la sortie d'Alger, un rédacteur du quotidien *Liberté* et son chauffeur, torturés toute une nuit à la tenaille puis décapités, la tête de l'un plantée sur un piquet, au-dessus du tronc de l'autre. Comment leurs enfants vont-ils pouvoir vivre avec ça ?

Ici, on ne dénoue pas une crise, on la réduit. Et le sang est, plus qu'ailleurs, imbécile. Il ne fait pas avancer le pays, il l'abîme. Le sang ne rachète rien ; il coule, voilà tout. Le plus raisonnable serait de ne plus venir. Tout autour de moi, femme, enfants, amis, rédaction, ambassade algérienne, quai d'Orsay, tous poussent en ce sens. D'ailleurs, une chape de silence commence à envelopper le pays qui refuse les visas aux reporters, surtout ceux qui n'avalent pas tout cru le discours officiel sur le « terrorisme résiduel ». Islamistes et gendarmes ne demandent qu'une chose : qu'on les laisse s'égorger entre eux. Et puis j'imagine, sans illusions, les réactions si je me prenais les pieds dans le tapis du GIA. Du coup, surgit l'envie de reculer. Au risque de transformer sa vie en pelote de nœuds. Ne pas marcher sur sa peur, c'est la laisser nous piétiner, nous ronger lentement et finir par nous dégrader. Autant plonger. Je repense à cette phrase de Saint-Exupéry sur son ami Guillaumet perdu dans les Andes : « Il sait qu'une fois pris dans l'événement, les hommes ne s'en effraient plus. Seul l'inconnu épouvante les hommes. Mais, pour quiconque l'affronte, il n'est déjà plus l'inconnu. » Partir, c'est toujours franchir une série de cercles concentriques. D'abord boucler son sac, survoler la mer et gagner Alger. Puis passer le contrôle des flics, les tracas des douaniers, repérer un taxi sûr, gagner l'hôtel El Djezaïr, son jardin d'Éden. Et le lendemain, sillonner la ville, les bons, les mauvais quartiers et toutes ces routes qui filent vers la montagne. Après, il n'y a plus de repères géographiques, seulement des lignes invisibles et mouvantes. Quelque part, il y a un cercle rouge à ne pas franchir. Un cercle stupide que l'on peut passer par hasard, celui qui vous fait frôler le mauvais coup et laisse l'esprit et le carnet de notes vide. Ou un autre cercle invisible qui vous tient éveillé toute la nuit avant l'expédition, en cherchant l'erreur de calcul, la bêtise à ne pas faire le lendemain. Comme un alpiniste qui regarde son sac à dos en se demandant s'il est prêt, malgré la météo mauvaise, la neige sur la roche et la main de glace sur sa poitrine qui l'empêche de respirer. Épuisante check-list ! Heureusement, il y a aussi le cercle magique qui vous fait découvrir un lieu interdit ou un début de sens à l'histoire, celui qui vous fait dire : « Maintenant, je sais pourquoi je suis venu jusqu'ici. » Comment voulez-vous partager ces doutes ?

D'ailleurs, cet hiver à Alger, tous les téléphones de mes confrères sonnent dans le vide. J'ai le cafard et plus grand-chose à fumer. Personne. Tant mieux pour eux ! Vraiment personne ? Tant pis pour moi. Dehors, à portée de main, il reste à raconter une ville qui gémit. Dehors, Alger n'est plus blanche. Le ramadan n'est plus une fête. Dehors, la nuit avance. Et je commence à perdre pied dans cette houle noire.

Comme dans ce songe qui revient parfois écourter mes nuits. Un cauchemar au scénario immuable qui se projette sur le plafond blanc de ma chambre d'hôtel. Je suis debout, au centre d'un carré de lumière vive d'un ring, en sueur et un peu ébloui. Un homme qui n'est pas mon père me donne les derniers conseils en me massant les épaules. J'entends le bruit étouffé d'une foule qui crache des encouragements et des obscénités. Qu'est-ce que je fais là ? Mon adversaire m'est inconnu. Boxer est, depuis des années, une sensation oubliée. Je n'ai plus consacré les dizaines d'heures nécessaires à entraîner mon corps dans une salle ou à préparer mon esprit à cette guerre. Quant à mon régime... cigares, cafés noirs et nuits blanches. Quelle farce ! La réalité est que je ne suis pas en état de mener un combat au-delà du premier round. J'essaie de dire qu'il y a erreur mais ma voix est étouffée par le protège-dents que mon entraîneur m'enfonce dans la bouche : « Allez, gaucher ! Tu sais ce que tu as à faire. » Ah ? Non, justement ! « Ne te jette pas sur ton adversaire. Tourne. Et amène-le sur ton gauche, en contre. Comme d'habitude. Allez ! boxe. » Je me retourne. Où est l'adversaire ? Je ne vois rien. Si ce n'est un feu follet qui se rit déjà de mes poings flasques. Mes pieds sont de plomb. Je tends mécaniquement la droite et j'encaisse aussitôt la sienne. Je renvoie ma droite et son gauche se pose aussitôt sur ma joue, avec un bruit sec. Je suis mentalement l'onde de choc provoquée par l'impact de son poing ; elle se divise en deux, suit les lignes de mes mâchoires, court vers mes tempes, ma nuque et se réunit à nouveau derrière la tête, à la base du crâne, en allumant une mauvaise étincelle à l'intérieur de mon cerveau, avec un bruit de poubelles qu'on renverse. Dans le coin du ring qui chavire, j'entends l'ordre de mon soigneur : « Protège-toi ! Lève tes mains. » Je monte les poings comme si je soulevais un sac de charbon. Et deux coups de massue expédiés par mon adversaire explosent au creux de mon estomac. Il est sous moi, sur moi, je sens son souffle, je l'entends penser. Je sais qu'il veut en finir. Avec une infinie lenteur, venu de l'autre côté de la lumière, un petit point noir apparaît, grossit, grossit encore, devient boule, ballon, planète et percute mon monde intérieur au sommet du nez.

J'aimerais bien rester allongé là, sur le dos, les bras détendus, le regard flottant dans le soleil bienfaisant du projecteur à la verticale du tapis. Mais il y a l'autre, l'arbitre qui égrène les secondes à voix haute — pourquoi hurle-t-il ? —, ce protège-dents englué par un jet de sang qui m'empêche de respirer et la voix incroyablement distincte d'un spectateur obèse au fond de la salle, gitane maïs éteinte au coin des lèvres, qui se marre : « Va pas aller bien loin, çui-là ! » Je cherche mon papa-soigneur. Quand je marchais à côté de lui, sur un trottoir d'Hussein-Dey, je m'étonnais de la lenteur de ses pas et de la vitesse de sa course. Et j'accrochais mon regard à hauteur de la poche de son short pour ne pas me laisser distancer. Quand il me voyait essoufflé, il n'hésitait jamais à me tendre ses bras pour me hisser sur ses épaules de géant où je battais des pieds en poussant des cris d'Indien vainqueur. Sur le ring, le coin est vide. Mon père n'a jamais aimé la boxe. Le soigneur est parti, la serviette autour du cou, en souriant que j'étais assez grand pour m'en sortir tout seul. Ah bon ? D'ailleurs, je suis debout. Un court instant. Le temps de me faire piquer d'un crochet à la pointe du myocarde. Silence. Il ne bat plus. Ne me lâche pas, mon cœur, s'il te plaît ! Il repart, bon soldat, en cognant du pas heurté des grognards. Le nez obstrué par un caillot de sang, j'étouffe. Et l'arbitre, tout en haut, tout en blanc, mué en médecin légiste, recommence à jouer les métronomes, le bras cadencé, comptable froid de mon naufrage. J'en ai marre de ce tapis. Mon corps lourd se débat avec un drap mouillé de sueur. Assez ! Je sais ce qu'il faut faire. Cela m'est déjà arrivé.

D'abord, se remettre à la verticale. Accrocher l'autre en pesant sur lui. Faire l'état des lieux de mon organisme, machine en panne. Mes jambes qui ne répondent plus, mes poumons bloqués, en grève, et le sang qui cogne dans mes tempes comme la houle d'hiver sur une jetée du Nord. Au mur, l'horloge lumineuse me condamne à résister encore une bonne minute. Soit. Il faut tourner encore. Alors, je continue mon pas de deux et je valse, collé amoureusement au corps de mon tueur. Surtout ne pas lui laisser voir le sang qui m'envahit la bouche. Je l'avale en surmontant ma nausée. Le bruit énorme de l'air qui s'engouffre dans mes poumons, comme dans les trois gorges du Yang-tsé-kiang, marque le retour à la vie. Respirer, tourner, récupérer. Miracle ! Au coup de gong, je suis toujours debout. Je ne m'assois pas sur mon siège, dans mon coin vide et crache rouge dans la bassine en regardant du coin de l'œil l'autre, furieux d'avoir laissé passer sa chance d'en finir rapidement. Au fond de la salle, le spectateur obèse rallume sa gitane maïs avec une moue intriguée. Au signal, je m'avance le premier au centre du ring, résolu à arrêter la course maléfique du feu follet. J'ai mal au ventre, aux épaules, au cou, au nez. Tant pis. Sur un ring, le choix est parfois dur mais toujours simple : rester droit ou jeter l'éponge et quitter l'arène. Là encore, personne ne me contraint. Je n'en veux pas à mon adversaire même s'il me fait affreusement mal. Il est mon partenaire, celui qui va m'aider à aller au fond de moi, me mettre à nu, une sorte d'analyste sourd et muet qui ne ferait que frapper. La boxe est l'application d'une violence extrême sans violence intérieure ; sinon, ce n'est que de la bagarre de rue. Je n'ai aucune haine envers lui. Je veux simplement lui apprendre la distance, ne plus le laisser violer mon espace, reprendre possession de mon territoire.

Il s'y jette, trop confiant, et ne rencontre que mon bras tendu et mon gant droit, serré, boule de suif qui lui salit le regard. Il se jette encore et son élan s'arrête net, avec un bruit de branche cassée, brisé par ma gauche en contre. Il recule, surpris, sonné. Ça y est, il doute ! J'avance encore. Droite, gauche. Je n'ai plus peur. Droite, gauche. L'autre n'existe plus. Je suis seul et je danse d'impatience en attendant le troisième round. Qu'est-ce qu'on attend ? Je veux aller jusqu'à la fin du combat, connaître la fin de l'histoire de mon combat avec ma peur, franchir le dernier cercle, savoir si je terminerai à plat ventre ou les bras levés. Pourquoi le siège du spectateur obèse est-il soudain désert ? La salle s'est vidée d'un coup, la lumière électrique est éteinte et tout est silencieux. Pourquoi, à chaque fois, mon songe s'évanouit-il en me laissant moulu, trempé, crispé sur l'oreiller de mon lit du Djezaïr, l'œil grand ouvert sur la même question sans réponse ?

L'Algérie, elle aussi, me refuse un round supplémentaire. Plus de visa. Depuis mon retour, je fais en vain le siège de l'ambassade. Au téléphone, la voix change parfois mais pas le ton, exagérément poli, méprisant, un peu agacé par mon insistance. Cela va durer dix-huit mois. À Alger, les militaires décident et les politiques exécutent, à Paris, les plénipotentiaires font des ronds de jambe. Du coup, la diplomatie n'est plus que l'expression courtoise de la brutalité. Lors de mon dernier séjour à Alger, j'ai été reçu avec une facilité inhabituelle dans un palais où un majordome m'attendait avec des égards inquiétants. Dans un salon, le ministre algérien des Affaires étrangères, politique brillant, francophile, laïque, moderniste et éradicateur sans états d'âme, m'a longuement expliqué ce qu'il fallait penser et dire sur le problème algérien. En substance : « Le mal islamiste vient d'ailleurs, importé d'Iran, d'Afghanistan, du Soudan, de Syrie. Poursuivre le processus électoral n'était pas sérieux. Les réserves émises par les pays étrangers sur le soi-disant coup d'État ont, hélas ! aidé grandement ces terroristes. Le dialogue avec ces gens-là ne sert à rien. La révolution algérienne était — ne l'oubliez pas ! — moderniste et universaliste. Il faut des idées simples et restaurer l'État ; lui seul aujourd'hui est le garant des droits de l'homme, et — s'il vous plaît ! — ayez la courtoisie de ne pas me parler de torture. D'ailleurs, votre pays au passé colonial est bien mal placé. L'Algérie est un grand pays et elle n'a de leçons à recevoir de personne ! Il faut un peu plus de compréhension de la part des médias. Pas de critiques sournoises, vous m'entendez ? De la com-pré-hen-sion. Tout ce que je viens de dire n'est pas officiel, bien sûr. Nous verrons en lisant vos articles si vous avez compris ce que je viens de prendre la peine de vous expliquer. Vous reprendrez bien un peu de café ? Non... Tant pis. L'entretien est terminé. » C'était peut-être un peu brutal mais très clair. Mon reportage suivant n'a pas su exprimer une vérité aussi simple. Du coup, plus d'entretiens, plus de majordome et surtout plus de visa. Alger s'est refermée comme une huître.

Dépité, j'ai filé jusqu'au Maroc à la recherche de l'écrivain Rachid Mimouni, dernier refugié en date parmi les intellectuels. Les islamistes ne lui ont jamais pardonné deux de ses livres, *La Malédiction* et *De la barbarie en général et de l'intégrisme en particulier*, et il a finalement quitté l'Algérie pour se réfugier au cœur d'une autre médina, celle du port de Tanger. Moi, j'ai un peu la tête qui tourne à arpenter cette casbah marocaine, emporté par ce mouvement de rues en rond et de volées d'escaliers qui berce l'esprit comme une danse de soufi. Tanger l'imaginaire, à la fois porte et pointe de l'Afrique, entre Atlantique et Méditerranée, port au-delà des continents, ville trouble et accueillante où les eaux se rejoignent, ville de détroit où l'on peut compter chaque sirène de bateau qui passe Gibraltar. Autrefois, les rues d'ici s'appelaient Vélasquez, Mendelssohn,

Paris ou Louisiana ; les cinémas donnaient Buñuel, Ford et Chahine et personne n'aurait sursauté si, au coin de la médina, on avait surpris Marilyn Monroe au bras de Carlos Gardel. Longtemps, le parfum de la menthe fraîche, du citron et du kif s'est mêlé à l'odeur des cigarettes blondes américaines et de l'alcool doré de contrebande, la luxueuse pourriture du Nouveau Continent et le charme vénéneux de l'Orient. Toute la beauté du monde et son fric se vautraient dans les bras de Tanger la tolérante. L'endroit a toujours fasciné les intellectuels et les artistes qui venaient passer une semaine et s'y installaient pour la vie. Rachid Mimouni, lui, n'était que de passage. En exil. J'ai fini par trouver l'adresse de mon écrivain. Il avait l'air fatigué et m'attendait, à l'heure du petit déjeuner, devant un verre de whisky :

— Je ne voulais pas quitter l'Algérie. Mais j'ai une fille de treize ans. Le jour où les intégristes l'ont menacée de mort... cela m'est devenu insupportable.

À Alger, il survivait, entouré d'un luxe de précautions. Après avoir abandonné ses cours à la faculté, il avait appris à ne plus avoir d'horaire précis, à changer constamment d'itinéraire, à faire des détours, des demi-tours, des tours sur lui-même et finalement plus de tours du tout.

— Ne plus déambuler dans ma ville, voilà ce qui pour moi était le plus dur.

Son nom était affiché dans les mosquées alentour. Qui veut tuer Mimouni le mécréant ? Dans une émission de radio, il a bien essayé de discuter avec un intellectuel intégriste mais son interlocuteur s'est contenté d'appeler trois fois à son meurtre, en direct. Les lettres de menace, en arabe et en français, disaient toutes la même chose : « Tu es un mécréant, on t'aura ! » Comme les coups de téléphone, en pleine nuit :

— Au bout du fil, souvent, il n'y avait qu'un simple halètement. Ou le bruit d'un couteau qu'on aiguise.

Il se sert un autre whisky.

— J'avais beau passer mon temps à surveiller le courrier et à me précipiter sur le téléphone, cela n'a pas empêché mes enfants de comprendre que j'étais menacé. À l'école, quand un prof grondait un de mes gosses, il éclatait en sanglots. La nuit, qu'une porte claque et toute la famille était debout. Mon fils de douze ans faisait des cauchemars et se réveillait en hurlant : « Je ne veux pas qu'on te tue ! » Alors, j'ouvrais le Coran à n'importe quelle page et je le lisais, à haute voix, jusqu'à qu'il se rendorme.

Je regarde la baie, à travers la fenêtre. Que reste-t-il du Tanger d'autrefois ? L'essentiel de la ville est fait de béton et on vient de raser le palais de Paul Morand. Les plages sont désertes, l'eau de l'Atlantique trop froide et la vase monte dans les bassins du port où il n'y a plus de paquebots. Tanger serait morte ? Et notre écrivain algérien blessé serait allé retrouver un agrégat vieillissant de pleureuses exilées, pour une dernière veillée funèbre ? Il s'empare de la bouteille et vide un fond d'alcool :

— Dans l'avion, tout le monde était dans un état second. Les gosses traînaient des sacs bien trop grands pour de simples « vacances ». Seule ma femme savait. Et moi ? Oh ! moi... J'étais saoul dès sept heures du matin. Je m'étais réveillé à trois heures et j'avais bu dans l'espoir, en vain évidemment, d'émousser mes sentiments. Puis j'ai débarqué ici, mes valises à la main, le soir du réveillon, dans une chambre d'hôtel inconnue.

Je pense à la façade austère de l'hôtel Minza qui donne sur un intérieur des *Mille et Une Nuits*. Les petites portes de la casbah cachent toujours des palais. Tanger la nonchalante offre encore la pipe de kif et le thé dans le secret des maisons. Les femmes marchent murées dans leur double cellule d'ombre et de voile mais la drogue nourrit toujours une partie du commerce de la ville. Ici, l'Islam des durs s'arrête aux seuils des cafés de la médina. Assis à une terrasse sur le port, on peut embraser un cigare, les yeux noyés dans le blues de l'horizon, sans risquer de se faire découper les lèvres et le nez au rasoir. Et personne ne vous suit dans Tanger la musulmane où le contraste des jeux de lumière est si fort que l'on perd de vue quiconque à dix mètres de distance.

— Aller où j'ai envie d'aller. Faire des choses que j'avais oubliées. Ici, c'est possible. Marcher dans les rues, les souks, les bars, la médina. Marcher ! — Il repousse la bouteille vide de whisky, débouche un flacon de Grand Marnier et se sert un grand verre : — Que peut faire un écrivain algérien aujourd'hui en exil ? Travailler ! Moi, je pourrais travailler sur un navire en pleine tempête. Trois heures le matin, trois heures l'après-midi, chaque jour. C'est une forme profonde d'égoïsme. Je suis écrivain. Quel que soit l'endroit d'où j'écris, seule l'Algérie me préoccupe. Même si là où je vis aujourd'hui le soleil ne se lève pas du même côté.

Après l'entretien, j'ai déambulé dans la nuit de Tanger, sauté de ruelle en ruelle comme on passe d'un monde à l'autre. En croisant des consuls en habit blanc, de vieilles dames au visage de porcelaine et la silhouette de Paul Bowles qui faisait ses provisions d'écrivain. Le lendemain matin, j'ai tourné le dos à l'aéroport et je suis monté sur un ferry qui a appareillé vers l'Espagne en lançant de grands coups de sirène dans la brume de février. Et j'ai regardé Tanger s'éloigner lentement, blanche et superbe comme une pierre tombale. Tanger, la seule ville du passé où les fantômes sont vivants. Il y a désormais celui de Rachid Mimouni, mort peu après, non pas de trop d'alcool comme l'ont affirmé ses médecins, mais bien de manque. Mort de l'Algérie.

J'ai retrouvé Paris où les débats sont féroces. Le black-out installé par le pouvoir algérien autorise les discours péremptoires. C'est le temps des grandes certitudes et des grandes peurs. De nouveaux érudits expliquent tranquillement qu'un Arabe est forcément un musulman, qu'un musulman est à coup sûr un islamiste, qu'un islamiste ne peut être qu'armé et donc un tueur fanatique. L'Islam aurait toujours été réactionnaire et l'éradication des gueux barbus un mal nécessaire. Il ne faudrait pas laisser le sida islamiste nous infester, ne pas s'y frotter autrement que par une désinfection énergique. Du coup, on choisit le parti du sabre de l'armée algérienne pour en finir avec le goupillon islamiste. Il faudrait choisir entre deux formes de dictature, préconiser la création de milices et légitimer la torture. Nous y voilà. Hier, l'idée d'électrifier un homme nous révulsait. L'armée de la République, l'État, la France y perdait son âme. Aujourd'hui, ce n'est pas nous qui nous salissons les mains, ce sont des Algériens qui torturent d'autres Algériens. Les tenants de cette solution radicale n'imaginent pas un instant que l'alliance finale entre les militaires, le FLN archaïque et les marchands de Coran, bref, le régime islamo-conservateur qui se dessine, écrasera les Algériens qui ne veulent ni de l'un ni de l'autre.

J'écoute, sidéré par la morgue brutale du propos en me demandant quelle frousse a envahi ce pays, devenu si peu sûr de lui, de ses valeurs et de ses banlieues. Les intellectuels ont commencé par se taire, embarrassés, en se demandant quelle Algérie ils devaient embrasser. Celle du régime FLN ou celle des révoltés qui prônent le retour du califat d'un autre âge ? Difficile de retrouver ses petits dans cette mêlée sanglante. Le plus simple serait de choisir le camp des démocrates. Mais lui aussi est déchiré. Entre ceux qui veulent intégrer les barbus au jeu politique et ceux qui rejettent énergiquement l'idée. Pour ne pas se tromper, ce soir, à la tribune de la Mutualité, les orateurs se contentent de décliner un abécédaire démagogique à une salle d'exilés qui en redemande. « *Ich bin ein* Algérois. Nous avons les mêmes valeurs. Vive l'Algérie qui souffre ! Vive son courage ! »

Bravo. Et après ? C'est court.

À l'évidence, on ne sait rien, ou si peu, de l'Algérie actuelle. De toutes ces femmes voilées, de ces centaines de milliers de jeunes, avides de paraboles, de jeans, de visas pour l'Occident et qui se sont brutalement vêtus de kamis et de babouches pour se réfugier dans le giron d'un Islam réactionnaire. Des motifs qui les ont poussés vers les mosquées écouter des visionnaires d'un autre temps leur promettre le retour à un âge d'or qui n'a jamais existé. Quel est le sens de tout cela ? Qu'est-ce qu'ils essaient de nous dire ceux dont on ne pense qu'à se débarrasser ? Tous, vraiment, des assassins assoiffés de sang. Comme si comprendre revenait à abaisser ses défenses, à afficher sa faiblesse. On vous répète qu'on ne compose pas avec la peste. Il suffirait de noyer les murs de la ville maudite sous la chaux vive, d'isoler les malades, de brûler les vêtements des infestés et leurs cadavres. La peste ! La revoilà, monsieur Camus. Pour traiter la barbarie, on retrouve des réflexes médiévaux. Du coup, à la Mutualité, toute une salle debout conspue le seul orateur, Bernard Kouchner, qui ose indiquer que les barbus sont aussi des Algériens et qu'il faudra un jour peut-être se résoudre à parler avec eux. Submergé par les huées, il finit par se taire. Et par laisser la place aux autres, ceux qui font un tabac avec des clichés.

Je sors de là, consterné par tant de vindicte. Même à Paris, les Algériens ne s'écoutent pas et préfèrent s'affronter. Soit. Et le Paris civilisé, cultivé, raffiné, leur emboîte le pas. Voilà le plus extraordinaire ! Bientôt, la fièvre retombera, la lassitude prendra le pas et les massacres répétitifs finiront par ennuyer. « Un moment secouée, l'opinion française se détourne des affaires d'Algérie, a écrit il y a un demi-siècle l'auteur de *La Peste*, elle s'en détourne et, profitant de cet assouplissement, des articles paraissent dans différents journaux qui tendent à démontrer que ce n'est pas si grave, que la crise politique n'est pas générale et qu'elle est due seulement à quelques agitateurs professionnels. » D'abord sidérés, indignés puis compatissants, les Français désormais, gavés d'horreur, regardent ailleurs. Comment leur en vouloir ? Ils n'ont pour mémoire qu'une autre guerre affreuse, une guerre de sept ans, de 1954 à 1962, le souvenir de leurs fils qui partaient mourir là-bas ou en revenaient trois ans plus tard, silencieux, abîmés et honteux. Au fait, qui avait raison à l'époque en Algérie ? Déjà, il pleuvait des certitudes sur Paris. Assénées par les tenants d'une Algérie française à jamais, opposés aux fervents d'une Algérie algérienne forcément libre et démocratique. Ou par ceux qui assuraient que les Français, pardon, les « Européens d'Algérie » ou plutôt, selon le mot d'un confrère de l'époque, que le « peuple ibéro-maltais » ne serait pas condamné à cet exode massif sur lequel on a préféré fermer les yeux. Chacun proclamait détenir la vérité. Les porteurs de valises du FLN, les commandos Delta de l'OAS dont la violence hystérique a fait exploser tout ce qui restait comme petite chance de compromis ou les paras qui ont torturé au nom de l'efficacité contre l'horreur. Quant au FLN, une fois acquise la décolonisation inévitable, il a opté pour une rupture sanglante, l'élimination de toute opposition et le massacre des harkis. Pour finalement édifier une Algérie de l'inégalité, du retour du sang, de la peur, de la haine et du flirt avec le chaos. Qui possédait la vérité ? Pas celle de l'instant mais celle qui permet d'affirmer, d'asséner. Personne ne peut lever la main si haut. Le cours des choses est souvent plus fort que notre imagination. Alors, après s'être trompé, on détourne la tête. Vers d'autres problématiques. Des nouvelles fraîches, venues d'ailleurs. Tant pis pour l'Algérie ! Après tout, elle n'aime pas qu'on se penche sur elle sans se plier. Chaque parti vous somme de défendre ses arguments. Ils ne réclament pas de l'aide, ils l'exigent. Comme un dû. Qu'on hésite, effrayé par tant de vindicte, et le pays siffle, attaque, condamne votre silence taxé d'indifférence, donc de mépris raciste. Qu'on ose poser des questions et vous voilà accusé d'ingérence néocoloniale. Qu'on aille vers elle ou qu'on la fuie, l'Algérie vous en fait toujours grief et vous promet des représailles. Ne cherchez pas. Avec elle, vous êtes toujours coupable.

Pendant ce temps-là, les massacres continuent :

« Bientôt l'Algérie ne sera peuplée que de meurtriers et de victimes. Bientôt les morts seuls y seront innocents », écrivait sur le tard le visionnaire de l'absurde. J'aimerais tant que, une fois au moins, il se trompe !

Hier soir, tard dans la nuit, Mustapha m'a appelé d'Alger. Je lui ai demandé s'il avait trouvé ses vis platinées, il m'a répondu en forçant la plaisanterie qu'il allait désormais les chercher dans les garages de Montréal, au Québec. Il s'en va, vaincu lui aussi. Mustapha en exil ? J'imagine mal sa moustache brune de Méditerranéen poudrée de neige, prise dans la banquise du Canada. Hé ! Mustapha, là-bas, les restaurants ne servent pas de rougets grillés, seulement des poissons surgelés. Il le sait. Mais il s'en va. Déraciné peut-être, mais vivant. Un jour sans doute, il reviendra marcher dans la Casbah où j'avais rencontré le docteur Laadi Flici, si proche de ses patients. Je n'arrive pas à croire que c'est l'un d'eux qui a fait brutalement irruption dans son cabinet pour l'abattre de plusieurs balles pendant sa consultation du pauvre. Et j'ai de plus en plus de mal à feuilleter les pages de mon carnet d'adresses algérien, petit cimetière de papier, semé des croix de ceux qui sont morts ou en exil.

Ce matin, je me suis réveillé en état d'apesanteur, le corps absent et l'esprit suspendu. Sans savoir si j'émergeais d'un rêve ou si j'entrais dans un cauchemar, si j'étais en vacances, dans mon lit à Paris, allongé près d'une femme ou seul, à l'autre bout du monde en guerre. Cela m'arrive parfois. La dernière fois que la chose s'était produite, voilà longtemps, j'étais au Liban. Cette nuit-là, c'est un choc qui m'avait arraché au sommeil. Un coup formidable en plein front. J'étais sonné. Autour de moi, tout était noir. J'entendais ma respiration, haletante, celle d'un chiot qui panique. D'abord se calmer. Et réfréner ce souffle bruyant. Attendre la pluie des secondes sur mon visage, laisser mon ordinateur intérieur se recharger, m'envoyer ces petits bouts d'information qui allaient me remettre en phase avec ce lieu étranger. Dans ces moments, rien ne me peut m'étonner. Quelqu'un qui apparaîtrait, flottant à plusieurs mètres au-dessus du sol, pour me dire : « Vous êtes mort. Bienvenue parmi nous. » Le sol, justement. Il était dur sous moi. Anormalement. On ne dort pas sur ce genre de couche. Pourtant, j'avais dormi.

Je n'avais pas mal, en dehors de cette douleur sourde entre les deux yeux. J'avais relevé la tête. Et reçu un deuxième coup, immédiat, sur le front, au même endroit. Il y avait un obstacle au-dessus de moi. J'étais allé doucement au contact. Cela ressemblait à du bois, recouvert d'une toile rêche. Un coffre, une cache, une tombe ? Non. Mes bras et mes jambes étaient libres. Je les avais écartés et j'avais senti le carrelage frais sous mes doigts. J'étais étendu sous un lit. En me relevant brutalement, mon front avait heurté le sommier... dans ma chambre d'hôtel, à Beyrouth.

Qu'est-ce qui m'avait réveillé ? Ce n'était pas un cauchemar, je n'en avais aucun souvenir. Agacé, je m'étais redressé, bêtement. Le temps de reprendre un autre coup, le troisième, sur le front. Essayons de réfléchir ! J'avais revu Beyrouth, la veille au soir, prise dans un duel d'artillerie entre les forces syriennes et l'armée du général Michel Aoun. Des heures d'échanges d'obus, de roquettes, de paquets de mort métallique, du canon lourd, des orgues de Staline, de gros mortiers de 120 mm, toute la quincaillerie de la guerre. Le siège de Beyrouth-Est la chrétienne avait commencé. Accroupi sur le toit, j'avais regardé voler le rouge orangé des obus syriens vers le ciel dessiner de jolies courbes au-dessus de la ville avant de retomber en gerbes d'étincelles sur les villas cossues des collines.

Avant de m'endormir, il m'avait fallu prendre quelques précautions d'usage, laisser les fenêtres ouvertes et les rideaux tirés pour éviter, si un obus tombait trop près, l'explosion des vitres et les éclats de verre. Maintenant, le silence absolu indiquait que les artilleurs étaient allés se coucher. Comme moi, sur le carrelage, à l'abri du matelas. Quelque chose m'avait donc réveillé en sursaut. Ou quelqu'un. Doucement, je m'étais glissé en dehors du matelas et avais rampé vers la fenêtre pour écarter légèrement les rideaux. Rien. La nuit, l'obscurité, le silence, l'odeur d'ordures brûlées : Beyrouth avait son haleine de serpent mort. Pas une sirène d'ambulance. Les chiens devaient être aphones à force d'avoir hurlé toute la nuit. Comme souvent, la panne d'électricité était générale. On ne voyait même pas briller la mer. Il faisait chaud et très humide. Je me suis approché de la porte. Silence. Dans d'autres chambres, les photographes devaient dormir profondément, abrutis par trop de hasch, histoire d'oublier ce qu'ils avaient vu la veille. Maher, un Libanais, était rentré à l'hôtel, les yeux chavirés. Il avait passé la journée dans le ventre d'un immeuble ouvert par un énorme obus de 240, en faisant photo sur photo, avançant comme un automate au milieu des ruines, avant de s'apercevoir qu'il était en train de shooter le cadavre de la meilleure amie de sa mère. Depuis, il fumait sans discontinuer et l'odeur de miel brûlé collait à la moquette du couloir.

Soudain, derrière moi, une détonation m'avait fait sursauter. Tétanisé par la peur, j'avais effectué un demi-tour sur les genoux et posé mes mains dans une petite flaque d'eau glacée. Et là, enfin, j'avais compris. D'abord, il y avait eu les bombardements, ensuite la trêve des combats et le silence, la panne d'électricité, le réfrigérateur qui avait dégivré, l'eau qui avait fini par suinter et cette petite goutte, qui était tombée d'un mètre cinquante de haut, s'était écrasée comme une balle sur le carrelage de la chambre, à deux mètres de mon oreille : l'explosion d'une larme de frigo. Et moi qui avais bondi avant de me faire à demi assommer par le bas du sommier ! Je m'étais recouché, sur le lit cette fois, en laissant la fenêtre grande ouverte. J'avais allumé un long cigare et fumé longtemps pour assécher mon corps en sueur. J'avais ouvert le robinet de la douche. L'eau était coupée. Mon reportage était terminé, il était temps de repartir. Mais la ville était encerclée et l'aéroport fermé : ne restait que le port. Le lendemain, à la tombée de la nuit, je tournais sur les quais, sac sur l'épaule, un billet en poche pour un voyage sur un car-ferry vers Chypre.

Personne n'aurait pu prévoir que ce bateau du lendemain serait le dernier à quitter le Liban, avant longtemps. Ce soir-là, la lune était pleine et le ciel sans nuages. On y voyait comme en plein jour. Sur le port de Jbeil, un millier d'hommes, de femmes et d'enfants attendaient de quitter Beyrouth. À trente kilomètres de la côte, il y avait à l'ancre un ferry-boat tout blanc, le *Larnaca Rose*, avec des cabines de luxe pour vacanciers, véritable gâteau de lumière au-dessus de l'eau. Un espoir de survie, de fuite vers Chypre, son aéroport, ses plages, ses casques bleus et leurs blondes fiancées suédoises. Avec du soleil sans plomb, de la légèreté et de l'inconsistance dans l'air. Entre le navire et nous, il restait la mer ou plutôt la montagne au-dessus de Jbeil où les artilleurs syriens avaient planté leurs canons à longue portée. Ceux-là regardaient la mer brillante comme un stand de tir d'une fête foraine et ils attendaient leur cible. Sur le quai, à côté de moi, une femme au regard fou s'était jetée sur un milicien et avait tapé des deux mains sur son kalachnikov en lui montrant la lune aussi froide qu'un médecin légiste :

— Il faut abattre la lune, sinon ils vont nous voir.

Puis elle s'est mise à hurler :

— Tu m'entends ? La lune... Il faut l'abattre. Tire !

Le cri de la femme a résonné en moi, comme une maxime née de la guerre, celle qu'on peut énoncer à voix haute quand le monde a perdu la raison. Fatigué, le milicien sur le quai avait haussé les épaules et il avait poussé la femme titubante dans une chaloupe.

La veille, quand le ferry avait voulu s'approcher à

moins de cinq kilomètres de la côte, une première volée d'obus l'avait fait reculer. Des familles entières s'étaient lancées à l'aventure en chaloupe sur la mer mauvaise. Une nouvelle salve d'obus avait contraint à nouveau le navire à reculer jusqu'à la limite des eaux territoriales. Et les passagers avaient erré en vain toute la nuit dans les vagues. Ce soir, je savais que le plan était de prendre une chaloupe à l'ombre de la côte puis de gagner un chalutier de pêche qui attendait, tous feux éteints, à l'accore. Avant de foncer vers le large, sur trente kilomètres, en s'orientant aux jumelles et à la carte marine, pour parvenir jusqu'au ferry qui nous attendait. Sur le quai du départ, j'avais cherché des yeux cette gamine de huit ans, aperçue la veille sur le parking d'un quartier bombardé, entre les réfugiés, les sacs de sable, les lits de camp et les voitures. Elle n'avait pas cessé de sauter d'un pied sur l'autre en chantonnant en français : «Demain-je-pars-en-voyage-pour-l'Eurooope! Demain... »

C'était l'heure d'embarquer. La chaloupe avait heurté le flanc du chalutier, en raclant l'échelle de corde. À bord, trois cents personnes se serraient sur le pont. Trop de civils, trop de vieillards incapables de nager, trop de femmes alourdies par leurs valises. Et surtout trop d'enfants, beaucoup trop d'enfants ! Un milicien s'était énervé :

— Mettez les gosses dans la cale sinon on ne part pas !

Un homme l'avait arrêté :

— Tu es allé en bas ? C'est humide, ça pue ! Autant mourir à l'air libre.

On avait levé l'ancre. Les lumières de la ville s'étaient estompées mais la lune nous montrait du doigt. Accroché à la barre, le capitaine faisait virer le chalutier d'un bord sur l'autre pour gêner la visée des artilleurs postés là-bas sur la montagne. En ce moment, ils devaient finir leur thé rouge et écraser leur cigarette. À bâbord toute. Derrière nous, la lune brillait sur notre droite. À tribord toute. Elle était toujours là, métallique, dans notre dos, sur la gauche, pendule qui rythmait les changements de cap, planète impitoyable et hautaine, refusant de se voiler la face, resplendissante comme une putain d'Orient. En quittant l'abri de la baie, la houle du large nous avait pris de face. À bâbord toute. On plongeait au creux de la vague, un instant suspendu, puis une main venue du fond nous soulevait vers l'autel mousseux de la crête des vagues. À tribord toute. Le chalutier se couchait, flanc offert, puis se redressait, nerveux, provoquait la lune de sa proue de métal, réfléchissait ses rayons avant de replonger entre deux falaises d'eau noire. Je ne me rappelle pas avoir aimé les berceuses. Et celle-là, silencieuse, donnait la nausée. Odeurs fortes du sel et du poisson, roulis, tangage, peur et tension, les gosses avaient commencé à pleurer doucement avec retenue et une première femme avait vomi. L'odeur me rappelait une autre puanteur ancienne, dans le fond d'une cale du *Ville d'Alger* où nous étions entassés près des cuisines d'un navire bondé de nouveaux exilés. Toute la journée, la famille avait attendu sur le quai du port d'Alger, dans la chaleur de mai. Au moment d'embarquer, un garde mobile avait pris un air enjoué pour demander à ma mère si nous partions en vacances pour la France. Elle, en habit de deuil, l'avait regardé, interloquée et silencieuse. Et il avait balbutié un « pardon, madame » avant de lui prendre sa valise. Et je l'avais regardée grimper la passerelle, fantôme tout auréolé de noir.

Des siècles plus tard, sur ce pont de chalutier libanais

secoué par les vagues, une autre ombre s'était penchée vers moi et m'avait soufflé qu'elle venait d'entendre l'écho de plusieurs explosions près du port de Beyrouth : « Cela va être notre tour. » L'ombre avait raison. Deux geysers s'étaient soulevés à cinq cents mètres sur tribord. Le tir était trop long et les premiers obus étaient passés juste au-dessus du bateau. Quelque part sur la montagne, un technicien-artilleur penché sur son radar ajustait son tir sur notre coque de bois bourrée de chair à canon. La deuxième salve étaient tombée plus près, à bâbord. Deux montagnes d'eau lourde étaient montées droit vers le ciel. Une longue plainte avait fait gémir le pont du chalutier. Tout le monde s'était couché, les mains sur les oreilles. Les mères serraient leurs bébés jusqu'à les étouffer. Encore une salve, à quarante mètres à peine. Qu'un seul obus touche la cabine et des milliers d'éclats de ferraille allaient balayer tout le pont. Qu'est-ce qu'on aurait fait des morts et des blessés, au milieu de l'eau, en pleine nuit ? Soudain, des mains avaient soulevé mes bras et j'avais senti deux corps chauds se serrer contre ma poitrine. Ah non, pas ça ! Je ne voulais pas de gosses contre moi. Si le bateau était foudroyé, je ne voulais pas les sentir saigner, mourir, s'en aller, collés à moi. J'avais envie de les repousser vers la cale mais un visage de femme, leur mère, m'avait regardé, suppliante, éperdue. J'aurais voulu lui crier : « Écoutez, il a suffi hier d'une seule goutte d'eau de frigo pour me jeter à plat ventre sur le carrelage de ma chambre d'hôtel ! Comment pouvez-vous imaginer que je vais défendre vos enfants contre des milliards de gouttes, ces geysers d'eau de mer ! » Mais je m'étais tu. J'avais refermé les bras, enveloppé ces petites choses qui tremblaient et leur avait murmuré des bêtises à l'oreille. Et le temps s'était arrêté.

J'aurais aimé les emmener au cinéma, voir *E la nave va*, les gaver d'esquimaux glacés et les laisser s'endormir pour ne les réveiller qu'à la fin du film, au moment où apparaît une montagne de lumière au-dessus de l'eau. Comme cette forme blanche qui se dessinait là devant moi. Soudain, j'avais réalisé que le chalutier s'était remis à voguer droit et que la ligne d'horizon était redevenue horizontale. Et la porte arrière du *Larnaca Rose* s'était ouverte comme un pont-levis pour les premiers passagers sauvés. Et les autres ? Un deuxième chalutier était passé à travers les obus. On l'attendait. Mais les tirs s'étaient fait trop précis et le troisième bateau n'avait pas osé continuer. Il était revenu à quai, avec ses quatre cents civils qui avaient regagné leurs maisons trouées, leurs sacs de sable et leurs lits de camp. Plus aucun navire ne se risquerait avant des mois à se mesurer à cette roulette syrienne. J'avais cherché sur le ferry la petite de huit ans qui sautillait d'un pied sur l'autre en chantonnant « Demain-je-pars... ». Elle n'était pas à bord.

Épuisé, allongé dans une cabine de croisière, moi, je voguais vers un monde sans guerre. Et la mer m'emportait. La mer m'a toujours emporté.

Loin du Liban et d'Alger, j'ai froid à Paris dont l'humidité glacée poisse le plus fin des havanes. J'ai rendez-vous avec un couple d'amis algériens, journalistes exilés. À travers la baie vitrée du café Beaubourg, je regarde l'horloge futuriste du musée d'Art contemporain qui égrène les milliards de secondes qui nous séparent de l'an 2000. Sur le parvis, un homme en loques se serre dans ses cartons, comme Charlemagne, le clochard de mon enfance. Quelques mois plus tôt, je me suis fait SDF le temps d'un bref reportage, l'occasion de traîner dans la rue en cherchant en vain le regard des autres. Dans un refuge municipal du XIVe arrondissement, j'ai couché tout habillé dans des draps tachés de sang et de merde, entendu toute la nuit des hommes cracher leurs poumons dans le dortoir mal chauffé avant de repartir à l'aube, la rage au ventre.

Noël a été lugubre, pas seulement à cause du froid et des habitants du trottoir enfouis sous leurs cartons. Il y a eu aussi cette cavalcade tragique d'un Airbus d'Air France investi par un commando du GIA sur le tarmac de l'aéroport d'Alger. Là-bas, les autorités ont voulu faire croire que tout était sous contrôle. Le commando a commencé par abattre un passager, cuisinier de l'ambassade de France, puis un deuxième, puis un troisième otage. On va donner l'assaut, a dit Alger, se voulant rassurant. Paris a fini par s'énerver. L'Airbus a été autorisé à décoller vers Marseille où les quatre terroristes, piégés, se sont fait cribler de balles par le GIGN. Le commando n'a pas atteint son objectif initial : faire exploser l'avion au-dessus de Paris. Je regarde l'horloge de Beaubourg. Bientôt, le chiffre des victimes d'Algérie dépassera le nombre des minutes qui nous séparent du Nouvel An.

Maintenant, il pleut. Ah ! les voilà. Ils sont arrivés à pied, en descendant les Grands Boulevards, serrés l'un contre l'autre comme des oiseaux mouillés. Elle s'est assise à ma table, a commencé une phrase en disant « ici, à Alger » puis s'est mordu la lèvre, écolière prise en faute. Lui n'a rien dit, comme à l'accoutumée, mais il a posé un regard circulaire sur le mobilier postmoderne du café, les consommateurs à l'air distant et l'absence de ciel derrière la baie vitrée, avec un air de dire : « Qu'est-ce que je fous ici ? » Pour lui, pour elle, le chemin semblait tracé. Vivre, écrire, souffrir peut-être mais vieillir en Algérie. Pas de petit studio rue de la Pompe, pas de compte en banque à l'étranger. L'exil les a surpris avec la soudaineté d'une petite mort. Ghania pleurait, le garçon de café s'est approché, j'ai demandé l'addition. Luc a allumé sa pipe puis lui a pris doucement la main :

— Allons ! N'oublie pas qu'il nous reste à apprendre le réseau des lignes d'autobus parisiens... Sacré travail.

En les regardant partir, tassés sous la pluie comme des amants vieillis, je n'arrivais pas à les croire vaincus. Peut-être parce que Ghania et Luc me rappelaient deux autres visages d'amants, l'amour impossible d'une grande femme blonde et d'un petit homme aussi sec qu'un djebel de Kabylie, ma tante Jeanne et mon oncle Boussaïd. Ce sont eux qui m'ont enseigné que l'amour est parfois plus fort que la guerre.

Ma tante Jeanne, ou plutôt Jeannette — tout le monde l'appelait ainsi —, était la fille unique d'Edmond, un monsieur silencieux et sévère, portant chapeau rond et moustache blanche taillée au millimètre, un receveur des postes qui se vantait d'avoir fait ses études à la lueur d'une bougie, « une seule, chaque soir. Jusqu'à ce que la flamme s'éteigne! » L'ancien sergent des Dardanelles à la poitrine couverte de médailles, qui ne fêtait que deux anniversaires, le 14 Juillet et l'armistice du 11 Novembre, était devenu sur le tard un peu pétainiste et raciste. À mes yeux, il avait surtout le tort d'avoir frappé de sa canne ma main gauche au moment où elle allait plonger, pour la deuxième fois, je le confesse, dans un bocal de confiture ouvert sur la table de la cuisine. Comme si on pouvait résister à un pot de tomates vertes confites ! Depuis cet incident, mon grand-oncle Edmond, pour moi, était « Tonton facho ».

Jeannette avait dix ans à peine en 1932 quand monsieur son père le receveur des postes est nommé au Kouif, à quatre petits kilomètres de la frontière tunisienne. À l'époque, Le Kouif est une ville invraisemblable, un bled perdu où personne n'entre sans autorisation, une mine habitée par un millier d'« Européens » et d'« Arabes » qui vivent en circuit fermé autour de la Compagnie des phosphates de Constantine. Il y a le trou de la mine, un économat, une boucherie, quelques magasins, un supermarché, Le Globe, un grand café maure, un cinéma, une mosquée et une chapelle. Le Kouif obéit à trois lois : celles de la République, de l'Algérie et surtout de la direction de la mine. L'autorité locale ayant décrété que la salle de cinéma est trop petite pour accueillir tout le monde, on a organisé deux séances distinctes, l'une pour les Européens et l'autre pour les Français musulmans, dits sujets français, indigènes. Chacun dispose d'une place désignée par une chaise numérotée. Devant, les chaises en bois pour le « Directeur » et les « Ingénieurs » ; derrière, les chaises en fer pour la catégorie « Employés » et « Artisans ». Au début, la famille de M. Edmond le Receveur des Postes s'assied au premier rang des sièges en fer. Assez loin de M. Ahmed qui a droit, lui, lors de la séance réservée aux Arabes, au siège étiqueté « Honorable commerçant ». Venu de Petite Kabylie, M. Ahmed est un notable qui tient le café maure, gère un moulin et la ligne d'autobus beige et vert reliant ce djebel-Clochemerle à la ville de Tébessa. Tout le monde connaît Ahmed, surnommé dans sa jeunesse Papillon pour sa stupéfiante agilité à manier le plateau entre les tables de son café. Son fils, Boussaïd, beau jeune homme athlétique, joue dans l'équipe de football locale dénommée modestement : « En Vedette du Kouif. » L'EVK est la vitrine de la ville minière, sa passion, son obsession. Et le jeune Boussaïd a tellement de talent ! Technique, élégant, récompensé par plusieurs médailles de fair-play, le numéro 9, capitaine de l'équipe, dribble sur place les meilleurs défenseurs et marque un à plusieurs buts à chaque match de division d'honneur. Au point que la Compagnie des phosphates n'hésitera pas quelques années plus tard à lui payer l'avion jusqu'à Paris pour se faire opérer d'un ménisque douloureux.

Pour l'heure, c'est tonton Edmond qui grimace en écoutant un de ses facteurs lui souffler, bonne âme :

— Attention ! Monsieur le Receveur, votre fille Jeannette fréquente...

Jeannette a quinze ans, de grands yeux clairs, des

rondeurs assassines et une bicyclette. Boussaïd a trois ans de plus, du souffle et le cœur qui bat la chamade quand il court la retrouver dans la campagne pelée, à l'écart de la lumière du village, entre deux séances de cinéma ou pendant le bal du 14 Juillet. Dans ces moments-là, ils oublient qu'ils sont deux enfants de notables, l'un qui vit dans le village réservé aux Européens, l'autre, dans le village kabyle. Planté sur le seuil de la poste, tonton Edmond a beau interpeller le jeune footballeur :

— Il ne faut plus voir ma fille. Vous m'entendez !

Rien n'y fait. Ces deux-là s'aiment d'amour vrai. Au Kouif, le scandale menace d'éclater. Un an plus tard, une heureuse promotion envoie Monsieur le Receveur des Postes à Gouraya, dans le nord de l'Algérie, près de Cherchell. Loin, très loin du Kouif. Edmond, soulagé, emmène sa famille. Il ne sait pas que les deux tourtereaux s'écrivent — grâce à votre poste, cher tonton ! — en faisant passer les lettres par un employé du bar de Papillon. Le dimanche, pendant que mon grand-oncle est à la pêche, Jeannette file au central de Gouraya téléphoner à la mine du Kouif où le standardiste s'empresse d'aller chercher Boussaïd au café. Une véritable conspiration. Plus grave, le jeune footballeur n'hésite pas à prendre le bus beige et vert jusqu'à Tébessa, puis un autre qui remonte vers le nord jusqu'à Alger et un autre encore qui continue vers Cherchell et Gouraya, sept cents kilomètres de route au total, le temps d'une rencontre furtive préparée en secret par quelques échanges de lettres passionnées. Et quand le club de l'EVK en déplacement doit affronter une équipe algéroise, les deux amoureux, qui ne sont plus des adolescents, se réfugient pour une nuit à l'hôtel Cola Vicenzo où le patron ému sait ne pas poser de questions en tendant la clé du paradis. Edmond ne décolère plus. Une partie de la famille se détourne de cette « si belle jeune fille qui fréquente un Arabe... enfin, un Kabyle, quoi ! Mon Dieu, quel malheur pour les parents ! » Jeannette conserve pourtant l'affection d'une partie de ma famille à Hussein-Dey ; de Joseph, mon grand-père amoureux de la vie, du jeu et des femmes ; de Pierre, mon père, à la paisible complicité ; de mon oncle Roger, grande gueule mais bon cœur et de ma tante Suzanne, jeune femme romantique. Jeannette peut aussi se réfugier à Alger dans l'appartement de mon arrière-grand-mère, délicieuse vieille femme au visage de porcelaine émaillé d'yeux très bleus. J'allais parfois moi aussi me perdre dans sa caverne d'Ali Baba encombrée de trésors et d'une paire de flamants roses empaillés grandeur nature qui me fascinaient, presque autant que ses inoubliables crêpes Suzette ! En 1944, alors que la guerre s'achève, Boussaïd se fait recruter à Alger par le prestigieux club du Gallia et ouvre une boulangerie au moment précis où Jeannette trouve un travail dans la même ville comme standardiste au Central Mogador. Edmond n'apprécie pas la coïncidence et lui rend une visite en forme d'ultimatum :

— Ton amoureux ou ton père ? À toi de choisir !

Belle erreur ! Jeannette a choisi. Elle raccompagne sagement son père au bus et retrouve Boussaïd qui l'attend pour fixer la date de leur mariage. Ce 8 décembre 1945, il y a peu de monde et pas un seul Européen à la cérémonie pour féliciter le couple sacrilège uni civilement par un Cohen, juif et adjoint au maire. Jeannette est si blonde et Boussaïd si brun. Et tous les deux tellement heureux, effrontément heureux, à ce repas de noces du restaurant de la Poste — pauvre tonton ! —, où l'aubergiste leur sert, plaisir rare à l'époque, une omelette flambée au rhum. Une fois mariés, les deux amants ne se cachent plus et reprennent ensemble le chemin du Kouif. Jeannette, intraitable, guette les réactions des deux communautés. Au cinéma local, le couple mixte a perdu cinq bonnes rangées et doit s'asseoir sur les chaises en fer mais la famille de Papillon leur ouvre les bras et, dans la rue, tout le monde salue civilement « M. et Mme Boussaïd ». Les amants ont remporté une première bataille.

La seconde est bien plus terrible. Un petit garçon naît, la peau trop bleue, le cœur défaillant et meurt quatre mois plus tard. La deuxième enfant, Reskia, surnommée Coco, est aussi blonde que sa mère et le troisième, un garçon, Youcef, dit Titou, est bien plus crépu que son père. Il faut attendre 1954, neuf ans après le mariage, à l'occasion d'un match de foot à Lyon où habite désormais l'ex-receveur des postes, pour que Jeannette présente ses enfants à ses parents. La mère, femme douce, caresse les cheveux blonds de Coco, cette gamine qui joue si bien du piano. Et Edmond le silencieux descend au café d'en bas chercher Boussaïd qui attend le verdict. La paix, enfin.

Au Kouif, Boussaïd a repris les affaires de Papillon, le café maure, le moulin et la ligne d'autocars beige et vert. La famille est heureuse mais l'Algérie est malade.

Dans les Aurès, on tue les premiers Européens et la guerre descend des montagnes. Coco ne joue plus du piano ; elle est fatiguée et se plaint de violents maux de tête. Un médiocre médecin de Constantine assure que cette gosse est « jalouse de son frère et doit être noyée dans un troupeau de moutons » ; en clair, mise en contact avec d'autres enfants. Coco part en colonie de vacances dans les Pyrénées mais son état ne fait qu'empirer et elle est hospitalisée cinq mois à la Salpêtrière. Diagnostic : kyste hydatique au cerveau, transmis par son chien mort après avoir mangé une charogne de mouton. Les neurochirurgiens trépanent aussitôt l'enfant. Elle survit, garde un bras quasi paralysé mais retrouve Le Kouif et son clavier de piano.

En 1956, la Légion étrangère prend position à Tébessa et les SAS (Sections administratives spéciales) ouvrent une antenne à côté de la gendarmerie de la mine. La Tunisie est à bout touchant, de longues colonnes de réfugiés « indigènes » fuient vers l'autre côté de la frontière, le FLN multiplie les incursions armées et les attentats se multiplient dans les mechtas alentour... Le Kouif, ghetto doré resté jusqu'ici hors du temps, est à son tour emporté par la folie algérienne. Chacun est sommé de choisir son camp. Le couple mixte est doublement suspect. Le soir, dans son café maure, Boussaïd reçoit la visite des ouvriers gagnés au FLN qui le bousculent un peu en exigeant des gages. Bien sûr, une partie de lui-même adhère à la cause, celle qui n'accepte pas d'être qualifié sur ses papiers d'identité de « sujet français » et préférerait, à tout prendre, la mention « nationalité algérienne ». Mais Boussaïd reste un adepte de la « troisième voie » et de Ferhat Abbas, leader musulman modéré.

Le FLN lui demande de cotiser. Soit ! D'ailleurs, la Compagnie des phosphates a bien accepté de payer l'impôt révolutionnaire au FLN, un million de francs par mois, pour épargner l'activité minière du Kouif. Les indépendantistes le pressent aussi d'utiliser sa carte verte, l'autorisation de transport de la ligne d'autobus beige et vert, pour déposer clandestinement sur les collines de Tébessa la semoule, les treillis, les fusils et les militants clandestins dont la révolution a besoin. Boussaïd renâcle. La France ennemie ? Lui qui pressait Jeannette de vivre à Paris et a failli être recruté dans l'équipe de Marseille. Le FLN menace encore et Boussaïd doit se soumettre. « Algérie algérienne » la nuit, « Algérie française » le jour, il doit composer pour protéger Jeannette et ses enfants.

Un matin, à six heures, il est enlevé, emmené à Tébessa et jeté dans les locaux du sinistre DOP, Détachement opérationnel de protection, le service français chargé de la torture. C'est un commerçant du Kouif, le boucher, qui l'a dénoncé. Le DOP s'est installé dans une école communale, avec ses classes vides d'écoliers, ses pupitres, ses encriers, son tableau noir et le bureau de l'instituteur où les officiers français ont posé leur gégène. Ils sont vingt-huit hommes prisonniers, tous musulmans, nus, honteux, effrayés. On torture longuement quelques hommes devant Boussaïd. Puis on le passe lui-même à la gégène, une électrode à l'oreille, l'autre sur la verge, avant de lui limer les dents.

L'interrogatoire n'est pas poussé à fond, l'intensité du courant n'est pas réglée au maximum et on arrête la lime avant d'en arriver aux nerfs. Pas de baignoire, de touque d'eau, d'entonnoir et peu de coups de matraque. Peut-être parce que le responsable pied-noir du DOP est lui-même un ancien joueur de football qui connaît la valeur de Boussaïd sur un terrain. Au Kouif, tout le monde, sauf le boucher, se mobilise pour sauver son numéro 9, marié à une Française, gérant du café maure, du moulin et de l'unique ligne d'autobus. Boussaïd est libéré vingt-huit jours plus tard. Du coup, le FLN revient le voir, suspicieux :

— Les Français ne t'ont pas beaucoup torturé...

Pourquoi ? Qu'est-ce que tu leur as promis en échange, hein ?

Nous sommes dans l'Algérie de juin 1958, ce n'est plus un pays, mais un cauchemar.

Une nuit, Jeannette et son mari sont réveillés par de violents coups frappés aux volets. Dehors, Lamine, le neveu de Boussaïd, en pyjama et pieds nus, ouvre une bouche démesurée en désignant la maison de sa famille, à l'autre bout du village. L'odeur du sang et de la poudre imprègne l'appartement. Saïd, le beau-frère, a un poignard planté dans le dos. Yakout, sœur de Boussaïd et fille aînée de Papillon, gémit, mourante, touchée d'une rafale de mitraillette dans le ventre. Abderahmane, le fils, a trois balles dans un genou et les doigts de pied arrachés. De Sadia, petite fille de onze ans, le couple ne voit d'abord qu'une mèche de cheveux gluants, collée au plafond. Épouvantés, Jeannette et Boussaïd cherchent les autres enfants, Leïla et Kouna, et finissent par les retrouver, muets d'horreur, cachés entre le matelas et le sommier.

Après coup, le FLN enverra une lettre d'excuses à la famille. Le massacre est « une erreur ». Le commando de tueurs cherchait en réalité la maison de Djaballali, le boucher, membre du Comité de salut public. Désolé. Lamine, l'adolescent survivant, choqué, s'accrochera à cette lettre d'excuses qu'il emportera avec lui en montant... au maquis. Son père assassiné deviendra un « héros sacrifié et martyr de la cause », assez loin du portrait de cet employé tranquille et un peu buveur qui travaillait avec les Français aux chemins de fer. Plus tard, Lamine terminera même sa carrière comme commandant dans l'ALN, l'armée algérienne. Façon de se forger une identité et de remettre son histoire en place.

Ali, un autre frère de Boussaïd, a fini lui aussi par monter au maquis de la wilaya III, en Kabylie. Ali était l'intellectuel de la famille, un fou de cinéma qui a réussi le concours d'entrée de l'IDHEC à Paris. Mohamed Harbi, ancien dirigeant FLN devenu historien, se rappelle un étudiant proche des pieds-noirs, amoureux de la fête et des salles de cinéma de Saint-Germain, un intellectuel hédoniste plus qu'un austère combattant de l'ombre. Quand Ali quitte Paris pour travailler à la Radio-Télévision algérienne, un responsable français de la chaîne l'avertit qu'il est devenu suspect aux yeux des militaires français. Pour échapper à l'interrogatoire, Ali entend l'appel de la Résistance qui demande aux intellectuels de gagner le maquis. Il ne sait pas qu'il court à une mort affreuse.

Toute la wilaya III est intoxiquée par la « bleuïte ». Ce nom étrange vient des bleus de chauffe, des salopettes arborées en guise d'uniforme par les spécialistes de la guerre contre-insurrectionnelle dirigée par le capitaine Paul-Alain Léger. L'homme est redoutable : fin, cultivé, brun, un regard noir et perçant, le nez aquilin, les lèvres minces, avec à la fois quelque chose de féminin et de prédateur dans le visage. Parachuté en France en juillet 1944, rompu au combat dans les rizières d'Indochine et les djebels, il n'ignore rien des méthodes des services secrets français, de l'action psychologique et de la manipulation. Quand il débarque à Alger, des bombes viennent d'exploser dans la capitale, dont la Casbah est aux ordres directs du FLN. Le capitaine Léger décide de noyauter l'organisation. Le travail souterrain consiste à arrêter des rebelles, à les retourner et à les réinjecter dans le circuit FLN. Son supérieur hiérarchique, le colonel Godard, lui-même ancien de la Résistance, des troupes du 11e choc et du renseignement en Indochine, approuve son projet. Le GRE, Groupe de renseignement et d'exploitation, est né. Il se conclura par la « bleuïte » une opération complexe et lente, imaginée par des experts déformés par leur combat perdu contre les communistes vietnamiens dont ils ont adopté les méthodes les plus perverses. Le principe de la bleuïte est simple et diabolique.

Quand un rebelle est identifié et arrêté, il est interrogé, souvent torturé, toujours compromis ou piégé. On lui offre de changer de camp. Brisé, retourné ou acquis à sa nouvelle cause, il rejoint les bleus. Une fois remis en liberté, il reprend le chemin de sa wilaya où on l'aide en secret à gravir un à un les échelons de l'Armée de libération nationale. Le jeu est terriblement dangereux. De son bureau à Alger, le capitaine Léger met à profit le moindre renseignement et document saisi, confectionne de faux cachets et rédige de son QG de l'ombre des lettres signées des « frères d'Alger » qu'il fait parvenir par des boîtes aux lettres clandestines aux vrais « frères du maquis ». Au fil des mois, ses hommes s'infiltrent, le renseignent et tissent une vaste toile d'araignée. Un soir, quand un de ses émissaires revient de la montagne en lui mettant sous les yeux une lettre officielle surchargée de cachets du FLN, le capitaine Léger se frotte les yeux en lisant : « Le porteur de cet ordre de mission est habilité au nom de la wilaya III à représenter l'armée et le Front de libération nationale au sein de la zone autonome d'Alger. »

En clair, ce sont désormais les services français qui ont pris la direction politico-militaire de la région d'Alger, toute une partie du maquis. Et c'est le capitaine

Léger qui décide du choix des armes et du lieu des attentats antifrançais ! Évidemment, les nuits d'Alger redeviennent calmes et il ne se passe plus grand-chose en dehors d'une voiture brûlée et d'une escarmouche sans conséquences. L'opération Double Jeu va durer six mois pendant lesquels le FLN se demandera stupéfait pourquoi les activités terroristes des « frères d'Alger » sont quasi nulles.

Fin 1958, la manipulation se transforme en intoxication meurtrière quand Léger introduit au sein du maquis le virus de la bleuïte qui va progressivement gagner toute la wilaya III du redoutable Amirouche. La méthode consiste à déceler un authentique maquisard, rétif, impossible à retourner, et à faire mine de lui proposer de rejoindre les bleus. Le capitaine Léger lui explique alors à quel point le maquis est infiltré, lui cite les noms des « traîtres », lui fait lire des faux documents et entendre des pseudomessages radio à destination de ses prétendus complices de la wilaya III. Il suffit ensuite de faire semblant d'envoyer l'homme en mission non loin d'un maquis FLN pour qu'il s'empresse de s'évader et d'alerter ses chefs sur l'étendue des dégâts présumés. Dans la montagne, le doute s'installe, renforcé par la découverte de cadavres algériens tués dans un simulacre bruyant d'embuscade. Sur les corps abandonnés, les vrais fellaghas accourus découvrent de petits papiers soigneusement roulés, faux ordres de mission français cousus dans la doublure des treillis des « traîtres ». Le syndrome aigu de paranoïa politico-militaire va gagner, s'étendre en cercles concentriques à toute la wilaya et déboucher sur un nettoyage façon Khmers rouges. Au moment même où Ali, beau-frère de Jeannette, prend la décision de fuir Alger pour rejoindre les maquis du FLN. Dans la wilaya III, Amirouche, son chef, est connu comme un homme intraitable, psychorigide et brutal. Puisqu'il est persuadé que le corps de la rébellion est gangrené, il décide de traiter le mal à sa manière. Son lieutenant Hacène Mayhouz fait installer chaque soir un *kanoun*, sorte de barbecue, à même le sol et fait suspendre les suspects par les chevilles et les poignets, accrochés à une poulie au plafond... C'est la technique de l'« hélicoptère » où le supplicié monte et descend, le ventre offert aux braises du kanoun. Au petit matin, ceux qui n'ont pas parlé sont morts ; les autres, le ventre cloqué et noirci, atrocement brûlés, ont fini par avouer n'importe quoi et par donner d'autres noms. Ils sont exécutés comme le méritent les traîtres. Fort de ces renseignements, Amirouche ordonne aussitôt d'élargir le champ des investigations. Et l'« hélicoptère » fonctionne à plein régime. Le 3 août 1958, Amirouche adresse une longue mise en garde aux commandants des autres wilayas : « Cher frère, j'ai le devoir de vous informer en priant Dieu pour que ce message vous parvienne à temps de la découverte en notre wilaya d'un vaste complot ourdi depuis de longs mois par les services français contre la révolution algérienne... Grâce à Dieu, tout danger est maintenant écarté, car nous avons agi très rapidement et énergiquement. Dès les premiers indices, des mesures draconiennes étaient prises en même temps : arrêt du recrutement et contrôle des personnes déjà recrutées, arrestation des goumiers et soldats "ayant déserté", arrestation de toute personne en provenance d'autres wilayas, arrestation de tous les *djounoud* (soldats) originaires d'Alger, arrestation de tous les suspects, de toutes les personnes dénoncées de quelque grade qu'elles soient et interrogatoire énergique de ceux dont la situation ne paraissait pas très régulière. »

On estime à deux mille hommes le nombre de « suspects » suppliciés. Dans sa circulaire, Amirouche précise que les traîtres sont surtout des personnes instruites, intellectuels, étudiants, collégiens, médecins et enseignants. Voilà pourquoi on n'a jamais retrouvé le corps d'Ali, l'intellectuel fou de cinéma, frère de Boussaïd et beau-frère de ma tante Jeannette. Et l'« hélicoptère » a sans doute brûlé jusqu'à la mort le ventre d'une partie de l'intelligentsia algérienne. Qui se souvient aujourd'hui du nom du capitaine Léger ? Dans le centre d'Alger, quand je descends le boulevard Amirouche, « martyr et héros de la guerre d'Indépendance », je pense souvent à ces hommes, à leurs hurlements de douleur, à leur sentiment d'injustice et d'incompréhension, à leurs dénégations sincères qui ne pouvaient pas convaincre leurs frères, leurs bourreaux. La bleuïte est l'un des épisodes les plus épouvantables d'une guerre pourtant riche en saloperies.

Pendant ce temps-là, au Kouif, Ali est toujours considéré comme un suspect en fuite et recherché par l'armée française. Et quand Papillon, son père, arrive pour assister aux obsèques de la famille massacrée par erreur par le FLN, il est arrêté par les officiers du DOP. Papillon, notable trop connu dans la région, échappe à la gégène mais il reste détenu pendant deux jours. À sa sortie, il apprend le sort tragique d'Ali dans le maquis d'Amirouche. Il comprend alors qu'il vient en quelques jours de perdre dans cette mêlée sanglante son fils Ali, sa fille Yakout tuée par une nuit d'horreur, son beau-fils Saïd, et Sadia sa petite-fille de onze ans. Et, pour la première fois de sa vie, le vieil homme pleure.

À la frontière tunisienne, la ligne Morice édifiée par l'armée française est devenue pratiquement infranchissable. De la Méditerranée jusqu'au désert, elle est flanquée d'un poste de combat tous les dix kilomètres, avec des lignes électriques de 5 000 volts balayées jour et nuit par des radars. De l'autre côté, chaque nuit, le FLN bombarde et des obus touchent la mine du Kouif. Dès les premières explosions, Boussaïd pousse une lourde table contre un mur de la chambre et Jeannette se réfugie sous un matelas en serrant ses enfants contre elle. Le jour, ce sont les militaires français qui pilonnent les mechtas rebelles. Puis l'OAS s'en mêle. Au Kouif, son organisation clandestine se résume à une dizaine de morveux pieds-noirs qui ont décidé d'entrer dans l'Histoire. Ils commencent par faire flotter un drapeau OAS sur un bâtiment puis, forts de ce succès, volent à la mine quelques pains de plastic, un cordon Bickford et des détonateurs. La nuit du ramadan est secouée par une énorme détonation. Sur place, on découvre un des auteurs de l'attentat, gravement mutilé. Les enfants de mineurs n'ont même pas été capables de manipuler la charge explosive qui a sauté trop tôt. Le jeune activiste a perdu un œil et sa main droite est toujours là, accrochée au sommet d'un poteau électrique. Et son père, un homme doux et chaleureux, court s'effondrer en pleurant dans les bras de Boussaïd, dans cette salle du grand café maure que le commando avait prévu de dynamiter. Au village, l'épopée de l'OAS s'arrêtera là. Mais dans le djebel alentour, la guerre continue.

Jeannette, femme forte et énergique, a décidé de rejoindre le service d'assistance d'une association de femmes du Kouif qui distribue médicaments et nourriture. Au volant de sa 2 CV, au lendemain des bombardements, elle parcourt la campagne et les douars les plus déshérités. Dans un hameau de maisons basses et caillouteuses, elle remarque un toit de terre battue, crevé par un obus. Jeannette pousse la petite porte, se courbe et tombe nez à nez avec une femme allongée, morte, tuée par un éclat. Dans l'obscurité, elle entend un bruit étrange de succion et le gémissement d'un bébé affamé ; elle s'approche et découvre une petite forme couchée sur le sein maternel. Jeannette m'a dit qu'elle n'a jamais oublié cet enfant qui tétait sa mère morte.

En 1962, l'histoire du Kouif touche à sa fin. Les accords d'Évian en mars signent le cessez-le-feu et, hasard de l'Histoire, le gisement de phosphates est épuisé. Coco, la fille, était tombée malade en 1955 au début de la guerre d'Algérie ; elle récidive sept ans plus tard, en avril 1962, juste avant l'indépendance. Un soir, la gamine s'allonge, terrassée par quarante degrés de fièvre et le côté gauche du corps paralysé. L'exil a commencé, on manque d'avions, de camions, de bus. Jeannette investit le bureau du commandant et se bat comme une lionne :

— La guerre, je m'en fous ! Je veux ma fille dans le prochain hélicoptère pour Alger !

La famille file à Sainte-Anne à Paris où les neurochirurgiens ne lui laissent aucun espoir. Le trois nouveaux kystes, situés sur le cervelet, sont inopérables. Coco meurt le 29 octobre 1962. L'Algérie est indépendante. La guerre est terminée.

Boussaïd aurait voulu rester en France ; Jeannette, elle, a cru un temps que l'Algérie deviendrait une grande Tunisie. Ils se sont installés à Bône devenue Annaba et ont ouvert un pressing où ils se sont murés une vingtaine d'années, occupés à travailler et à se protéger du monde.

De temps à autre, le vieux Papillon, retiré dans sa ville natale de Soukh Arhas, confiait à Jeannette la tête d'une expédition familiale de femmes à Paris, pour soigner l'une ou préparer le mariage de l'autre. Et Jeannette promenait ses cheveux blonds et sa smala de femmes arabes voilées jusque sur les Champs-Élysées. Sans oublier de faire en secret un détour par le Lido où belles-sœurs, cousines et nièces se masquaient les yeux en pouffant de rire quand le spectacle devenait trop osé.

Titou, le fils, a fait ses études à Paris, s'est mué en trotskiste, barbu et révolté, avant de devenir chef éclairagiste au cinéma, comme son oncle Ali. Finalement, en 1992, après les premiers attentats islamistes contre des Français, Jeannette et Boussaïd, fatigués des errements de l'Algérie, ont décidé de venir vivre près de leur fils. Aujourd'hui, l'activité du Kouif se limite à la production de brouettes, Jeannette est toujours aussi belle malgré ses cheveux blancs et Boussaïd, touché par la maladie d'Alzheimer, court après sa mémoire perdue. Mais aussitôt que Jeannette entre dans la chambre de l'homme qui a tout oublié, dans les yeux de Boussaïd s'allume une flamme extraordinaire, vive, intacte. Plus forte que la maladie. Plus forte que toutes les guerres.

> « On tue un homme, on est un assassin. On tue des millions d'hommes, on est un conquérant. On les tue tous, on est un dieu. »
>
> Jean ROSTAND.

Il y a de la poussière rousse dans l'air, une terre soulevée par un vent du nord qui ravine les contreforts d'une montagne écorchée vive. L'Algérie émerge à peine d'un été chaotique et brûlant. Octobre 1995, je suis de retour, après dix-huit mois d'interdit, levé à l'occasion d'une élection présidentielle, premier scrutin depuis l'annulation des élections législatives. En France, un peu de la folie algérienne a fini par traverser « la mer blanche du milieu ». Tout a commencé par l'assassinat, le 11 juillet, d'un célèbre imam de quatre-vingt-cinq ans, Abdelbaki Sahraoui, installé dans le XVIIIe arrondissement à Paris. Le vieillard était en train de finir la « prière de l'Assr », dans une salle de la mosquée, rue Myrha. Deux hommes d'une quarantaine d'années sont entrés, armés d'un fusil de chasse et d'un revolver. Un proche de l'imam qui essayait de s'interposer a été abattu de deux balles dans le dos et dans la gorge. L'imam, lui, a été foudroyé d'une décharge de fusil de chasse en pleine tête : travail de professionnels, de tueurs du GIA. Abdelbaki était pourtant un des cofondateurs du FIS. Un curieux mélange de rigueur morale, de fureur contre l'Occident dépravé et de respect du système de la République. Jusqu'ici, il avait toujours refusé qu'on porte la guerre en territoire français. Alger a réglé ses comptes à Barbès. Il est mort. La voie est libre. Pour une fois, tout est clair, ce n'est que le début d'une vague de violences en France, d'autres cibles seront visées, militants, opposants, intellectuels, Algériens et Français. De tous bords.

Quatorze jours plus tard, une bombe explose dans le RER à la station Saint-Michel, tue sept personnes et en blesse quatre-vingts autres. Juste avant mon départ pour Alger, une autre bombe a explosé dans une rame du RER, ligne C, au moment où elle quittait la gare d'Orsay. Au cœur de l'été, sept attentats à la bombe ont fait dix morts et cent trente blessés. Paris est sous le choc.

Dès mon arrivée à l'aéroport, une voiture de police du ministère de l'Information m'a conduit vers un énorme bunker construit par les Coréens au sommet d'Alger, l'hôtel El Aurassi, où les journalistes sont désormais contraints de résider. Une demi-heure après, un petit homme discret, fonctionnaire des Affaires étrangères, m'a accosté dans le hall en me félicitant pour mes « articles très méticuleux ». Puis, pendant près d'une heure, il m'a très minutieusement expliqué comment je devais à l'avenir raconter l'histoire de l'Algérie depuis l'indépendance, devenue désormais une « Algérie nouvelle ». La leçon terminée, le donneur d'ordres a conclu par une phrase que j'entendrai trop souvent : « Nous sommes là pour vous faciliter la tâche. Et assurer votre protection. » En clair, comme tout journaliste étranger, je suis désormais physiquement suivi, écouté, espionné, isolé, empêché de tourner en rond, de mettre mon nez partout, d'avoir des rencontres anonymes ou de me déplacer en dehors de l'hôtel en voiture ou à pied sans « gardes de sécurité ». Tout est soumis à autorisation et nous sommes placés sous une surveillance rapprochée plus stricte qu'en Iran ou dans le Bagdad de Saddam Hussein. Peut-on encore sortir d'Alger ? Oui. Mais en convoi.

Le lendemain, sous le soleil encore chaud de novembre, nous roulons, escortés, vers les contreforts de la Kabylie et Bouira, à cent vingt kilomètres de la capitale où Liamine Zeroual, président candidat, a décidé de tenir un meeting. La route se lit comme un instantané d'une campagne électorale sous haute surveillance. On quitte la capitale dans le bruit des sirènes de police qui ne font plus lever la tête des passants. Le cortège officiel se faufile dans les embouteillages, à coups de gyrophares, d'avertisseurs bloqués, d'insultes hurlées par nos gardes du corps et du choc de leurs crosses de kalachnikovs sur la carrosserie des automobiles paralysées sur le front de mer. Écœurant. Le trafic se fait plus fluide quand la route bifurque vers l'intérieur du pays, longe le « Triangle de la peur », vers Lakhdaria. On passe un oued à sec, à côté des blocs de béton du pont des Issers, démoli par un attentat des groupes armés islamistes. Un peu plus loin, à Meftah, une bétonnière bourrée d'explosifs, lancée contre une résidence de policiers, a détruit tout un pan de quartier et fait une soixantaine de morts. Les entrepôts, les usines, les gares routières sont protégés par des murs épais et des grillages d'où émergent des miradors en ciment frais, construits à la hâte pour mieux surveiller les alentours. Dans un document officiel, j'ai relevé quelques chiffres qui donnent une idée de l'ampleur des dégâts.

En un an, les islamistes ont commis 2 725 actes de sabotage. À leur actif : 1 218 camions, 577 véhicules et

288 autocars détruits sur les routes ; 7 locomotives et 204 wagons brûlés, des trains arrêtés sur les voies et des passagers contrôlés, retenus ou exécutés ; 2 000 poteaux téléphoniques sciés ou abattus à l'explosif ; 915 classes d'école saccagées, 3 centres universitaires démolis et 224 mairies incendiées.

Partout, le paysage se hérisse de barbelés, notamment vers Lakhdaria, à l'entrée des célèbres gorges de Palestro, propices à toutes les embuscades. Tout au long du chemin, je décompte un millier d'hommes visibles, gardes communaux en uniforme, hommes armés de kalachnikovs autour d'automitrailleuses, « Ninjas » encagoulés derrière leurs sacs de sable, le doigt sur la détente de leur fusil d'assaut, gardiens des barrages aux carrefours, sur les ponts, à l'entrée et à la sortie de chaque ville, de chaque village, du moindre bled. Sans compter ceux qu'on ne voit pas, agents de sécurité en civil et militaires en kaki postés dans les bois ou sur les collines. Ce jour-là, les « terros » ne pourront rien tenter. Toute la région a été sécurisée, mise en état de siège et on entre à Bouira comme dans un château fort. Au plus fort de la violence, j'ai la conviction que les islamistes ont désormais perdu toute chance de victoire par les armes. Le pouvoir a repris la main.

Dans le stade de la ville, au fond d'une cuvette bouillante, trois mille personnes attendent. Ici, en décembre 1991, on a pourtant voté FIS au premier tour. Vieillards en burnous de laine, jeunes paysans aux visages brûlés et fonctionnaires commis d'office s'écrasent contre le grillage aux cris de « L'armée, le peuple avec Zeroual ! » Le président candidat serre quelques mains et parle sans notes, loin de son image glacée des discours télévisés. La foule l'écoute quand il déplore que le peuple algérien ne croit plus en rien, elle approuve en silence quand il dit que la corruption est le premier mal du pays, elle applaudit quand il promet la fin du cauchemar. À la fin du discours, un fonctionnaire compassé s'approche du micro public pour un simulacre de dialogue mais, du haut de son grillage, un ouvrier au visage émacié le devance :

— Je vis dans un bidonville avec ma famille ! Pourquoi est-ce qu'on n'arrive pas à me loger ?

Quand le président s'en va, une vieille femme brise le cordon de sécurité et lui prend les mains, parle de son mari mort en « martyr de la révolution », de son gendre disparu et de sa nuée de petits-enfants élevés sur la terre battue d'une baraque. Et elle lui tend une grosse poignée de lettres recommandées auxquelles l'Administration n'a jamais daigné répondre. Toute la misère de l'Algérie est là, étalée sur ce bout de stade, dans cet abîme creusé entre un État fossilisé et son peuple abandonné. « Nous changerons tout cela », promet Liamine Zeroual et, salué par les youyous, le cortège repart en fonçant vers Alger.

Je revois les images monochromes des *Actualités*, les anciens journaux télévisés où des hauts fonctionnaires effleuraient de leurs gants blancs des foules en burnous crasseux. Quand le peuple indigène grondait, eux aussi savaient trouver les mots, eux aussi promettaient. Nous aussi, nous étions sincères dans nos mensonges.

Hier, à Belcourt, j'ai découvert la haine à l'état solide. Deux véhicules de flics en civil nous ouvraient le chemin dans les embouteillages en direction du meeting électoral d'un parti démocratique. Ici, dans ce quartier tout acquis aux islamistes, on répète le slogan du GIA : « Si tu votes, l'urne sera ton cercueil. » Quand l'environnement est aussi hostile, la règle du métier est impérative : se faire tout petit, s'effacer, devenir invisible. Au contraire, les flics avaient choisi la provocation. J'étais profondément mal à l'aise dans ce convoi de tout-terrain flambant neufs conduits par des hommes qui roulaient en klaxonnant, la menace à la bouche et le colt à la fenêtre, brandi sous le nez de leur propre peuple. Je ne reconnaissais plus les policiers de l'Algérie d'hier. Ceux-là, mauvais garçons pâles, jeunes et musclés, arboraient un sourire en forme de rictus, l'air de dire à la foule : « Allez, venez ! Attaquez-nous si vous l'osez ! » Ils ne se protégeaient pas du quartier, ils l'écrasaient. Sur les trottoirs, les autres baissaient momentanément la tête et leurs regards en dessous nous photographiaient, dégoulinant de haine, de rébellion silencieuse et de promesse de vendetta. Le meeting électoral, finalement annulé, devait avoir lieu près du tombeau d'un saint, au centre d'un cimetière. L'endroit était désert. Nous nous sommes retrouvés là, près du mausolée sacré, entre des immeubles devenus silencieux ; les flics campés au sommet des tombes, pointant leurs kalachnikovs en direction des fenêtres et moi, les pressant d'en finir avec cette provocation imbécile. Ils ont fini par faire demi-tour, en faisant crisser leurs pneus et en coupant la route au vieux break Peugeot d'un commerçant qui a failli emboutir un étal de légumes sur le trottoir d'en face.

À Blida s'est tenu un meeting de Nahnah, islamiste conservateur utilisé comme caution par le pouvoir. Pendant que la foule se balançait sur la place en brandissant le portrait du candidat, on pouvait suivre au-dessus des collines qui montent vers Chréa le ballet guerrier des hélicoptères de l'armée. Ils ont tourné lentement, cherchant avec application leur cible dans le vert de la montagne puis ont lancé quatre missiles air-sol sur un coin de montagne soudain empanaché d'un gros nuage de fumée noire. Ailleurs, les précieuses forêts de Jijel, de Batna ou de Mila dans le Constantinois ont pris des allures de maquis corse après les grands incendies de l'été. Puisque le GIA se sert de la végétation pour échapper aux recherches, brûlons la forêt complice et ses occupants à grandes rasades de napalm, ont décidé avec une logique de GI's les stratèges militaires algériens ! Et ils l'ont fait. À Blida, au pied de la tribune électorale, l'écho des explosions a secoué la foule mais personne n'a bronché. Quelqu'un a glissé :

— Tiens ! Encore une opération de ratissage. La troisième depuis le début de la semaine...

Et tout le monde s'est remis à se balancer.

Une chose est sûre, la population paie cette guerre au prix fort. Le premier rapport, officiel et partiel, recense pour la seule année 1994 le chiffre de 6 388 victimes civiles, des non-combattants. 300 femmes ont déjà été tuées, c'est beaucoup. À Paris, ces meurtres choquent l'opinion. Au même moment, à Alger, le régime cherche à tout prix un thème de communication efficace pour faire basculer l'opinion internationale en sa faveur. S'ensuit une campagne de désinformation où l'on insiste sur les femmes victimes, présentées comme les cibles privilégiées et obsessionnelles des islamistes. Alors que l'Algérie a claqué sa porte au nez des journalistes étrangers, il suffit au néophyte d'annoncer un reportage sur le sort des femmes algériennes pour se voir octroyer aussitôt le précieux visa. Oh ! pour quelques jours seulement et soigneusement encadré dès son arrivée à l'aéroport, le temps de remplir son carnet de notes de témoignages vrais et d'authentiques poncifs. D'un côté, des femmes modernes, proches de nos valeurs ; de l'autre, des barbus médiévaux qui les égorgent. Conclusion obligée : pour défendre le combat des femmes algériennes, il faut soutenir le régime en place. Le propos est fort, dommage qu'il soit faux. Les ultras des groupes islamiques tuent d'abord tout ce qui va à l'encontre du modèle d'État islamique qu'ils veulent imposer. On ne tue pas d'abord des femmes, on les tue aussi.

Surtout quand elles disent haut et fort, dans une société fondamentalement misogyne, qu'elles n'acceptent pas d'être traitées comme des sous-hommes. Par le FIS bien sûr. Par le FLN qui a, dès la fin de la guerre d'Algérie, renvoyé expressément les « combattantes héroïques » vers leurs cuisines. Par le gouvernement de Chadli aussi qui, bien avant la violence islamiste, a instauré un archaïque « Code de la famille » qui met chaque femme, devenue mineure à vie, sous la tutelle d'un homme, son mari, son frère ou son oncle. Par les hommes du GIA aujourd'hui, qui veulent les voiler et tuent celles qui renâclent. Oui, on meurt parce qu'on est femme et laïque en Algérie mais on peut mourir aussi parce qu'on est militante islamiste, sœur ou épouse d'un barbu. J'épluche le dossier des dernières victimes. Les plus touchés sont les plus vulnérables : 1 800 ouvriers, 1 384 chômeurs, 680 petits fonctionnaires. Les autres cibles sont plus recherchées car spectaculaires : 61 étrangers, 52 imams, 21 journalistes et un seul préfet. Le gouvernement interdit la publication des chiffres des militaires et des islamistes tués au combat mais un rapport confidentiel de l'armée algérienne parle de 10 000 morts en dix mois. Dès la fin du mois d'octobre dernier, on a atteint la barre des 500 victimes par semaine. En une semaine de novembre, un dirigeant politique a comptabilisé 841 morts à la seule lecture des journaux. Plus question de tenir une comptabilité précise de chaque victime. J'en suis réduit comme quelques confrères à essayer d'établir des statistiques à la petite semaine, avec des courbes de mortalité, en tenant compte des rares répits et des pics fréquents, des mensonges officiels et des rumeurs, de toutes ces tueries dont on entend parler sans pouvoir rien confirmer.

J'ai l'impression de tenir le journal de bord d'une unité de production de deuil, avec sa moissonneuse-batteuse et ses paysans fantomatiques encagoulés de noir qui sillonneraient le pays avec méthode. Ce macabre bilan divise les politiques, entre un régime qui veut le réduire à des « événements liés au terrorisme » et les partis d'opposition qui parlent de « guerre sanglante ». Une ONG américaine évalue le bilan à 30 000 morts et certains experts des services de renseignements parient sur 40 000 morts. Bientôt, les estimations franchiront la barre de 100 000. Les chiffres, trop ronds, me mettent mal à l'aise. Quand on se met à aligner autant de zéros, c'est que la mort nous dépasse.

Je me suis réveillé en pleine nuit. Appuyé au balcon de ma chambre de l'Aurassi, je regarde la baie d'Alger. La mer et le ciel sont d'un noir profond, comme la nuit qui apaise la ville. Il y a des lumières le long de la côte, des petites bougies-cargos plantées sur l'eau, comme pour un anniversaire. J'ai longtemps cherché les pigeons du Djezaïr mais ils ne veulent pas quitter les jardins de leur hôtel. J'y vais souvent moi aussi, en pensée. Je traîne le long des grands couloirs, tout colorés de carreaux en céramique. Je grimpe et je descend les escaliers, en douce, comme un voleur heureux. Tout à l'heure, j'ai rêvé qu'une femme m'appelait. Une femme du passé, un fantôme venu d'une autre vie me faire partager ses tourments. Au bout du fil, sa voix était lointaine, angoissée, pantelante comme son corps quand il l'entraînait vers le sommeil. La nuit qui l'envahissait lui faisait peur, avec son cortège de spectres qui attendaient qu'elle s'abandonne pour mieux l'étreindre. C'était un appel au secours. Et j'étais là, impuissant, incapable de faire surgir de notre boîte à malices les mots qui la faisaient éclater de rire. Je lui ai dit de tendre l'oreille et je me suis envolé par la fenêtre vers les jardins exotiques du Djezaïr. J'aime me perdre le soir dans ses allées, marcher la tête sous les flocons mauves des glycines qui dégoulinent des colonnes romaines, dans la neige des fleurs du Spirée venues de Chine, écouter les trompettes des anges du *Datura arborea*, les clochettes rosées du lantana d'Uruguay, respirer l'arbre poivrier, le galant de Chine, le citronnier des Indes, les violettes, le jasmin pleureur et le parfum langoureux des roses. Au petit matin, la première goutte de lumière sur la rosée fait exploser un feu d'artifice orangé sur les phalangium, allume les lampions du prunier de Chine, les feuilles du *Strelitzia augusta* et le blanc immaculé des arômes au cœur en or. Pas de « houris », pas de beautés vierges dans ce paradis mais un petit vieillard ratatiné, avec un coutil bleu et des mains de figuier sec, qui arrose d'amour ce bout de jardin urbain. Dans mon songe, l'air du dehors était froid et les pigeons frissonnaient. Un petit vent venu de la mer faisait craquer les branches raidies des palmiers. Le bruit d'une camionnette déglinguée qui passait au loin était assourdi par le rideau de verdure. Du haut d'une mosquée invisible, l'appel d'un muezzin dérangeait le sommeil de la ville. Alger exhalait son souffle et, de l'autre côté de « la mer blanche du milieu », la femme fantôme inhalait bouche grande ouverte cette haleine mauresque. Elle respirait l'odeur d'Alger, couchée en boule sous sa couette, l'océan étrangement bleu de ses cheveux fouettant une montagne d'oreillers pâles comme l'éburné de sa chair, carnation de noyée emprisonnée par les algues du fond. J'ai cru sentir la chaleur de ses lèvres sur mon visage. Tout était suspendu à ce bouche-à-bouche silencieux. Puis il y eut un frisson dans l'air, comme un bâillement, promesse d'un sommeil tranquille. Et elle s'en est allée.

Je regarde la baie d'Alger. Cette ville est étrange. Parfois je redoute qu'elle me redevienne étrangère et que les murs, le ciel, la mer, la lumière ne me disent plus rien à l'oreille. Et puis elle se remet à parler. Toujours du passé. Hier, elle murmurait des choses de mon enfance. Ce soir, elle me susurre des choses douces, lentes et sensuelles. Comme je les aime. Dans un endroit où la peur rôde. Où l'on regarde l'autre comme l'assassin avec qui on a peut-être rendez-vous. Malgré la peur, cette ville nous parle de désir. Je reviendrai. Le temps aura gommé la haine, la violence et le sang. J'irai manger du poisson à Tammenfoust. Je traînerai à Aïn-Taya, en me laissant rouler dans ces vagues à faire pâlir tous les océans du monde. Il faut apprivoiser le temps. Parfois, il nous saute à la gorge. En reportage, je me suis entraîné à marcher avec des bottes de sept lieues, il faut maintenant apprendre à ralentir le monde et à transformer un rai de lumière d'après-midi en grandes vacances d'été. Je regarde Alger et je pense à la prochaine femme. Sa place n'est pas ici. La peur et la violence se lisent trop sur le visage des passants. C'est toujours l'hiver en plein soleil. Elle repartirait en frissonnant. Finalement, ce que j'aime le plus, ce soir, dans cette baie, c'est cette eau sombre, collée au ciel comme un grand fourreau de velours, cette navette liquide qui me renvoie quelque part de l'autre côté de la mer. Appuyé au balcon, dans la douceur de l'air, je vois les lumières de la ville, pâles dans la Casbah, brillantes vers le port, tremblantes au-delà, sur les hauteurs de Kouba, El Biar et Hydra. Ou sur Hussein-Dey qui n'est, avouons-le, qu'un gros pâté de maisons au bord de l'eau. Mais où il y a des moutons blancs sur l'eau les nuits de pleine lune. Voilà ce que j'ai envie de raconter à mes enfants, des histoires de moutons sur les vagues.

Tiens ! on vient encore de tirer quelque part dans Alger. J'ai l'impression d'avoir toujours entendu tirer dans cette ville. Je regarde la baie et le jour est venu, étrangement calme, presque immobile, sans une ride sur la mer, sans un souffle de vent dans l'air. Aucun panache de fumée ne sort des cheminées des gros cargos et le front de mer, habituellement grouillant des premiers embouteillages, reste désert. Sous la lumière crue de l'automne algérien, on commence à voir trembler la blancheur des murs comme si la cité, inquiète, retenait sa respiration, les poumons bien calés entre le bleu du ciel et de la mer.

Il est onze heures du matin. La radio annonce le résultat officiel de l'élection présidentielle et une participation record. Trois Algériens sur quatre ont voté et deux d'entre eux ont choisi Liamine Zeroual, le candidat du pouvoir, c'est-à-dire de l'armée. Dehors, un premier coup de feu isolé fait éclater le silence. Suivi de plusieurs autres détonations. Sous moi, dans les jardins du centre culturel, proche du ministère de la Défense, des policiers en faction courent en direction des tirs, la main à la ceinture. Derrière eux, d'autres coups de feu éclatent aussitôt, d'abord isolés puis en rafales sèches. Une embuscade ? Non. Bientôt, des cortèges de voitures officielles font la ronde, avertisseurs bloqués, sur les grands boulevards du centre-ville où les forces de l'ordre fêtent l'élection de leur président. Je descends. Dans la rue, devant moi, un civil sort un colt de sa veste, tire, le bras tendu vers le ciel, rengaine son arme et reprend son chemin. Au carrefour, un Ninja encagoulé lâche des rafales appuyées pour saluer les voitures qui passent. On tire de plus en plus. Des fonctionnaires distribuent des drapeaux algériens et des portraits du nouveau président. Des gamins s'approchent tout excités des policiers armés en les encourageant :

— Tire ! Vas-y... Tire encore !

Dans les quartiers du centre-ville et sur les hauteurs cossues de la capitale, à Hydra, à El Biar, les rues tout à l'heure vides sont envahies par des véhicules banalisés chargés de flics en civil et des Golf neuves conduites par des gosses de riches qui brandissent leurs pistolets. Bientôt, on roule au pas, dans le bruit des sirènes et les cris de joie : « Vive l'Algérie ! Vive Zeroual ! » On tire encore, énormément, des milliers de projectiles qui zèbrent l'air. D'un coup, les immeubles du centre-ville vomissent leurs habitants sur les trottoirs, manifestants ou simples spectateurs qui, depuis quatre ans, subissent la violence au quotidien. Ils sont là, souriants, exubérants, bouleversés de se retrouver à l'air libre, surpris de retrouver un voisin en oubliant pour quelques heures les précautions habituelles, la méfiance et les regards en coin. Tous heureux de crier à pleins poumons, de se défouler, d'exorciser la peur, de se réapproprier enfin l'espace de leur quartier, de leur rue. Moi, je suis stupéfait en découvrant le nombre de civils qui n'hésitent pas à dégainer d'un geste professionnel leur colt. Ce pays est en armes. Au fur et à mesure que la fête avance, apparaissent d'autres manifestants, les hommes des commandos antiterroristes. Ils sont effrayants. Le teint blême, les traits tirés et durs. Je peux lire sur leurs visages les mois sans sommeil, les ratissages, les chasses à l'homme, les rafles, les convois de suspects qui roulent jusqu'à la caserne de Châteauneuf, un des quatorze centres de torture de la capitale, l'interrogatoire dans les cellules en sous-sol, dans le sang, le vomi et l'urine et les renseignements arrachés qui les relancent aussitôt vers d'autres rafles, d'autres chasses, d'autres prises. Au milieu de cette foule aujourd'hui en liesse, je ne vois qu'eux, silencieux, raides, obscurs, fantomatiques. C'est le peuple de la nuit.

Il va d'ailleurs très vite s'évanouir du paysage. L'armée avait besoin d'un président, pas d'un raïs devenu populaire qui se prendrait au jeu du pouvoir. À peine élu, le président Liamine Zeroual redevient muet, absent, muré dans son palais, officiellement malade ou en voyage. Les promesses de paix, de changement et de retour au paradis social sont vite remplacées par une série de mesures d'austérité. Les miséreux en burnous regagnent leurs bidonvilles et les autres replient leurs banderoles, quittent les trottoirs et s'enferment chez eux à double tour. La violence, jugulée pendant la campagne électorale, refait surface. Et le peuple de la nuit peut reprendre sa besogne.

Il a un partenaire de choix. Au maquis, la durée de vie moyenne n'excède pas neuf mois. Les jeunes barbus de Belcourt ou de Médéa qui gagnent la montagne n'ignorent pas qu'ils courent à la mort. Dans une cassette vidéo clandestine du GIA, un chef islamiste demande d'ailleurs aux futurs martyrs de modérer leur ardeur au combat et de freiner leur course vers le paradis : « Si vous mourez tous... qui restera pour combattre le tyran ? » Là-haut, dans le maquis, ils meurent mais ils ne sont plus ces vauriens au chômage qui tenaient les murs de leur quartier en bouillonnant d'ennui. Plus aucun flic ne leur fait baisser les yeux, plus aucune femme ne peut passer devant eux en les ignorant, plus personne ne peut s'opposer à leur désir, leur rage, leur folie. Là-haut, dans les montagnes, ils crèvent de froid, dorment dans la boue de l'hiver, brûlent dans la fournaise de l'été algérien et vivent comme des prédateurs tour à tour dangereux et pourchassés. Mais ils vibrent ! Ils se battent, tuent, volent, violent, se consument de haine et de peur et croient exister. Là-haut, aucun jour ne ressemble à l'autre. Plus le temps de se poser de questions sur l'avenir. On deviendra héros, chef puissant, redouté et respecté ou on mourra martyr, attendu et accueilli au paradis par une nuée de femmes expertes, les houris — vierges éternellement vierges, dit le Coran —, qui s'offriront à eux. C'est écrit. En attendant, ils jouissent de cette vie qui sent le soufre. De cette vie loin du monde d'en bas qui transforme rapidement ces anciens gamins des rues en sauvages barbus, sales, hirsutes, en hommes des bois, archanges noirs qui ne savent plus faire la différence entre le bien et le mal. Et si le peuple commence à renâcler, las d'attendre depuis des années ce retour à l'âge d'or du califat qu'on lui promet en vain, s'il est fatigué de payer l'impôt islamique, de fournir la semoule, une paillasse pour la nuit, un fusil, son fils, sa fille aux guerriers d'Allah, alors, maudit soit le peuple mécréant ! Tuons et prenons ! Punissons-le !

Je repense à ce géant barbu, trois ans plus tôt, à la sortie du meeting islamiste d'Abdelkader Hachani, colosse allongé sur le capot de la Fiat conduite par une femme maquillée, et abattant sa main ouverte sur le pare-brise étoilé, en promettant : « Sale putain ! On s'occupera de toi plus tard... » Nous y sommes. J'ai rencontré Nora, une infirmière, femme blonde, kabyle, qui fume, refuse de porter le hidjab et ne fait même pas le ramadan, une cible idéale pour les intégristes. Au début, pourtant, elle s'entendait bien avec eux. Ensemble, ils se retrouvent dans l'action sociale et la visite de malades à l'hôpital. Nora remarque même qu'elle est filée par un inspecteur de police qui note ses déplacements et ses contacts. Mais quand elle passe à la mosquée offrir du matériel et des médicaments, elle entend l'imam lui ordonner froidement :

— La prochaine fois, envoie un homme à ta place... C'est mieux.

Nora découvre la terreur imposée par les groupes armés et apprend l'assassinat, près de chez elle, de professeurs coupables d'enseigner le français, « langue impie ». C'est l'époque des premiers meurtres de femmes. Écœurée, elle finit par adhérer à un mouvement proche du RCD, parti kabyle résolument anti-islamiste, éradicateur et partisan de milices armées. Cette fois, ce sont les islamistes qui suivent l'infirmière dans la rue. Un soir, elle reçoit la visite secrète d'un des ses anciens élèves, monté au maquis. Sous sa veste, il dissimule un kalachnikov. Elle lui offre un café. Avant de partir, il la regarde droit dans les yeux :

— Tu suis un mauvais chemin. Si on me dit de te tuer, je le ferai.

Et il disparaît dans l'obscurité. L'été dernier, elle obtient un lot de médicaments à distribuer dans les villages. Par souci de propagande, les autorités tiennent à faire encadrer le convoi sanitaire par des voitures officielles pendant que l'armée bombarde des caches islamistes dans la montagne. Erreur psychologique. En redescendant au village, les regards des autres ont changé. Pour les islamistes, Nora fait désormais partie du camp du pouvoir. Peu après, son nom est sur la liste des personnes à abattre. En treizième position. Condamnée.

Quelques jours plus tard, ils forcent la porte de son bureau à la recherche de « la chienne ». Son frère est arrêté à un faux barrage à la sortie de Tizi Ouzou. Son père se fait enlever en pleine nuit et voler sa voiture sous prétexte qu'il fait un travail administratif interdit par le Coran. Nora prend peur et part se réfugier à l'étranger. Ses parents l'appellent et la supplient de ne pas revenir au bled. Elle sait le sort réservé aux femmes qu'on enlève. La première fois qu'elle a vu une fille violée dans son cabinet, Nora a d'abord cru à l'œuvre de simples brutes. Le doute s'est dissipé quand les islamistes ont attaqué le cortège d'une noce et enlevé la jeune mariée. Les groupes armés appellent cela un « mariage de jouissance », une pratique chiite iranienne qui n'a rien à voir avec la tradition algérienne. Chez les Perses, le subtil arrangement sert à composer entre la rigueur de la religion et l'appétit des corps. Deux amoureux passent devant le mollah qui leur octroie sa bénédiction temporaire, le temps de s'aimer une heure, quelques jours ou quelques semaines. Ici, dans la pratique du maquis qui triche avec Dieu, cela se réduit à l'enlèvement, au viol, à l'esclavage et parfois à la mort.

Ouarda est une des rares rescapées qui a osé raconter son histoire au journal *El Watan.* Elle avait dix-sept ans quand elle a été enlevée sous la menace d'un couteau en plein centre d'Alger et s'est retrouvée loin de la capitale, dans une maison isolée, avec une dizaine d'autres filles. L'une d'elles avait douze ans. Chaque matin, les hommes répartissaient les tâches pour celles qui devaient cuisiner, laver le linge, coudre et jouer les bonnes à tout faire. Une nuit, un islamiste saisit Ouarda, lui met un rasoir sur le cou et lui ordonne de se déshabiller.

— Il disait qu'il était un moudjahid et que Dieu le permettait.

Elle refuse. Il lui brûle les cuisses avec une cigarette. Elle s'évanouit.

— Quand j'ai repris conscience, j'étais allongée par terre avec plein de sang sur le ventre.

Les autres subissent le même sort. Un soir, une fille tente de s'enfuir :

— Un des gardes qui dormait avec nous l'a rattrapée par les cheveux. Il a allumé la lumière et l'a abattue de deux balles dans la tête, devant nous. Puis il a jeté son corps dehors.

Celles qui sont relâchées enceintes, après de longs mois d'esclavage, rentrent chez elles avec leur ventre déformé, symbole du déshonneur, rejetées par un village bafoué ou un père honteux. D'autres sont retrouvées égorgées et, souvent, décapitées. Nora l'infirmière revoit toujours cette tête de femme posée sur le trottoir de Bachdjarrah, un quartier populaire d'Alger. Et ces trois corps décapités, deux hommes et une femme, posés un matin de mars sur la route près de Blida, avec un panneau sur le corps : *Allahou Akbar !* Dieu est grand. Et impitoyable. Certains groupes des GIA ont fait vœu de ne pas faire usage d'armes à feu et préfèrent égorger leurs victimes, le cou tourné vers La Mecque. Quand les corps restent exposés longtemps sans que personne ose les toucher, on sait qu'il s'agit de l'œuvre des forces antiterroristes, le peuple de la nuit, qui ne rechigne pas à montrer l'exemple.

J'ai croisé ce matin Sadik, un solide responsable du parti FFS, carcasse de vieux combattant et nerfs d'acier. Il avait la nausée en me décrivant sa rencontre avec deux têtes plantées sur un poteau de signalisation près de Zeralda : deux têtes grotesques, cheveux rasés, moustaches à moitié coupées. Il m'a parlé du cheikh Bouslimani, notable religieux longuement torturé avant d'être achevé pour avoir refusé de signer une fatwa autorisant l'assassinat des étrangers. Et du maire de Sidi-Aïssa supplicié à la chignole avant d'être égorgé. Et, d'El Harrach, ce quartier où la rivière-égout exhale son haleine de malade, dont le directeur de l'hôpital n'oubliera jamais ce cadavre de femme apparemment enceinte. En examinant de plus près le corps éventré, le médecin a découvert une tête d'homme, cousue à l'intérieur. « Plus la victime souffre, plus grande est la récompense au paradis », répète-t-on dans les quartiers les plus durs.

Un ramadan, noir comme un caillot, a succédé à l'autre, tout aussi sanglant, la terre d'Algérie brûle en été et saigne en hiver, les mois, les années passent et les morts s'empilent. En plein centre d'Alger, un imam ventru et barbu a croisé un jeune aux cheveux longs, en jean et boucle à l'oreille. Quand le jeune homme a voulu sortir son revolver, le cheikh a dégainé le sien et l'a abattu de deux balles. Puis une voiture de policiers s'est arrêtée et ils ont aidé leur collègue, vrai flic-déguisé-en-imam, à ramasser le corps du faux rocker islamiste. À ce rythme-là, l'Algérie risque un jour de ne plus savoir reconnaître ses enfants.

Et moi, je n'en peux plus. Bien sûr, je continue à me battre pour un visa, je prends toujours l'avion pour Alger où je m'emploie à tromper la vigilance de mes « gardes de sécurité ». Je bouge, je fouille et je me démène pour trouver une logique à ce chaos. Mais je n'arrive plus à encaisser, tout simplement. Je m'en suis aperçu bizarrement quand j'ai vu un gamin s'écorcher un bout de genou sur le pavé de mon quartier. Soudain, j'ai eu les larmes aux yeux. Je rentrais à peine d'une enquête au Zaïre, une longue marche à travers la brousse sur le chemin de deux cent mille réfugiés disparus, des Hutus, ex-tueurs de Tutsis qui les pourchassaient à leur tour. On a fini par les retrouver du côté de Kisangani dans des charniers boueux, mélange de terre, de chair et de merde, où il m'a fallu progresser enfoncé jusqu'au mollet, en enroulant des sacs de plastique autour des chaussures. Le temps d'une escale technique à Paris et l'Algérie m'attendait, pour suivre une nouvelle consultation électorale, l'occasion de reprendre le pouls des mourants. Là-bas, j'ai couru rendre visite à Omar, le journaliste qui avait survécu à un attentat. Habituellement chaleureux, il s'est montré cette fois étonnamment froid et réservé. Piqué, je lui ai demandé de s'expliquer. Il a lâché quelques mots sur la presse française et « une façon différente de voir les choses sur l'Algérie ». Puis il s'est refermé et il m'a éconduit. Coupable, forcément.

Au retour, Paris scintillait de gaieté et de légèreté. Il y avait des fleurs aux balcons, des amoureux sur les terrasses et un air d'opéra à la radio. J'ai poussé le volume, j'ai chanté à tue-tête et ma voix soudain s'est brisée. Puis il y a eu ce gamin et son genou écorché... Il faut que je m'ouvre de cela à quelqu'un au journal. Au troisième étage de la rédaction, j'ai croisé Jean qui a lui-même couvert la première guerre d'Algérie. Il était pressé. Je me suis avancé, abrupt et maladroit :

— Écoutez, Jean... l'Algérie commence à me rendre malade.

Il m'a regardé, la tête légèrement rejetée en arrière, comme si j'énonçais avec force un énorme lieu commun. Puis il m'a répondu gentiment :

— Oui... Nous sommes tous malades de l'Algérie.

On l'attendait au rez-de-chaussée. L'ascenseur est arrivé. Je me suis enfui.

Mon caractère change. Je deviens silencieux, agressif, dur et enclin aux reproches. Et les autres, au journal, commencent à me fuir. Comme si je transportais toute l'Algérie avec moi. Ils ont raison. L'Algérie pèse sur moi. À Paris, New York ou Kinshasa, elle ne me quitte plus. Et elle est train de me submerger. À chaque voyage là-bas, je revois des hommes solides qui finissent par craquer, fuir, choisir l'exil, sombrer, renoncer ou se cloîtrer. Je suis venu ici comme journaliste, pour observer, plonger dans l'histoire et raconter. Mais l'Algérie était l'Algérie, et moi j'étais moi. Tout s'est troublé. Je risque de redevenir moi aussi un simple objet des événements, comme autrefois, quand je ne saisissais rien au déluge qui bouleversait le cours des choses de mon enfance. Je n'arrive toujours pas à comprendre l'origine de cette violence. Et surtout sa nature. Son étrangeté avec ces « mariages de jouissance » barbares, les nez et les lèvres qu'on coupe pour une cigarette fumée, cette brutalité appliquée d'emblée, dès le début des hostilités, quand les premières sentinelles attaquées à Guelma — de jeunes conscrits — ont été égorgées et émasculées. Ce goût de la mutilation, les têtes coupées, les viols, la chair humiliée, les mères éventrées, les bébés dépecés, cette facilité à torturer des deux côtés, les ventres travaillés à la tenaille et les barbes passées au chalumeau. Cette capacité de haine, ce passage immédiat à l'acte, contre son peuple, sa propre chair, contre soi. J'ai cherché en vain dans l'histoire, la sociologie, la psychologie. Rien n'est vraiment nouveau. Il ne sert à rien de répéter qu'avant les Français l'Algérie était sous occupation ottomane et que le Turc a imposé ici, comme en Bosnie, son code de l'honneur et de la vengeance. Bien sûr, toute forme de violence porte son message. Décapiter, c'est couper le corps en morceaux et interdire le repos éternel. Égorger, c'est le sacrifier comme un animal. Émasculer, c'est le nier en tant qu'homme. Et violer marque le déshonneur, souille la virginité et rend impurs les futurs enfants, la descendance. Après les Ottomans, la colonisation française — douce France — a laissé le souvenir historique des enfumades du colonel de Saint-Arnaud. Des fils de la République encerclaient une tribu rebelle, hommes, femmes, enfants — jusqu'à trois cents personnes — que l'on poussait à l'intérieur des grottes de Dahra. Puis les soldats allumaient de grands feux de bois à l'entrée, jusqu'à l'asphyxie et la mort. Folie d'un corps expéditionnaire ? Non. Répression autorisée par des ordres venus de Paris comme plus tard, l'approbation des « moyens les plus brutaux », la gégène, la baignoire, le gavage d'eau mélangée à des détergents, le fer à souder, le limage des dents, la bouteille dans l'anus et les corvées de bois, ces exécutions sommaires de la guerre d'Algérie. Ou plutôt des trois guerres de l'époque en Algérie : guerre entre le FLN et l'État français mais, aussi, guerre civile franco-française entre barbouzes et OAS et guerre civile entre Algériens, au sein des maquis ou sur le territoire français. Quand le FLN décide de se débarrasser de son rival le MNA de Messali Hadj, la bataille fait dix mille morts au sein du même peuple, avec, en mai 1957, la tuerie de Melouza où une unité régulière du FLN égorge au couteau, deux par deux, trois cent soixante-quatorze villageois algériens dissidents. Le militaire qui a dirigé le commando est bien ce vieillard effrayant, Mohamedi Saïd, que j'ai vu dans le documentaire projeté au cinéma Afrique lors de mon premier retour. Dieu que c'est loin ! Le vieux tueur est devenu depuis un des dirigeants du FIS. À l'indépendance, ceux qui n'avaient pas combattu, résistants de la vingt-cinquième heure, se sont jetés avec férocité sur les « traîtres », les harkis, cinquante-sept mille hommes massacrés, que nos soldats entendaient hurler pendant qu'ils leur tournaient le dos en embarquant sur les navires vers Marseille. Un rapport du sous-préfet d'Akbou témoignait à l'époque d'hommes, « nez, oreilles et lèvres coupés, émasculés, enterrés vivants dans la chaux ou le ciment, brûlés vifs à l'essence, crucifiés sur des portes ou nus sous le fouet en traînant des charrues, la musculature arrachée par des tenailles... ». Je sais que tous ces drames affleurent la mémoire de l'Algérie. Leurs acteurs sont toujours vivants, dans l'armée, dans les cercles du pouvoir ou dans les maquis islamistes. Quand l'insulte politique fuse, on se traite toujours de fils de harki et les milices qui prétendent anéantir les groupes armés islamistes parlent d'une deuxième guerre de libération nationale. Et après ? J'ai beau fouiller les documents, consulter les érudits, appeler à l'aide l'histoire, la géographie, l'ethnologie, la psychologie, la mémoire des combattants et la statistique sur les conflits, quelque chose m'échappe et me laisse insatisfait, comme si la réponse à ce que je cherche ne se trouvait pas là. Comme un gosse de trois ans qui demande sans cesse pourquoi le ciel est bleu, la mer salée et la mort inévitable. Les gosses, justement. On les massacre avec avidité. En écoutant à la radio, au petit déjeuner, les informations sur un massacre d'enfants dans un village d'Algérie, mes deux jumelles, Elsa et Pauline, âgées de sept ans, se sont regardées, interloquées :

— Tu entends ? Des enfants morts. C'est terrible, non ?

— Oui. Parce qu'ils ne grandiront jamais.
— Et ils n'auront jamais d'enfants.

Pourquoi les hommes font-ils la guerre ? se demandait sans cesse un soldat incarné par Robert Mitchum dans un film d'Hollywood, avant de conclure que c'est tout simplement parce qu'ils aiment ça. Je ne peux pas appliquer la même réponse aux hommes d'Algérie. On ne peut pas aimer se faire mal à ce point. Il y aurait là-bas une folie récurrente, une maladie génétique, une damnation éternelle. Un syndrome algérien... L'idée a l'avantage de nous permettre de retrouver le sommeil. D'un côté de la Méditerranée, les malades ; de l'autre, les gens sains. Manière de ne pas dire sauvages et civilisés. Le raisonnement est tellement fruste que j'entends d'ici le rire de l'ami Mustapha pris dans ses neiges du Canada. Et comment oublier cette boule de violence qu'enfant je portais en moi, comme une façon d'être ? J'achoppe sur l'Algérie.

Quand je travaillais en blouse blanche de kinési à l'hôpital de Purpan à Toulouse, il arrivait à l'équipe médicale de se réunir pour discuter d'un malade dans le service, un cas qui échappait au diagnostic. Je me rappelle d'un chef de clinique, brillant de talent et de bon sens, qui écoutait attentivement chaque intervenant, scannait le dossier médical et concluait : « À l'évidence, on ne comprend pas. Alors, c'est simple ! On recommence tout, examen clinique, radios, labo... On reprend au début, à la base. » Et il m'arrivait parfois, seul dans une chambre obscure de soins intensifs, de poser mes mains sur le corps d'un de mes malades dans le coma, en essayant de savoir ce qu'il me disait sur son mal. À la recherche d'un signe, une contraction, une douleur

— quelque chose quoi ! — qui m'aurait permis de comprendre dans quelle direction il fallait chercher. Puisque les examens les plus sophistiqués sur l'Algérie n'apportent pas de réponse satisfaisante, je vais tout reprendre. À la base.

Interdiction de fumer, ordonne une affichette. Qui en aurait envie ? Je me vois mal me promener un havane délicat aux doigts entre les morceaux de crâne, une mâchoire, une main et des restes humains posés sur les étagères en verre. Dans une vitrine, sous clé, est exposé le crâne de Pierrot le Fou. Il est huit heures du matin et je marche dans la galerie des morts sans paix. Dehors, il pleut sur Paris. Et les automobilistes qui klaxonnent sur le quai de la Rapée n'ont sans doute jamais remarqué ce grand bâtiment gris, siège de l'Institut de médecine légale. À l'entrée, le fonctionnaire m'a écouté sans broncher avant de décrocher son téléphone :

— Allô, c'est l'accueil. J'ai un monsieur devant moi qui souhaiterait travailler sur... quelque chose en particulier.

Même ici, le mot « égorgement » fait frémir. Le temps de vérifier mon état mental et ma carte de journaliste et on m'apporte gentiment les ouvrages disponibles. Ils sont rares. Quelques volumes d'Ambroise Tardieu, un traité de Brouardel en 1906 et *La Médecine légale judiciaire* de Simonin, plus récent, édité en 1955. J'ouvre le premier volume.

L'auteur différencie le couteau, le rasoir, le tranchet — « armes blanches typiquement tranchantes » — de la hache, de la serpe et du sabre qui sont « à la fois tranchantes et contondantes ». Je me dis que des scientifiques, aujourd'hui, devraient ajouter les pioches, les pelles et les fourches utilisées par les groupes armés islamistes. L'examen des plaies apporte toujours son lot d'enseignements. L'incision, plus longue que large, indique par exemple que le mouvement s'est fait latéralement, vers l'extérieur alors qu'une entaille beaucoup plus large signe un coup porté de manière oblique. La première laisse les bords de la plaie lisses et réguliers, la seconde, au contraire, ressemble à une déchirure, avec des bords qui s'écartent l'un de l'autre, par la rétraction de la peau, des aponévroses et des muscles du cou. Profonde au début du geste, la coupure devient superficielle sur la fin. Je regarde les photos anciennes qui illustrent les deux versions. Je n'ai jamais vu le premier cas de lésion — horizontal, lisse, régulier — dont l'auteur précise qu'il caractérise le suicide. Le second en revanche me renvoie d'emblée vers les cadavres entassés dans la morgue d'Alger et à cet homme entrevu autrefois sur un trottoir d'Hussein-Dey. Mais était-ce à Hussein-Dey, à Diar Djemaa ou à Alger ? Je ne m'en souviens plus. « Dans l'homicide, poursuit l'ouvrage, la plaie est plus exactement transversale, oblique de haut en bas si l'agresseur attaque la victime par-derrière. » Au rasoir, la chose est plus nette, « la section est d'ordinaire rectiligne, à bords nets, à angles aigus » et l'effort moindre, « un rasoir coupant parfaitement peut aller jusqu'à la colonne vertébrale ». Cela paraît facile. Pourquoi alors les groupes armés désignent-ils toujours l'un d'entre eux pour être l'égorgeur, toujours le même, celui à qui on amène les victimes ? « Le jaillissement du sang n'est pas instantané, il faut attendre une à deux secondes pour le constater après que la tête se soit détachée... » Une à deux secondes, la mort est interminable : « Sa rapidité dépend de l'importance de l'hémorragie, selon qu'elle soit veineuse ou artérielle. Aspiré dans les bronches et les poumons, le sang peut provoquer l'asphyxie. La mort peut aussi survenir par la pénétration d'air dans les grosses veines du cou. Ce qui provoque une embolie gazeuse. C'est rare. »

Je pense au petit coup de genou nécessaire pour faire plier la jambe de la victime, au corps qu'il faut cambrer, à la torsion du cou pour que la tête regarde en direction de La Mecque, à la blessure et à l'attente, à la force qu'il faut appliquer pour serrer le corps contre soi et maîtriser la vie qui résiste, à cette lutte inégale... « qu'on peut objectiver par des traces de griffures, des coups d'ongles, des morsures aux doigts et des ecchymoses péri-oculaires ».

Je referme les volumineux traités. J'en sais assez. Égorger est un acte lent et difficile, un rituel où l'on prend le temps de sentir la mort que l'on apporte, une immolation religieuse plus qu'un simple assassinat. Le tueur des maquis égorge un homme comme un mouton, animal dont la viande est ensuite déclarée *halal*, autorisée à la consommation, religieusement pure. Égorger, c'est perpétuer le sacrifice des origines et retrouver cette pureté. Les pères algériens apprennent d'ailleurs à leurs enfants comment égorger l'animal et Mustapha m'a raconté comment ses camarades s'entraînaient sur des poulets. Ensuite seulement, ils avaient le droit d'immoler le bélier de l'Aïd. Un bélier, pas un homme, une femme ou un enfant.

Ceux qui le font trop longtemps, bourreaux désignés au sein d'un groupe du GIA dans la montagne de Blida, de Chlef ou de Médéa, s'éloignent chaque fois un peu plus du monde des humains. Ceux qui font ça se prennent pour des prêtres, pour des instruments de Dieu, pour Dieu lui-même.

Le premier tueur que j'ai connu me faisait sauter sur ses genoux. J'adorais son grand sourire et sa peau cuivrée qui sentait le feu du désert et l'eau de Cologne. J'étais surtout fasciné par la grêle de trous qui marquait son visage.

— Tonton, qu'est-ce que c'est, ici ? Là... et là ?

— Ce sont les moineaux qui m'ont picoré le visage !

Mon oncle Charles mimait avec les doigts sur son visage les prétendus coups de bec, en fait, les séquelles d'un accès de variole qui, enfant, l'avait défiguré. Et il éclatait d'un grand rire devant mon air ahuri. « Tonton Charlot » était un grand séducteur. Toujours parfumé, d'une propreté méticuleuse, le cheveu gominé, la peau assouplie par un usage intensif de crème Nivéa, des lunettes de soleil sur le nez, en short et chaussettes blanches, immuablement tiré à quatre épingles. Il était né pauvre à Bône, fils unique d'un père pâtissier et de sa femme, Charlotte, tous deux morts très vite, et il avait grandi chez grand-mère Philomène qui vivait dans une HLM au jardin d'Essai. Quand ma grand-mère Marie allait rendre visite à sa sœur Philomène, elle en revenait en bougonnant sur la difficulté à élever les enfants des autres, surtout ce « *gran diablo* de Charlot ». Avant de se remettre à repasser la montagne de linge en retard, un foulard de Gitane noué haut dans ses cheveux, en chantant d'une voix forte *O Sole mio*, *Ramona* et autres rengaines d'amour triste qui nous mettaient du vague à l'âme.

À l'adolescence, le « gran diablo » devient tonnelier, s'ennuie et s'engage pour cinq ans dans la marine. Il voulait contempler le monde et voit surtout la chaudière qu'il doit alimenter en fond de cale. Dans chaque port, il laisse une femme nostalgique, un ou deux bars dévastés et quelques arcades sourcilières grandes ouvertes. Quand il est libéré du service, après cinq mois et sept jours supplémentaires passés aux arrêts, l'armée, rancunière, précise sur son carnet militaire qu'« il n'a pas reçu de certificat de bonne conduite ». À bord, les matelots regrettent ce compagnon de virée, dur et drôle, qui joue si bien de l'harmonica à pistons. C'est au bal du quartier du Ruisseau que Mathilde a croisé son regard de velours. Elle a dix-neuf ans et vit cloîtrée depuis un an par sa mère qui se méfie des prétendants. Lui, tout de blanc vêtu, est irrésistible, joue les clowns et fait mine de diriger l'orchestre. Ce soir-là, Mathilde a perdu la tête. Quand elle lui annonce qu'elle est enceinte, il fuit plusieurs mois à Bône, revient bourrelé de remords et conduit à l'église une mariée tout en blanc et en rondeurs. Une fille, Anne-Marie, naît sept jours plus tard. Suivie d'un garçon, Joseph. Charlot adore les gosses, surtout Anne-Marie, qu'il appelle sa « faiblesse ». Il a un grand cœur généreux, dépense sans compter, déteste le racisme, invite des copains noirs ou arabes à la maison mais n'arrive pas à échapper à ses démons. Il travaille un temps comme chef d'équipe sur les chantiers et dans une savonnerie sur les quais puis abandonne tout et s'en va retrouver ses compagnons grands amateurs d'anisette. La nuit, il court le jupon, rentre à l'aube et passe ses journées au lit. Ses copains, des mauvais garçons, viennent frapper aux volets :

— Charlot ! Viens, on a besoin de toi. Une affaire à régler.

Mathilde proteste. Il gronde :

— T'occupe pas. C'est mes affaires.

Il emporte un nerf de bœuf, un manche de pioche ou la hache qui ne quitte jamais son chevet et revient vainqueur, sans une marque sur le visage. Sacré tonton ! Mais il se sait menacé, marche dans la rue en jetant de fréquents regards en arrière et ne se sépare jamais du poignard qu'il porte sous la ceinture, à même le ventre. Un jour, il a montré l'arme à Anne-Marie. Une lame très large, avec une solide poignée et un étui en cuir où il avait lui-même gravé : « Qui sème le vent récolte la tempête. » Ce jour-là, Charlot s'est laissé aller aux confidences :

— Ce poignard... il a tué pas mal de gens. Écoute, ma chérie, si on doit partir un jour d'ici, je ne pourrai pas aller vivre en France. Nous irons vers l'Amérique. Ou l'Argentine. C'est beau, tu verras !

Dans la chambre de onze mètres carrés de l'hôtel Vauban où la famille s'est installée, la vie devient rapidement impossible. Anne-Marie se souvient des mois terribles quand le père disparaissait et où le repas se limitait à un potage à l'eau, quelques pâtes et quelques croûtons. Et des autres, jours de grande liesse, quand il revenait, enrichi par un chantier pétrolier d'Hassi Messaoud et soulevait sa femme amaigrie dans ses bras :

— Allez, Mathilde ! Prépare les gosses Fais-les beaux. On va manger des brochettes à Sidi-Ferruch !

La famille prenait le bus, se dorait de soleil à la plage,

ripaillait, riait, écoutait le séducteur jouer de l'harmonica, se retrouvait. Même si parfois le soir, dans un bistrot sur le chemin du retour, Charlot ne pouvait s'empêcher de fixer un des consommateurs au bar : « Qu'est-ce qu'il a celui-là, à te regarder comme ça ? Il provoque, ma parole... » Avant de l'assommer !

Quand Mathilde l'a quitté, Charlot a pleuré comme un enfant et n'a jamais accepté la séparation. Pendant des années, il a guetté sa femme à la sortie de son travail, l'a suivie jusqu'à l'arrêt du bus, l'a suppliée ou battue. Mathilde n'a jamais cédé. Du coup, Charlot n'a plus quitté ses copains aux allures patibulaires, Roger et sa grosse Harley-Davidson peinte en vert qui promenait les deux coqs de combat dans tous les mauvais coins du jardin d'Essai, du champ de manœuvres à Belcourt. Sur une photo, on voit Charlot, arcade fendue et main dans le plâtre, suite d'accident ou de bagarre. Entre deux virées, il fait le pied de grue des heures devant l'école d'Anne-Marie, sa « faiblesse », qu'il embrasse les larmes aux yeux. Puis il disparaît encore, longtemps cette fois, revient empâté et enrichi d'une gourmette et d'une chaîne en or. Toujours mystérieux, il parle de maladie et d'hôpital, affiche une médaille de la Vierge et se met à lire la Bible.

Il est mort à trente-neuf ans, le 13 janvier 1962, un mois avant mon père et mon grand-père. Alger était devenue la ville de tous les dangers et Charlot flirtait depuis trop longtemps avec la mort. Mathilde a compris immédiatement quand elle ne l'a pas vu, amoureux pressé, violent, têtu, à la sortie de son travail. Autour d'elle, elle a entendu des gens soupirer qu'il y avait eu encore un attentat sous les arcades du champ de manœuvres, là où Charlot avait son bar favori, le Voltaire. Il était au comptoir, l'œil rivé sur le grand miroir qui lui permettait de surveiller le rideau de plastique de l'entrée. Les deux hommes armés de mitraillettes qui ont fait irruption dans le café ont aussitôt lâché leurs rafales. Charlot s'est retourné d'un bond et il est mort, en s'avançant, la main sur le ventre, agrippée au manche de son poignard. En rentrant chez elle, Mathilde a croisé un copain de Charlot qui lui a confirmé la nouvelle avec cette délicatesse propre à l'époque et au pays :

— Mathilde ! J'ai vu Charlot... Oh la la ! Il a reçu une rafale de mitraillette. Il a une partie du corps dans le café. Et l'autre loin derrière lui !

Joseph, son fils de treize ans, l'a appris par hasard, au café du coin, en écoutant la conversation de deux voisins d'immeuble, des durs réputés proches de l'OAS :

— Charlot... C'est fait. Cette fois, on l'a eu !

Ils avaient l'air satisfaits.

Anne-Marie se souvient de l'exhalaison forte du désinfectant à l'œillet — elle n'a plus jamais supporté cette odeur — quand l'employé de la morgue a ouvert le tiroir frigorifique. Il n'y avait qu'une seule voiture derrière le corbillard, pas de couronnes ni de fleurs au cimetière, seulement des hommes en costume et cravate sombres, têtes de tueurs endimanchés, qui parlaient déjà de vengeance. Je n'ai jamais su qui il était exactement et pourquoi on l'avait abattu, s'il s'était agi d'un règlement de comptes entre truands, d'une action punitive de l'OAS ou d'un acte révolutionnaire du FLN mais mon « tonton Charlot », le tueur au visage picoré, ne m'a plus jamais fait rire en me racontant des histoires de moineaux.

Je conduis lentement, d'une main, les vitres grandes ouvertes, un jour d'été, le long des berges de la Garonne à Toulouse, une des villes que j'aime le plus au monde. Le fleuve s'enroule autour de murs qu'on dit roses alors qu'ils sont d'un ocre-rouge puissant et chaleureux comme ses habitants. Je longe la résidence universitaire Daniel-Faucher, l'hôpital Purpan et la faculté Lautmann où j'ai fait mes études ; puis les grandes baies vitrées de la salle de boxe où je m'entraînais comme un damné trois fois par semaine. Tout près de la gare est le rond-point de la place Wilson, sa grande brasserie où, entre deux cours de psycho à la fac, je maniais le plateau en nœud papillon jusque tard dans la nuit. Plus loin, un banc public, près du fleuve, souvenir d'un baiser arraché dans la brume, posé juste avant le majestueux pont de pierre qui donne sur l'hôpital de l'Hôtel-Dieu. Nous, les étudiants, grimpions jusqu'au dernier étage vers une coupole de verre qui donnait sur la salle d'opération. Au-dessous, les chirurgiens orthopédiques transformés en mécaniciens sanglants déboîtaient une coxofémorale, posaient une prothèse ou des broches d'acier, en maniant la perceuse et la scie, dans un bruit d'atelier du diable qui faisait de temps à autre flancher un étudiant spectateur soudain aussi blanc que sa blouse. J'étais parfois ici dès l'aube quand un praticien m'avait laissé espérer être à ses côtés, dans le saint des saints. Je me souviens d'une intervention sur un motard, écrasé par son engin. Le chirurgien magicien a réparé la jambe en bouillie puis il a demandé un « rasoir Lagrot » pour effectuer une greffe de peau. Une infirmière a apporté un instrument incroyable, une sorte d'énorme rabot médiéval qui a permis de peler toute la surface externe du bras du blessé avant de la greffer sur sa jambe abîmée. Devant mes yeux écarquillés, le chirurgien a émis un petit rire :

— Impressionnant, non ? Et pourtant très simple. Un génie ce professeur Lagrot !

Le génie est là, devant moi, en m'ouvrant la porte de son salon toulousain. Il a quatre-vingt-seize ans, une canne en bois, des difficultés à marcher, une côte cassée qui le fait grimacer et une oreille un peu dure qui vous force à parler haut. Mais l'esprit est vif et la mémoire intacte :

— Ainsi, vous vous intéressez à l'Algérie et aux nez coupés ? Eh oui, je sais... cela continue à se pratiquer là-bas. À l'époque, le FLN coupait aussi parfois les lèvres et les oreilles. On appelait ça le « masque de la mort ». Terrible. Et quand ils tuaient, ils émasculaient... Comment dites-vous ? Parlez plus fort... Ah ! cela se pratique encore ! Finalement, rien n'a changé.

Il tend un gros album de photos :

— J'en ai opéré trente-cinq exactement à l'hôpital Parnet à Hussein-Dey, entre 1955 et 1961. Regardez, ils sont tous là.

Je contemple cette galerie des horreurs, ces hommes avec un immense trou rouge triangulaire au milieu du visage, certains avec la mâchoire supérieure mise à nu et deux plaies béantes à la place des oreilles. J'ai souvent posé la question de la signification profonde de cette mutilation sans obtenir de réponse, jusqu'au jour où un ami kabyle m'a expliqué que le nez se disait *el nif.* Et avoir du « nif », c'est avoir de l'honneur. Couper le nez d'un réfractaire, c'est lui dire : « Tu n'es plus un homme. » Et terrifier tous les autres.

Dans l'Inde ancienne, le chef de guerre vainqueur faisait trancher le nez des prisonniers et le mari bafoué coupait le nez de la femme infidèle. La pratique se retrouve en Arabie, en Assyrie, à Ceylan, dans l'Europe du Moyen Âge, chez certains croisés, à Naples et en Sicile, où on punissait ainsi encore récemment certaines femmes coupables d'adultère. Les grands adeptes de la défiguration restent les hindous, deux à trois mille ans avant Jésus-Christ. Du coup, leurs médecins ont imaginé les premières transplantations faciales pour réparer un nez et sont devenus les inventeurs de la chirurgie plastique. Je pense à l'exclamation de Gilles Perrault, alors soldat en Algérie, quand il décrivait « ces dockers algériens au visage sans nez, sur le quai de Bône. Le FLN venait de lancer une campagne de boycottage du tabac (jamais compris pourquoi)... ».

Dans les maquis de la wilaya IV, le tabac était interdit, le sexe proscrit et, bien avant les GIA, on a assassiné des femmes coupables de *zina*, de licence sexuelle. Un document du 25 septembre 1955, édité à Djemaa, territoire de Touggourt, précisait les interdits : « Écoutez, gens, évitez de fumer des cigarettes françaises, cela vaudra mieux pour vous. Nous brûlerons le magasin de celui chez qui nous trouverons des cigarettes françaises, et, par Dieu, la France ne pourra jamais rien nous faire. Nous couperons au couteau le nez de celui que nous trouverons en train de fumer des cigarettes françaises. Nous en avons décidé ainsi. Faites ce que vous voulez. Évitez les jeux de hasard dans les cafés, tels que dominos ou cartes, cela vaut mieux pour vous, car vous pourriez vous en repentir. Ceci de la part de l'Armée de libération de l'Algérie. »

À l'époque, il s'agissait d'interdire la consommation de « cigarettes coloniales françaises ». Aujourd'hui, les islamistes ont déclaré le tabac *layadjouz*, interdit, impie. En réalité, le but est à chaque fois de prendre la société en main, de pratiquer un terrorisme du comportement, de contraindre la population à obéir aux ordres, à se soumettre.

Le professeur Félix Lagrot, promoteur de la chirurgie plastique et réparatrice, était un pied-noir militant de l'OAS — lui préfère parler de « résistance » — prêt à cacher un officier déserteur ou à lui refaire un visage neuf. Puisque le FLN ampute le nez de ceux qui lui désobéissent, le professeur Lagrot va les reconstruire !

— Évidemment, cela ne faisait pas l'affaire des fellaghas ! jubile le vieil homme. — Soudain très sérieux, il décrit l'intervention chirurgicale en promenant un doigt tremblant sur la photo d'un visage martyr. — Là, sur le front, il suffit de découper un lambeau pédiculé — vous voyez, jeune homme ? — et de le rabattre vers le bas pour modeler un moignon en forme de nez. Le résultat n'est pas magique mais il est somme toute très convenable. On peut aussi rabattre les deux joues. Mais moi je préfère le front.

Au printemps 1962, la pression FLN est terrible. La nuit, des bombes explosent partout dans Alger et des écoles brûlent ; le jour, l'OAS tue tout Arabe qui s'aventure dans les quartiers européens et abat des femmes voilées en pleine rue. Le 1er mars, un Arabe frappe à la porte de son cabinet privé rue Michelet et demande à le voir. Il est absent. L'homme se jette sur l'infirmière et tente de l'étrangler. Le professeur, condamné trois fois à mort par le FLN, continue à opérer ses masques de la mort mais, pour venir à l'hôpital Mustapha, il préfère désormais éviter la grande porte et enjamber un petit mur derrière le bâtiment :

— Sur mon bureau, je trouvais des lettres anonymes qui m'accusaient d'achever des enfants blessés arabes dans mon service ! La radio de Tunis et du Caire répétait que je serais jugé comme Eichmann. — Il étouffe : — Eichmann, moi !

En juin, le FLN affiche son portrait sur les murs de la capitale. Vingt jours avant l'indépendance, il quitte Alger, vaincu. Non sans avoir tenté, avec son « grand ami Susini », un des dirigeants de l'organisation secrète, de négocier un ultime et invraisemblable gouvernement mixte entre l'OAS et le FLN :

— Évidemment, de Gaulle a refusé. Ah... de Gaulle !

Il grimace en caressant sa côte cassée, tripote sa canne l'air furieux et montre un autre album sur l'étagère :

— Bien... Revenons aux nez. J'en ai fait un film et j'ai d'autres photos. Des variantes opératoires. Intéressantes. Vous voulez les regarder, jeune homme ?

J'ai décliné l'offre. Dehors, les roses des jardins de Toulouse embaumaient la rue et personne n'a sursauté à l'explosion sèche du pot d'échappement d'une voiture qui passait. Je me revoyais adolescent à Hyères, dans le Var, marchant sous les palmiers de l'avenue principale et réagir d'instinct à une détonation identique en effectuant un superbe roulé-boulé sur le trottoir. Je m'étais retrouvé, mains sur la tête, tapi sous une voiture en stationnement, rouge de honte sous le regard ahuri des Provençaux :

— Hé, petit ! Qu'est-ce qui t'arrive, mon pôvre ?

Il m'arrive que j'avais appris enfant à plonger d'abord et à réfléchir ensuite, qu'un claquement d'échappement est d'abord une détonation et qu'une fois au sol j'avais plutôt tendance à déterminer le calibre du revolver que la cylindrée de la voiture.

Devant le magasin de mon père où je traînais une après-midi sans école, je regardais passer un ouvrier arabe qui rentrait du travail, sa gamelle à la main. Une 4 CV blanche avait stoppé à sa hauteur, un Européen s'était avancé tranquillement sur le trottoir et il avait tendu le bras à la hauteur de la tempe. Je me souviens d'un bruit terrible et d'une flaque de sang. Ma famille vivait alors dans un bel appartement, au dixième étage d'un immeuble de Diar Djemaa qui dominait la banlieue d'Hussein-Dey. Sur la route d'en bas, j'ai vu des camions bourrés de manifestants algériens passer en klaxonnant, drapeaux du FLN au vent. Puis les hélicoptères de l'armée française sont arrivés et ils ont lâché des grenades offensives au ras des véhicules. Je regardais le ballet des pales au-dessus des camions, les grenades pouffer dans la poussière et les manifestants qui sautaient en marche. Puis mon jeune frère Daniel, enfant doux et élégant, a commencé à hurler en tournant autour de la grande table à manger, au rythme des explosions, poursuivi par ma mère qui essayait de calmer cette grande frayeur. Quand une autre « manifestation arabe » a tourné toute une journée en lançant des youyous autour de notre immeuble isolé en menaçant d'investir la cage d'escalier, j'ai découvert que mon père avait préparé deux grenades quadrillées, cachées sous le linge de l'armoire, et un revolver dissimulé dans la chasse d'eau. Au cas où. Nous avons déménagé très vite pour nous installer au troisième étage d'un immeuble résidentiel du quartier Vauban, en plein centre d'Hussein-Dey. Le jour de la grève des éboueurs ordonnée par le FLN, j'étais au balcon à regarder un véhicule municipal qui bravait l'interdit en ramassant les poubelles.

Une 4 CV Citroën s'est arrêtée et deux Algériens en sont descendus, le premier tireur a fait un gros trou étoilé dans le pare-brise du conducteur européen qui a eu le temps de se jeter sur le sol de sa cabine ; le second a abattu au revolver les deux employés arabes debout sur la benne. L'un des deux ouvriers est tombé sur l'asphalte avec un bruit mou. J'ai dévalé les escaliers, couru jusqu'au pied du camion et j'ai regardé la tache sombre qui s'élargissait autour de sa tête. C'est étrange, la flaque de sang d'un homme qui meurt. Elle est d'abord petite, circulaire, localisée autour du haut du corps. Puis elle s'élargit, moussue, fumante, rouge, puissante, comme si elle portait la vie et la force de celui qu'elle quitte. Lui est revenu au stade d'enveloppe ; elle, flaque coagulée, est devenue un corps solide. Quand les soldats français sont arrivés, j'ai crié :

— M'sieur, j'ai tout vu !

Un voisin m'a tiré sèchement en arrière et m'a murmuré à l'oreille :

— Tu n'as rien vu. Tu m'entends ? Rien. Remonte chez toi.

Ce fut mon premier contact avec la censure. Ensuite, ma mère nous a interdit de sortir. Avec mes deux frères, Daniel le cadet et Claude, le plus drôle de la famille, on a beaucoup ri, joué aux cow-boys et aux Indiens, à la dînette et à la guerre pendant quinze jours. Comme nous étions sur le point de mettre l'appartement à sac, ma mère, épuisée, nous a permis de descendre un instant sur le pas de l'immeuble. Juste le temps, en arrivant en bas, de voir l'épicerie du commerçant arabe d'en face monter vers le ciel, à une bonne quinzaine de mètres de hauteur, soufflée par une grosse charge de plastic, avant de retomber dans un grand bruit de pierres et de madriers brisés.

Le commissaire Jacques Harstricht travaillait tout près de notre quartier Vauban, au poste de police de Kouba. Assassinats, plastic, enlèvements d'hommes retrouvés mains liées sur une plage ou égorgés dans les fossés, les attentats étaient pluriquotidiens et ses journées très chargées. Lui-même s'était fait mitrailler près d'un endroit au nom étrange, « le ravin de la femme sauvage », que l'on disait hanté par une vieille possédée. En descendant au port d'Alger organiser le déménagement de la veuve d'un de ses gardiens de la paix, il avait vu sur les quais les grutiers, fous de rage contre ces « lâches qui fuyaient l'Algérie », plonger les conteneurs de meubles dans l'eau de mer. Plus tard, ce seront les hommes du FLN qui feront la même chose aux biens des pieds-noirs, au nom de la lutte contre « l'ennemi colonial ». Avant d'être relayés à l'arrivée dans les ports de France par les dockers CGT qui s'en prenaient aux voitures des « colons racistes ». Réfugié à Hyères dans le Var après notre départ, j'ai attendu longtemps le conteneur de déménagement qui renfermait mon beau vélo. Quand il est arrivé, irrémédiablement rouillé, ma mère pleurait en découvrant l'armoire-penderie rongée par le sel et les bottes de mon père encore pleines d'eau de mer. Le commissaire Harstricht a finalement regagné la métropole où il est devenu contrôleur général. Dehors, il pleut, c'est l'hiver à Paris et nous fumons en buvant du café dans un bar du XVIIIe arrondissement où je l'ai finalement retrouvé, paisible retraité à la mémoire encombrée de procès-verbaux d'homicides. Je lui montre une attestation du décès de mon père, signée de sa main, le 16 février 1962, trente-cinq ans plus tôt. Le front plissé, il examine le document :

— Ah oui... Le meurtre du radio-électricien... Tué avec son père... Deux commerçants d'Hussein-Dey. C'est si loin ! Mais je m'en souviens. C'était quoi le calibre ?

— Du 11,43.

— Une arme massive. Un truc qui lâche de très gros pruneaux.

Je revois le tricot molletonné que mon père portait ce jour-là. Et le gros trou, aux bords noircis, dans le dos, à hauteur du rein droit. Tué à bout portant. Par qui ?

— Dans la police, on avait des 7,65 mm, quelques 9 mm mais le 11,43 n'est pas une arme administrative. C'est une arme personnelle d'attaque, une arme de militaires. Ce genre de calibre n'était pas vraiment utilisé par le FLN. Plutôt par l'OAS. Brr ! la pluie ne s'arrête pas. Quel pays ! Ce n'est pas l'Algérie, hein ?

Je reste debout, figé, sur le trottoir et l'eau glacée de Paris me dégouline dans le cou. Réfugié sous une feuille d'arbre, un moineau secoue ses ailes mouillées. Je vois ses petits yeux qui me fixent, sa tête posée sur le côté. Mon père abattu par l'OAS ! Pourquoi ? Qui était-il réellement ? J'aurais grandi dans le mensonge et on m'aurait caché un aspect de sa vie ? Sur sa branche, le moineau pique du bec, s'ébroue vigoureusement et recommence à me fixer. Je n'arrive pas à y croire. D'ailleurs, était-ce bien un calibre 11,43 ? Qui a tué qui exactement ? Puisqu'il est question de l'OAS, je vais aller poser la question. J'avais trois oncles qui étaient membres de l'Organisation armée secrète. Je dois repartir à Toulouse pour poser la question à « Abeille », ancien nom de code de mon oncle Louis. Si l'OAS a quelque chose à voir avec ce meurtre, lui ne peut pas l'ignorer. Et je ne le laisserai pas me mentir.

La pluie a cessé. Le moineau s'est envolé.

Me voilà de retour à Toulouse, mais je n'ai plus le cœur à flâner. Mon oncle Louis habite désormais ici, dans un modeste lotissement en bordure de ville. Pour moi, « tonton Louis » avait toujours été jusqu'ici synonyme de richesse et de fêtes, de formidables javas qui réunissaient toute la famille au Nouvel An dans le garage aménagé de sa grande villa de Fort-de-l'eau. Les adultes buvaient peu mais dansaient toute la nuit, surtout ma mère, véritable bâton de dynamite qui épuisait les meilleurs cavaliers. Paso doble, tango, valse, rock, twist, tout y passait. Et nous, les gosses, nous restions éveillés, tout excités, ravis de prendre notre première leçon de démesure. Il fallait tenir jusqu'au matin pour aller, avec les grands, manger des moules au vivier de Sidi-Ferruch, là où les vagues grondaient en secouant les casiers posés au fond d'une grotte marine. Au retour, le premier soleil brûlait nos yeux fatigués. Les plus faibles allaient se coucher mais les enragés attendaient la *loubia* préparée par Colette, l'épouse de Louis, une soupe rouge de haricots piquants qui pouvait réveiller un mourant. Après, je ne sais plus. Mon père m'emportait vers un lit à l'étage en souriant que « ce gosse avait de qui tenir... » Et seule une envie de gâteaux me réveillait en fin d'après-midi, les yeux rougis, prêt à recommencer la fête.

Louis a toujours vécu et travaillé en famille, avec ses frères. Le premier, Richard, était un homme élégant, élancé et le front haut, quasi britannique. Tout le monde l'avait trouvé très changé, après la Seconde Guerre mondiale, quand il avait été démobilisé des commandos après les opérations de débarquement en Provence. Comme s'il avait vu ou fait des choses terribles dont il ne voulait pas parler. José, l'autre frère, était tout son contraire, boule de nerfs et de poings marié à Anita — mon Dieu qu'elle était jolie ! Quant à Georges, dernier des trois frères, lui ne se battait jamais et ne pensait qu'à retrouver sous son pinceau d'artiste le sourire énigmatique de la Joconde. Le vrai patron, c'était Louis, né avec la vocation de l'entreprise et une machine à calculer dans la tête. La moustache droite et le cheveu ondulé, l'œil noir et brillant d'appétit, il était l'homme des grands coups de cœur avec ses amis et des grands coups de tête contre les coqs de son quartier. Bien plus tard, la quarantaine passée, réfugié à Mont-de-Marsan, il mettra encore un point d'honneur à assommer trois commandos parachutistes qui avaient « manqué de respect » à son épouse... Non mais ! À Alger, après un passage au service des finances du gouvernement général, le jeune homme d'alors crée sa Société de peinture et décoration de bâtiments. Il travaille comme un forcené, emploie une centaine d'ouvriers, entretient la base nucléaire de Reggane, les installations militaires d'El-Oued, d'El-Goléa, de Tamanrasset et n'hésite pas à visiter ses chantiers du Sahara en plein été ! Il est aussi farouchement anticommuniste depuis l'âge de huit ans, quand son père a quitté le domicile familial pour s'engager dans la guerre d'Espagne contre Franco. Louis n'a jamais pardonné à ce père républicain d'avoir fait pleurer sa mère.

Après le putsch raté des généraux d'Alger, un homme lui rend visite. Il tenait le magasin de quincaillerie à côté de celui de mon père. Je me rappelle un petit homme pâle aux cheveux noirs, toujours habillé d'une blouse bleue, occupé à ranger des clous, des vis et des boulons dans d'immenses tiroirs en bois vernis. C'est lui qui va faire basculer la vie de mon oncle :

— Louis... Tu as vu ce merdier au gouvernement ! Faut faire quelque chose ! Je connais ton attachement à la France. Quelqu'un de bien aimerait te rencontrer. Viens.

À l'époque, Louis n'a pas hésité une seconde. Trente-cinq ans plus tard, blanchi, vieilli, cardiaque, il tourne en rond dans son petit appartement toulousain en me regardant, bouleversé. Je viens de lui dire que je voulais tout savoir sur son engagement et ses fonctions dans l'OAS :

— Tu veux vraiment qu'on remue le passé, mon Jean-Paul ?

Il soupire longuement et acquiesce à contrecœur .

— C'est bien parce que tu es le fils de Pierre..

Ce jour-là, Louis avait rendez-vous près de la gare de l'Agha dans un appartement discret d'Alger où cinq hommes l'attendent, assis à une table. L'un d'eux est un général :

— Nous faisons partie de ceux qui n'acceptent pas l'abandon de l'Algérie. Notre mission est de défendre la France pour qu'elle reste ici sur cette terre qui est la sienne. — Un temps. — Êtes-vous prêt à vous engager ?

— Pourrais-je avoir un délai de réflexion ?

— Non. Décidez-vous maintenant.

Le ton est martial. Louis ne pose qu'une seule condition :

— Ne me demandez jamais d'attenter à la vie de quelqu'un.

Derrière la table, les hommes ont l'air contrariés. Ils se concertent un instant puis acceptent :

— On va vous expliquer votre rôle.

Louis doit trouver des planques pour accueillir des parachutistes, déserteurs de l'armée française. Il explore Hussein-Dey à la recherche de concitoyens sympathisants à la cause de l'OAS — ils le sont tous — et parvient à loger une centaine de déserteurs en cavale. Reste à leur trouver de faux papiers d'identité, des véhicules et des cartes grises. Un ami à la préfecture fournit les vrais-faux documents et Louis imite la signature du préfet avant de maquiller des plaques d'immatriculation. Une fois « en règle », les anciens paras filent rejoindre le maquis que l'OAS a décidé d'implanter dans l'Ouarsenis, à 150 kilomètres d'Alger. L'organisation fournit des armes que Louis leur fait parvenir, enveloppées de plastique, dans les fûts de peinture de sa société. Là-haut, dans le maquis, les vaillants combattants ont de l'appétit et ils manquent de lait. Un camion de vingt tonnes vient justement d'arriver au dépôt Nestlé à Hussein-Dey. Louis prend contact avec quelques durs du quartier mais tous se dérobent. Chez le coiffeur-barbier du coin, le visage recouvert de mousse à raser, il confie à l'apprenti qu'il est bien embêté :

— Une livraison à faire... un peu spéciale... besoin d'un chauffeur poids lourd.

L'apprenti, un tout petit homme discret, lui essuie le visage, met sa veste et le regarde :

— Bien. On y va, m'sieu Louis.

Avec cinq autres hommes, ils font main basse sur le

camion. Au moment de partir, un des jeunes excités veut abattre le gardien arabe. Louis sort son revolver et menace :

— Pas de ça, tu m'entends !

Au sein de son entreprise, il sait très bien que certains de ses ouvriers sont des membres du FLN qui ravitaillent leur propre maquis la nuit venue. Eux aussi connaissent ses opinions. Chacun se respecte en silence. Le jour où il doit partir pour Ouargla par une route peu sûre, un de ses ouvriers algériens s'approche de lui :

— N'y va pas, patron. Ils t'attendent. À vingt kilomètres d'ici.

Et sans un mot de plus, il retourne à son poste, après lui avoir sauvé la vie.

Un matin d'hiver 1961, Louis et sa femme Colette prennent leur voiture, une Floride, pour descendre à Belcourt. Les femmes européennes sont rarement fouillées et, comme d'habitude, c'est Colette qui cache sur elle l'arme de Louis. Dans Belcourt, la foule est dense, nerveuse. À un arrêt de bus, deux Européens viennent de se faire abattre. Au deuxième arrêt, le couple voit deux autres hommes et une femme étendus sur le trottoir. Louis ne parvient pas à faire demi-tour. Devant lui, une centaine de gendarmes mobiles ont pris position pour bloquer la manifestation des Algériens de Belcourt. La foule menaçante déferle et la Floride se retrouve piégée. Louis demande son revolver, Colette refuse. On ne peut pas tirer sur des milliers de manifestants, hommes, femmes et vieillards en burnous ! Prisonniers de leur voiture, Colette et Louis, glacés, voient des dizaines d'yeux fouiller l'intérieur du véhicule et sentent, pendant de longues minutes, des centaines de mains qui palpent la carrosserie, glissent lentement sur le toit, le pare-chocs, les ailes, les vitres, la portière, le pare-brise à quelques centimètres de leurs visages. Quand les gendarmes ouvrent le feu, les balles sifflent au-dessus d'eux. La marée humaine hésite mais continue à avancer et les engloutit. Le moindre mouvement, un geste hostile, une secousse de la foule suffirait à les mettre en pièces. Louis et Colette attendent, pétrifiés. La manifestation passe. Et finit par les abandonner.

Le soir même, Louis reçoit l'ordre d'enterrer un énorme coffre-fort vide, résultat d'un hold-up de l'OAS. Il réunit une vingtaine d'hommes, un camion, des pelles, des pioches et part à la nuit tombée, en direction d'un grand terrain vague de l'Harrach. L'endroit est limitrophe d'un quartier où vivent une bonne centaine de milliers d'Algériens. Et leurs chiens. Au premier coup de pioche, des dizaines d'aboiements éclatent dans la nuit sans lune. Un des hommes craque et s'enfuit. Les autres enterrent l'énorme coffre en moins d'une demi-heure. L'OAS a besoin d'argent. Louis recueille les cotisations des sympathisants, quitte à leur forcer la main, comme avec le patron de cette grande minoterie d'Hussein-Dey taxée de cinq millions par mois. Et les hold-up se multiplient. Un jour, il reçoit un appel d'un banquier pied-noir qui s'étonne de ne pas avoir été encore attaqué :

— Vous avez quelque chose à nous reprocher ou quoi ?

— Pardon... ?

— Qu'est-ce que vous attendez ? Nos caisses sont pleines. On vous attend !

Les mois passent et Louis a maintenant son propre réseau et une signature qui fait autorité dans la zone d'Hussein-Dey. Pour quitter l'Algérie de l'époque, il faut, sous peine de mort, une permission de sortie de l'OAS qui redoute de voir les pieds-noirs abandonner le navire de l'Algérie. C'est Louis qui signe à contrecœur le laissez-passer d'un célèbre baryton, chanteur dépressif rendu muet par la peur, qu'il aimait tellement entendre à l'Opéra d'Alger. Il aurait même usé de son pouvoir pour protéger « tonton Jeannot », mon oncle communiste au nez défoncé, quand les tueurs de l'OAS cherchaient à exécuter sans pitié tous les « rouges » coupables de soutenir l'Algérie algérienne.

Son supérieur hiérarchique, un capitaine parachutiste putschiste, a distribué à chacun des noms de code : Louis devient Abeille ; Richard, son frère, est Scorpion et le quincaillier s'appelle désormais Fourmi. Le groupe comprend aussi le Cow-boy et la Perruque, deux médiocres recrues qu'on lui a imposées. Abeille a refusé de rencontrer le responsable du secteur Action chargé des exécutions et il proteste vigoureusement quand les tueurs de l'OAS assassinent l'opérateur du cinéma Étoile et un menuisier arabe qu'il connaît. Puis il croise Jésus de Bab el-Oued, un célèbre tueur en série venu en reconnaissance à Hussein-Dey et il comprend qu'il ne pourra pas empêcher d'autres meurtres.

Moi aussi, j'ai connu « Jésus », bien plus tard, par hasard, en Espagne. Étudiant, je travaillais l'été pour un journal français vendu sur les plages de la Costa Brava. Notre caravane publicitaire était accompagnée par un bar ambulant de la société Pernod-Ricard et d'une équipe composée d'un chef d'équipe jovial, d'un ancien torero alcoolique et du célèbre Jésus. L'homme était mince, sec, taciturne. Il faisait froid dans le dos. Un jour, il a ouvert son portefeuille et m'a montré une ancienne photo de lui. Celle où il souriait en tenant par les cheveux une tête d'Arabe coupée dans chaque main.

Quand Abeille a quitté l'Algérie avant l'indépendance, il a enterré trente-cinq millions de francs, une somme énorme pour l'époque, sous la dalle de béton du poulailler de la maison :

— Ce n'était pas mon argent, tu comprends. Et il sentait le sang...

La veille, le capitaine français lui avait dit de passer devant le QG clandestin à Alger en guettant la présence d'un drapeau tricolore à la fenêtre, signe que tout allait bien. Abeille était passé dès l'aube mais n'avait pas trouvé de drapeau et il avait appris que l'endroit venait d'être investi par l'armée française. L'OAS était finie. Et Abeille redevenu Louis avait fui vers Paris, caché grâce à une complicité dans la cabine de pilotage d'un avion d'Air France. Richard, son frère, a été arrêté et relâché. Plus tard, ma mère m'a raconté qu'il était venu la voir au lendemain de l'assassinat de mon père, en lui faisant un terrible serment :

— Ton mari sera vengé. Je m'en occupe personnellement.

J'espère que la promesse n'a jamais été tenue. Après l'Algérie, Richard a essayé de vivre quelques années à Mont-de-Marsan, jusqu'à ce qu'on le retrouve un matin, au volant de sa voiture, suicidé, gavé à mort de neuroleptiques. Parti en silence.

Reste Louis qui, depuis trente-cinq ans, tente de s'arranger avec sa conscience en se répétant qu'Abeille n'a jamais tué personne de ses mains. Je regarde mon oncle, malade du cœur, usé, déchiré par le passé, bourrelé de remords et de doutes. Je sais que ma question peut le terrasser.

— Louis ?

— Oui, mon petit...

— Qui a tué mon père ?

— Comment... Qui ? C'était le hasard, la guerre, tu le sais.

— Le FLN ou l'OAS ? Qui ?

— L'OAS ?... Ma parole, tu as perdu la boule ou quoi ?

— Comment peux-tu en être sûr ? Le calibre 11,43 n'était pas vraiment une arme utilisée par le FLN, non ?

— C'était peut-être vrai au début des hostilités. Mais vers la fin, les armes se baladaient partout... Pierrot et Joseph ont été tués en février 1962... Putain ! ne me regarde pas comme ça ! D'ailleurs, il y a eu un témoin du crime.

— Témoin ?

— Une femme. Elle a tout vu de son balcon. Demande à ton oncle Guy à Marseille. Il l'a rencontrée juste après l'attentat.

Marseille ? Oui, mais plus tard. J'ai obtenu un visa pour l'Algérie où les grands massacres ont commencé. Et l'on sait que l'Algérie n'attend pas.

« Rends-moi mon épine... »

Traverser la plaine de la Mitidja, c'est passer la main sur un corps couturé de cicatrices. Sur des kilomètres, de chaque côté de la route, les arbres sciés au ras du sol et les poteaux téléphoniques raccommodés ressemblent à d'innombrables points de suture. Ici, la chair de la terre est noircie par les restes brûlés d'un silo à grains ou boursouflée par des casemates improvisées, bunkers de béton pris dans les barbelés. Au sommet d'une villa transformée en Fort Alamo, un fusil-mitrailleur est posé à côté d'un drapeau algérien. La région a une allure d'après-guerre. Le plus dur, ce sont les regards des habitants, porteurs de toutes ces histoires que personne ne racontera jamais.

À l'entrée de Sidi-Hammed, je m'assois sur une grosse pierre, mâchonne une tige d'asphodèle en respirant l'odeur de bouse et de paille fraîche de l'étable voisine. Autrefois, en colonie de vacances à Jausiers, dans les Basses-Alpes, ces effluves capiteux indiquaient que notre marche en montagne s'achevait. On posait nos sacs à dos et on faisait halte près d'une fontaine à l'eau pure et glacée. Et les paysans des fermes nous offraient un bol de lait tout fumant, heureux de saluer cette joyeuse armée de visiteurs en culottes courtes. J'observe l'oued qui remonte jusqu'au village de Sidi-Hammed. Les assaillants sont arrivés en suivant son lit de pierres. Il faut connaître le coin et ce chemin d'accès. Cette nuit-là, un dimanche de janvier, le vent soufflait très fort et on n'entendait pas bien les bruits au dehors. Ils étaient trois ou quatre groupes d'une vingtaine de personnes. Le premier commando est allé droit vers la mosquée, pour s'assurer que personne ne pourrait y trouver refuge. Je remonte le sentier un peu raide, en suivant la rigole de sang séché qui mène à l'entrée d'une maison. Je pousse la porte. Trois flaques noirâtres. Ils les ont égorgés ici, la mère à l'entrée, le bébé de quatre mois dans la chambre et son oncle contre le mur. Debout, sans doute, puisque le sang a giclé sur les volets. Dans la ferme suivante, il y avait une dizaine de personnes réunies au troisième jour de deuil d'un membre de la famille. Ils sont entrés là aussi, ont fait leur besogne et ont gagné la maison d'à côté. Un homme assis à l'entrée montre les taches sur le sol ; il était absent ce soir-là mais toute sa famille était présente : vingt-deux personnes. Le ciment nu en est encore tout noirci. Malgré le vent, on a entendu au loin une forte détonation, ce n'était qu'un hélicoptère de l'armée qui bombardait les collines de Meftah à quatre bons kilomètres d'ici. Il y avait bien une cinquantaine de soldats cantonnés dans la ville d'à côté mais ils ne sont arrivés que plusieurs heures plus tard. Comme les sept « patriotes » armés mais sourds, trop occupés à fêter le ramadan. Les gens de Sidi-Hammed étaient seuls avec leurs assassins. Et le vent soufflait si fort. Que faire quand vous criez au secours et que personne ne vient ? À force d'être remâchée, ma tige d'asphodèle a un sale goût.

À Alger, j'ai passé une après-midi avec un expert militaire européen qui a étalé devant moi les petites fiches qu'il tenait sur les massacres collectifs depuis novembre 1996. Il a recensé cent quarante massacres de plus de dix personnes. Dont trois cents personnes égorgées en une seule nuit à Bentalha. Et d'autres massacres collectifs à Sidi-El-Kébir, à Médéa, à Chebli, à Beni Messous, à Raïs... Chaque fois, des groupes bien organisés égorgent ou massacrent à l'arme blanche, à coups de hache, de sabre, de pioche, de bêche. Parfois, on tire, on brûle vif. Toujours, on mutile, on décapite. À Raïs, des têtes coupées ont été laissées en évidence devant les décombres des habitations incendiées. À Beni-Messous, deux femmes ont été retrouvées attachées à un arbre et découpées à la hache. À Chebli, près de Blida, un témoin a vu un bébé décapité dans les bras de sa mère qui a eu le sein tranché par le coup de sabre. On a retrouvé la tête d'un nourrisson de quatre mois posée sur le toit de la maison familiale et son corps dans le four de la cuisine. Quand on tue, on tue tout le monde. En prenant son temps et avec une volonté d'étaler l'horreur. Je voudrais tant prendre le temps de décoder ce message de terreur, parler avec les survivants, donner un nom, un visage, un passé aux morts, reconstituer l'histoire ancienne et récente du village, ses vieilles haines, ses choix politiques, comprendre pourquoi ce sont presque toujours des populations gagnées aux islamistes que ces groupes armés massacrent impunément, savoir de quelles luttes de factions locales, de quelle nouvelle bleuïte ou de quelles guerres de clans ces villages ou ces quartiers de banlieue paient le prix, passer des jours à analyser tous ces Oradour-sur-Glane. Et aller au-delà du recensement effaré de l'horreur. Voilà plus d'un an que toute l'Algérie crie et que personne ne vient jamais. Ou trop tard. Et ce n'est pas l'armée dont les casernes sont souvent proches mais hermétiques, qui n'arrive habituellement qu'au petit matin et commence par nous interdire tout accès aux lieux ; ce ne sont pas ces flics en civil qui nous encadrent « pour notre sécurité » quand on parvient, à force de courbettes, à aller sur place des jours, voire des semaines plus tard ; ce ne sont pas non plus ces « témoins proches des familles de victimes », fonctionnaires de police déguisés en témoins, qui viennent spontanément à vous et parlent indifféremment français, anglais et sans doute japonais ; ce n'est pas, non plus, ce collier de perles placé bien en évidence, accroché à un gond de porte, au cas où le détail émouvant aurait échappé à l'œil du reporter... non, ce n'est pas toute cette culture du secret et de l'intox, cette dissimulation, ce mépris, cet habillage de la vérité et ces petites manipulations qui nous permettront de mieux comprendre ce qui s'est passé à Sidi-Hammed ou ailleurs. Cela contribue, tout au plus, à semer un doute grandissant aussi bien parmi les envoyés spéciaux étrangers qu'au sein d'une partie du peuple d'Algérie. À Sidi-Hammed, depuis cette nuit de mort en janvier, les survivants ont creusé cent trente tombes bien alignées sur la place du village. Pour ne plus se laisser surprendre par le vent mauvais qui descend de la colline, ils ont dégagé les buissons qui bordent le village, taillé les arbustes devant leur maison et allument, la nuit venue, de médiocres projecteurs pour éclairer leur peur.

Inutile de s'attarder à Sidi-Hammed. Je préfère aller jusqu'au village voisin où habite Rachid, près de Meftah, au cœur du Triangle de la peur, Rachid est un jeune professeur licencié en droit, arabisant, serré dans une veste rêche et une chemise blanche boutonnée haut. Chaque soir, dans son village, on peut assister à l'étrange spectacle de l'exode d'une population, hommes, femmes, vieillards et enfants, un ballot de couvertures sous le bras, qui descendent vers la ville de Meftah chercher refuge jusqu'au matin. Au village ne restent qu'une quinzaine de jeunes hommes, en armes, serrés et vigilants au sommet de terrasses stratégiques. Ici, l'histoire du hameau est coupée en deux, entre « avant » et « après » le massacre de leurs frères de Sidi-Hammed. Avant, tous ont voté FIS dès 1991 et l'AIS, l'Armée islamique du salut, branche militaire du parti religieux, a pris aussitôt le contrôle du village. Ses hommes ont tendu des embuscades aux militaires sur la grand-route ; ils ont racketté les notables, confisqué les papiers d'identité émis par l'État décrété impie, avant de mettre une balle dans la tête des indics et d'égorger les conscrits en permission. Puis ils ont géré le terrain conquis, la « zone libérée », en assurant la protection de la population mais en imposant les nouvelles règles : hidjab, voile islamique obligatoire pour les femmes, interdiction de boire de l'alcool, de fumer, de chiquer, de priser, d'apprendre le français et de suivre les cours à l'université du *Taghout*, le tyran. Ce fut une année blanche pour Rachid. Pour reprendre ses études, il se travestit en marchand ambulant de légumes et part chaque matin à l'aube sans cartable et sans stylo, vers sa fac de droit à Blida en faisant un grand détour par Alger. Dans son village, beaucoup de jeunes préfèrent rejoindre les émissaires de l'AIS, impressionnants d'autorité, pieux et rebelles, en armes, baskets de luxe aux pieds, en jean propre ou en treillis militaire. Une nuit, Mahfouz, un ancien camarade de classe de Rachid, frappe à sa porte pour lui raconter, admiratif, le dernier attentat contre le dortoir de la police de Meftah. Un commando a fait rouler une bétonnière bourrée d'explosifs le long de la pente face au commissariat et l'énorme déflagration a tué une cinquantaine de flics. Rachid l'écoute en silence. Il déteste la brutalité des militaires et l'arrogance des flics mais refuse la violence. Soudain, Mahfouz devient suspicieux et le regarde droit dans les yeux :

— Pourquoi est-ce que tu ne viens pas avec nous au maquis faire le djihad ? C'est un devoir imposé par Dieu.

Rachid comprend immédiatement le danger. Refuser, rester neutre, c'est se montrer lâche, voire complice du régime. Et donc traître.

— Mon heure n'est pas encore venue...

— Quoi ?

L'autre arrondit un sourcil inquisiteur.

— Écoute, Mahfouz. Le djihad a commencé en 1992. Et toi, quand as-tu rejoint le maquis ?

— Aussitôt ! Enfin... presque. Un an après.

— Parce que Dieu t'a préparé la voie avant de t'appeler. Pour moi, c'est pareil. Hélas, malgré mes supplications, Dieu ne m'a pas encore appelé. Mais cela viendra ! Il faut suivre sa volonté. Inch'Allah !

Rachid m'a dit qu'il avait poussé un grand soupir de soulagement quand l'autre est parti. Il ne l'a plus revu : Mahfouz a été tué peu après au maquis.

Comme beaucoup d'autres. Dans la montagne, les choses se dégradent pour l'AIS qui commence à parler de trêve. Après 1995, ses combattants sont traqués et n'apparaissent plus que sales, hirsutes et misérables. L'armée a regagné du terrain et les autorités poussent les villageois à prendre une arme, mieux, à rejoindre les forces civiles armées des patriotes :

— Certains ont accepté. Eux aussi vomissaient le pouvoir. Mais ils en avaient assez des pressions des deux bords, des menaces, du racket, des insultes... Avec un fusil, au moins, tu peux défendre ton honneur.

Rachid a refusé de s'armer et les autorités exigent qu'il motive son refus par écrit. En pleine nuit, il reçoit la visite d'un ancien voisin, un islamiste descendu du maquis, affamé et désespéré, qui lui confie :

— Je ne comprends plus rien ! Il y a plein de problèmes dans la montagne. Des chefs, des types bien sont exécutés. Rachid... Surtout, ne viens pas au maquis !

Il sera tué, lui aussi, deux mois plus tard, juste avant le massacre de Sidi-Hammed.

Le lendemain soir, les guetteurs du village voient des ombres traverser les vergers. Ce sont des émissaires envoyés par l'AIS :

— Tu aurais vu dans quel état ils étaient ! Ils nous ont affirmé qu'ils n'étaient pour rien dans le massacre. Qu'ils n'avaient plus les moyens de nous protéger. Et qu'on devait s'armer !

Au matin, vingt-cinq jeunes se ruent à la gendarmerie où on leur promet quinze fusils. Finalement, ils ne recevront que neuf armes. Trop peu pour défendre deux cent quarante habitants éparpillés dans une quarantaine de maisons. Peu après, trois hommes de l'AIS se livrent aux autorités :

— Ils ont été torturés. Ici, tu sais, c'est banal. Presque normal.

Les repentis donnent quatre noms d'hommes qui, torturés à leur tour, donnent la liste des notables rackettés, donc coupables. On les arrête, ils parlent. L'armée rafle le moindre suspect, jeune, notable, parfois vieillard. Depuis, au village, on vit dans l'attente de nouvelles dénonciations, de nouvelles arrestations. Et chaque soir, dès la tombée de la nuit, la longue colonne de villageois se met en marche vers Meftah. Derrière eux, sur les terrasses des maisons, une quinzaine de jeunes comme Rachid s'enveloppent, frigorifiés, la main sur la crosse de leur fusil, les yeux fixés sur l'ombre des vergers.

Loin des collines de Meftah et malgré les murs épais d'Alger la capitale, Nassima panique elle aussi dès qu'elle entend un chien hurler. Je l'ai rencontrée dans un refuge, à deux pas de mon hôtel. On peut passer, sans le remarquer, des centaines de fois devant ce portail de fer planté entre l'hôpital Mustapha et l'hôtel El Djezaïr. À flanc de colline, une lourde grille s'ouvre sur un terrain vague qui descend vers des baraquements en dur où s'entassent une soixantaine de femmes et d'enfants. Une association accueille un éventail d'Algériennes rejetées par la société : femmes battues qui doivent obtenir trois certificats médicaux ou quinze jours d'incapacité pour prétendre à une séparation d'avec leur mari ; femmes répudiées, jetées légalement à la rue grâce à l'article 52 d'un Code de la famille instauré par un pouvoir censé combattre les valeurs islamistes ; jeunes filles enlevées par les groupes armés, violées, enceintes, chassées, que leur famille ne veut pas reprendre, par honte ou par peur des représailles. Le crime de Nassima est d'avoir possédé une ferme à Baraki et un mari qui a été retrouvé décapité. Le quartier de Baraki est un damier urbain planté de vergers, un fief du GIA, à la lisière d'Alger. Nassima est une fille de « martyr de la révolution », adoptée en France par son oncle... un ancien harki. Elle a grandi à Manosque, a voulu épouser un Marseillais et s'est retrouvée aussitôt expédiée en Algérie d'où elle n'a jamais pu s'échapper. Son mari, algérien, ingénieur au chômage, est devenu agriculteur, plante des pêchers, des poiriers et lui a fait huit enfants.

Une nuit de 1994, peu après que la gendarmerie ait ordonné à la population de rendre ses armes, Nassima découvre son homme tremblant de peur. Trois islamistes en cagoule l'ont pris, ligoté et menacé :

— Donne ton fusil. Quoi ! Tu l'as remis aux gendarmes ? Au lieu de nous aider !

Tout autour, les voisins n'ont pas réagi. Les anti-GIA se taisent, terrorisés ; les autres, sympathisants, ressemblent à cette famille, de l'autre côté du chemin, qui a confectionné un énorme couscous de fête le soir de l'assassinat du président Boudiaf. Dans leur maison, les nuits d'attentats, chaque explosion est saluée par des « Allahou Akbar ! ». Et à l'annonce des premiers grands massacres, la voisine a pris Nassima par le bras :

— Le peuple avait promis d'aider les frères islamistes à abattre le pouvoir. Et il a trahi ! Eh bien maintenant, il le paie. Bien fait.

Son fils sera tué peu après en posant une bombe. La nuit, Nassima s'enferme à double tour avec sa famille :

— On entendait des coups de feu et, surtout, les chiens qui hurlaient. Vous avez déjà entendu des chiens hurler à la mort toute la nuit ?

Elle décide de partir à Tiaret, à cinq cents kilomètres de là, mettre à l'abri son fils cadet, le plus doux, celui que les islamistes sont venus voir en l'adjurant :

— Toi, tu es un ange, un sage... Viens avec nous.

À Baraki, en avril dernier, une patrouille de soldats saute sur une mine artisanale. Le quartier est aussitôt ratissé par des militaires qui abattent des islamistes. En représailles, les GIA enlèvent quatre-vingts civils. À Tiaret, Nassima est folle d'angoisse :

— Je suis revenue en roulant toute la nuit,

inconsciente du danger. Les voisins n'ont rien voulu me dire. Pourtant, certains avaient vu mon mari se faire arrêter en voiture, avec mon beau-frère et deux de mes neveux.

Elle repart aussitôt vers Tiaret en emmenant cinq enfants de cinq à quatorze ans mais doit laisser ses grandes filles à Baraki. Arrivée à Tiaret, elle apprend qu'un affreux massacre s'est déroulé à Raïs, tout près de sa maison :

— Mes filles... !

Elle reprend sa navette infernale, fonce jusqu'à Baraki, trouve ses gamines vivantes mais le corps couvert d'écorchures :

— Maman, on s'est cachées dans les figuiers de Barbarie !

On retrouve le mari de Nassima, disparu quelques mois plus tôt, jeté parmi d'autres dans la fosse d'un garage :

— Il n'y avait que deux têtes pour onze corps. Tout était mélangé dans l'eau sale, les os, les papiers, les sous-vêtements...

Sa belle-sœur réussit à identifier son époux grâce à son bridge dentaire. Son père tient à voir le corps. Il meurt, vingt jours après, victime d'une crise cardiaque.

Depuis un an, Baraki a changé. Le jour, l'armée patrouille et assure la sécurité. Les voisins, autrefois hostiles, manifestent de la compassion pour Nassima et lui disent de revenir vivre parmi eux. Elle n'ose plus :

— Là-bas, c'est vrai, j'ai une maison, un verger mais... il y a les chiens ! Même ici, dans ce foyer, parfois, en pleine nuit, j'ai l'impression de les entendre hurler.

Mon Algérie délire.

Et elle me tend ses bras maladifs, comme une amante, aussi blanche que la lune, qui vous invite amoureusement à vous perdre avec elle. Dans ces nuits de folie collective, personne n'est épargné. Sur son lit de camp installé à la permanence du FFS à Alger, Sadik dormait à côté du téléphone de garde. La sonnerie a fait un bruit d'enfer. Au bout de la ligne, une voix appelait au secours :

— Les voilà ! Ils arrivent ! Vite, venez, faites quelque chose... Pour l'amour de Dieu !

Un cri affreux. Et plus rien. On mobilise, on se précipite, direction Oued Aïch, près du quartier de Frais-Vallon, aux portes d'Alger. Sur place, des familles entières courent dans tous les sens, en pleurs, un baluchon sur la tête.

— Ils arrivent !

Qui ? Où ? Combien ?

— Eux ! Bien sûr...

On fouille. Personne. Pas un coup de feu, pas une goutte de sang, pas un blessé. Rien. Sinon la rumeur, folle, dévastatrice. Et cette peur dans les yeux des gens. Dans un autre coin du pays, à Bougara, des hommes raisonnables vous jurent les avoir vus — Qui ? Eux, bien sûr ! — galoper au clair de lune. Ils les ont comptés. Soixante-dix, au moins, une cavalerie entière, avec des armes à feu et de grands sabres, juste avant un terrible massacre. Pour tous, ce sont les cavaliers de l'Apocalypse ! À l'automne dernier, la presse s'est fait l'écho de l'existence d'une secte d'islamistes devenus « ennemis de Dieu » et qui se sont tranché l'index droit, celui qu'on dresse vers le ciel pour invoquer Allah. D'ailleurs, on les a vus ! Des êtres sales, cheveux démesurément longs, la barbe immense prise dans un élastique, phalange coupée et sourcils rasés. Des géants qui apparaissent d'un coup sont capables de se dévisser la tête, de la poser à côté d'eux et de disparaître !

Cette fois, c'est toute l'Algérie qui perd la raison. Trop de massacres, trop d'horreurs, trop de questions sans réponse. À force de se répéter ces histoires de bébés jetés vivants dans un four, de corps dépecés, de bourreaux inconnus, insaisissables et impunis, les Algériens se sont persuadés que ceux qui font ça ne sont ni des gens du pays, ni des musulmans, ni des humains. Voilà ! Ce sont des djinns, des extraterrestres. Des islamistes du troisième type. Il ne s'agit pas seulement d'un cauchemar collectif. Entre les tueurs des bandes armées qui théâtralisent leurs massacres et le régime qui expose avec complaisance dans les médias leur rituel macabre, tous participent au même effet : la sidération par l'horreur. Les uns veulent régner par la terreur, les autres la récupèrent à l'envi. Et plus personne ne peut s'en libérer.

— Alors, tu cherches toujours à comprendre ? m'a demandé en souriant Mehdi.

L'ancien étudiant en droit a finalement réussi à fuir l'Algérie pour soigner son corps et son esprit torturés par les gendarmes. Entre-temps, il s'est réfugié en France et continue à se réveiller en sueur la nuit en croyant voir la porte de sa cellule s'ouvrir sur une salle de supplices en sous-sol. Un jour, il a rejoint un cirque qui passait, erré un an en Europe en travaillant avec les animaux et les clowns et m'a envoyé une photo où il posait au pied d'un éléphant. Puis il a rencontré une femme douce qui a embrassé ses cicatrices et ils ont décidé d'appeler leur enfant Raphaël, histoire d'apaiser toutes les guerres de Religion.

— Laisse-moi te raconter une histoire au sujet de la violence dans ce pays. Quand j'étais gamin, nos grand-mères nous apprenaient une comptine de chez nous. En arabe, bien sûr. Je vais te la traduire. C'est une chanson, un jeu d'enfant que les vieilles femmes d'Algérie transmettent depuis des générations à leurs petits-enfants. Les gamins forment un cercle. Au centre, l'un d'eux tourne en sautillant :

Aïe ! Aïe ! Aïe ! J'ai mal
J'ai une épine dans le pied !

Il s'arrête et supplie :

Aïe ! Aïe ! Aïe ! J'ai une épine
Ouille ! Ôte-la-moi, s'il te plaît.

Un gosse se détache du cercle, se plante devant lui, bat des mains et chante à son tour :

Tu as une épine dans le pied
Et tu veux qu'on te l'ôte ?

Il se penche sur lui, saisit son pied douloureux et mime le geste salvateur :

Voilà, je te l'enlève
Tu n'as plus d'épine.

Mais le premier gamin se remet à crier encore plus fort :

Aïe ! Aïe ! Aïe ! J'ai très mal.

Tous les autres gosses tournent alors autour de lui en chantant de plus en plus fort .

Que veux-tu maintenant ?
Tu n'as plus mal.
Que veux-tu encore ?

Et le gosse répond en sautillant :

Rends-moi mon épine
S'il te plaît, rends-la-moi.
Rends-moi mon épine !

Je dois revoir mon père. C'est le retour de la Saint-Valentin et j'ai promis à ma mère une nouvelle visite au cimetière d'Hussein-Dey. Cette fois, je retrouve facilement le chemin à partir de la route moutonnière. En revanche, je ne reconnais plus grand-chose à l'intérieur du cimetière. Mon bouquet de fleurs fraîches à la main, j'avance entre les tombes brisées, les croix abattues, les stèles de marbre fracassées et les Vierges décapitées. Les vandales sont passés par là. J'ai de la chance de ne pas être venu immédiatement après leur sabbat. J'aurais trouvé des dizaines de sépultures mises à sac et des ossements éparpillés. Qui a fait ça ? Il n'y a pas beaucoup d'endroits à l'abri des regards dans cette ville. Et puis il suffit de sauter le muret du cimetière, la nuit, après le départ du gardien. Actes de jeunes paumés, de voleurs, d'ivrognes, de fanatiques anti-Français ou de pillards, cela n'a pas vraiment d'importance. Ils se sont acharnés sur les caveaux de famille en pensant trouver davantage de bijoux. Le journal *Le Soir* d'Algérie parle de ruée vers l'or de charognards. En oubliant que l'Algérie crève de faim. Quand on est réduit à dépouiller les morts, cela montre qu'on a touché le fond. S'ils ont ouvert le cercueil de mon grand-père, j'espère qu'ils auront trouvé une grille miracle du casino d'Aletti. Dommage qu'il n'y ait plus de casino. J'avance en cherchant le point de repère d'un ange de plâtre remarqué à ma première visite ; je ne trouve qu'une paire d'ailes qui pendent au bout d'une tige de métal. Dans l'affaire, on a perdu les plaques numérotées des carrés ; l'ancien gardien, adorable vieillard, a pris sa retraite et personne ne retrouve les anciens registres. Malgré les efforts des nouveaux employés, je tourne en rond entre les herbes folles, mon bouquet de fleurs à la main. Les morts pourraient m'aider au moins ! J'imagine que les vandales ont réussi à fracturer le cercueil de mon père ? Pas question de repartir sans avoir vu ce qu'ils lui ont fait exactement. Quitte à remettre la pierre tombale de mes mains. Je n'ai aucune colère. Ce petit carré de douleur fait partie de la grande mosaïque algérienne. J'ai presque envie de réconforter les employés du cimetière qui baissent la tête de honte et d'humiliation. Tiens... C'est là. Je m'agenouille près de la tombe en passant mes doigts tout autour de la dalle à la recherche d'une brèche. J'examine cette pierre gris-noir, de la même teinte que la devanture du magasin de mon père. Un ex-voto sombre a été brisé et recollé avec du plâtre blanc. Pas joli. Les lettres de leur nom, Pierre et Joseph, sont un peu abîmées. Augusta, ma grand-mère paternelle, est enterrée là elle aussi. Elle était belle avec ses yeux bleus. Dire qu'elle est morte en France et que la famille avait dépensé une fortune pour rapatrier son corps ! C'est la seule fois où j'ai vu mon père pleurer. Ah ! ici, une fissure. Ils ont essayé de planter une barre à mine pour soulever la dalle. La pierre est lézardée. Sans plus. Manque de temps ou de force. À moins que mon grand-père n'ait éternué, surpris par le courant d'air. Quand il le faisait, c'était un coup de tonnerre qui retentissait dans tout le magasin. Pauvres pillards, ils ont dû avoir une belle frousse.

Au retour à l'hôtel, j'appelle ma mère pour lui raconter mon pèlerinage. Je déteste l'appeler d'ici. Bien sûr, je mens avec application en omettant de parler de la profanation. Je souligne l'état impeccable, la propreté des lieux, la brillance de la pierre au soleil. Allez, ils sont heureux, morts peut-être mais en paix. Pieux mensonge. Soudain, la communication est interrompue. Le temps de rétablir la liaison et, évidemment, je la retrouve bouleversée. En moins de deux minutes, elle a tout revu, tout imaginé, tout redouté. La panique. Je la voyais, à mille kilomètres de là, se mordant les lèvres devant un téléphone muet. Qu'est devenue la belle jeune femme d'autrefois, boule d'énergie pure qui dansait toute la nuit dans un garage d'une villa de Fort-de-l'Eau, l'épouse émancipée dont mon père était fier, devenue assistante chez un médecin d'Hussein-Dey, cette mère opiniâtre débarquée en métropole, sans mari et sans diplômes, qui a accepté les ménages qu'on lui concédait, courbée de cinq heures du matin jusqu'au soir pour payer « les études des enfants », les nôtres ? Aujourd'hui, le corps et l'esprit abîmés, elle fait penser à un de ces navires échoués que j'ai vus sur le sable des côtes de Mauritanie, entre désert et océan, autrefois magnifiques embarcations, devenues des fantômes aux formes torturées, rongés par la rouille et le sel, leurs mâts dressés face à un ciel vide. L'Algérie vous brise le cœur et les nerfs.

Il m'en a fallu du temps pour arriver jusqu'ici, au bout du chemin, rue Hadj-Pacha à Kouba. Ainsi, c'est dans cette rue minuscule que tout s'est passé. Avril 1999, il fait gris et lourd. Le crachin d'Alger mouille l'asphalte. Je chasse sèchement les deux « gardes de sécurité », petits flics mouchards attachés à mes semelles et qui veulent savoir ce que le journaliste vient chercher ici. Je n'ai pas envie de leur donner la moindre explication. L'ancien magasin Zimmerman était là, seul dépôt de gaz ouvert à des kilomètres à la ronde, ce 14 février 1962, jour de grève générale à Hussein-Dey. Mon grand-père Joseph avait sa Dauphine blanche en panne. Quand il a demandé à son fils Pierre de l'accompagner chercher une bouteille de butane, mon père, grippé, a quitté son lit et pris la vieille Simca Aronde Châtelaine bleue. Le dépôt Zimmerman était entouré par un bout de terrain vague et un grillage bas. C'est étrange. Moi, j'imaginais un espace immense, un décor à la hauteur de ce qui allait se passer. Pas ce bout de quartier, étriqué, trop petit pour la mort des deux géants de mon enfance. Je sors mon carnet de notes et je compare les lieux avec les croquis que j'ai reconstitués à partir de témoignages. Entre deux voyages en Algérie, j'ai fait escale à Marseille pour aller voir mon oncle Guy, celui qui a entendu cette femme, seul témoin de l'assassinat de mon père. J'ai tout noté, les heures, la disposition des lieux, les distances, la position présumée de la Simca Aronde Châtelaine de mon père, celle du véhicule des tueurs. Et me voilà en train de sillonner cette rue Hadj-Pacha sur les traces d'un attentat vieux de trente-sept ans.

À cette époque, mon oncle Guy travaillait aux services radiotechniques d'Air Algérie. C'était un homme précis, un maniaque de l'automobile qui m'intimidait. Avant de monter dans sa voiture-sanctuaire, il fallait essuyer consciencieusement ses chaussures pendant qu'il vous surveillait, tonton à l'œil sévère. Aujourd'hui, à Marseille, le grand-père gâteau bichonne son voilier, pardonne tout à ses petits-enfants mais il a conservé le trésor d'une mémoire intacte, méticuleuse. Guy n'a rien oublié du coup de téléphone de Louis, « Abeille », mon tonton OAS, toujours le premier informé :

— Guy ? Il vient d'arriver un malheur. Ton beau-frère et ton beau-père ont été mitraillés.

Il saute dans sa voiture, passe prendre ma tante Suzanne et fonce vers l'hôpital Mustapha. Aux urgences chirurgicales, il croise une amie, infirmière au bloc. Déjà seize blessés par balles de gros calibre admis ce matin. Seize morts. Un chirurgien découragé pleure en opérant. Grand-père est au premier étage, sous une tente à oxygène. Il râle. Une balle lui a éclaté la rate. Et l'infirmière confie qu'il a peu de chances de s'en sortir. Et mon père ? Le chirurgien entraîne Guy à l'écart ..

— La balle a été tirée à bout portant, dans le dos, juste au-dessous du rein... votre beau-frère était accroupi. Le projectile a tourné sans pouvoir ressortir... Gros dégâts... Ventre déchiqueté... Forte hémorragie...

Guy a compris. Mon père est mort à midi, sur la table d'opération. On lui remet ses effets, un blouson anthracite à chevrons, une chemise trouée et un gilet molletonné taché de sang. Il descend à la morgue au-dessous où des employés lavent les corps au jet d'eau, à même le sol. Ma mère est là. Sur les bancs, il y a les familles des victimes, Européens et Arabes, et trois CRS qui montent la garde. Dehors, une vieille Mauresque pleure. Ma tante Suzanne s'approche :

— Qui ?

— Mon fils... Et toi, madame ?

— Mon frère et mon père.

Les deux femmes pleurent ensemble. Soudain, des youyous éclatent et un cortège de femmes arabes amène un corps enroulé dans un drapeau algérien frappé du croissant du FLN. Une Européenne s'approche et crache sur le drapeau. Furieuses, les femmes arabes se saisissent des bancs de bois et menacent. Guy pousse ma tante et ma mère dans la chambre mortuaire de mon père et les cache sous le lit de marbre. Les CRS se sont prudemment repliés derrière une porte que les Mauresques martèlent avec leurs bancs. Guy et un autre homme se postent à l'entrée de la chambre, le corps raide, la main enfouie dans leur poche bien en évidence, pour faire croire qu'ils sont armés. Le face-à-face dure un quart d'heure. Peu à peu, tout le monde se calme, les CRS refont leur apparition et les familles recommencent à pleurer leurs morts.

Moi, je suis arrivé un peu plus tard à la morgue. Le reste de la famille attendait à la maison, devant un plat de lentilles froides. Le lendemain, ma tante Suzanne a cherché les mots pour annoncer la nouvelle à mes frères. Mais Daniel le cadet l'a arrêtée d'un geste :

— Oui, je sais. Papa est mort. Pourquoi crois-tu que je suis si gentil avec maman ?

Le plus inquiétant était Gilbert, le fils aîné de Guy, mon grand cousin. Nous passions nos journées à jouer aux petites voitures en nous confiant nos premiers émois de garçons pubères. Il adorait son grand-père et son oncle. Désormais, sombre et révolté, il ne parlait que de vengeance et de dette de sang. Quand l'OAS a jeté une grenade sur une patrouille de gardes mobiles qui passait dans son quartier, les automitrailleuses françaises ont ouvert le feu sur les immeubles de la cité. Puis l'armée a lancé une vaste perquisition. En pénétrant dans l'appartement de mon oncle Guy, les soldats ont trouvé la famille en deuil et le rapport d'autopsie de mon père. Un peu embarrassés, ils ont battu en retraite sans oser fouiller dans la chambre des enfants. Après leur départ, mon cousin Gilbert a éclaté en sanglots. Puis il est allé dans sa chambre prendre le revolver qu'il s'était procuré secrètement en vue de sa vendetta. Et il s'est jeté aux pieds de ma tante stupéfaite, en la suppliant :

— Pardonne-moi maman ! Je ne ferai plus jamais ça... Je te le jure !

Gilbert avait quatorze ans.

À l'enterrement, il y avait un bon millier de personnes, Européens et Arabes, des gens de notre quartier, beaucoup de clients aux traites impayées, quelques maîtresses de mon grand-père, la foule des amis de mon père, le docteur Hannoun, chargé de soutenir ma mère alors son assistante, mes trois oncles OAS, mon tonton communiste et tous les autres, supporters de l'équipe de football de l'OHD, notables pieds-noirs aux côtés d'ouvriers algériens et de petits vieux plissés en burnous. Guy était pétrifié depuis qu'un imbécile était venu le voir à la morgue en lui promettant :

— À la fin de l'enterrement, écartez votre famille et laissez-nous faire. On fera le reste !

Une ratonnade pour tuer des Arabes... venus montrer leur amitié aux défunts ! Folie criminelle absurde. Guy avait aussitôt averti Abeille et tous mes oncles. À l'enterrement, tout le monde a serré les rangs.

Je regarde le dépôt Zimmerman. La Simca Aronde Châtelaine devait être garée là, juste devant. En sortant avec sa bouteille de gaz à la main, mon père a sans doute remarqué le pneu crevé à l'arrière, du côté de la rue. Où étaient les tueurs ?

— Guy ? Il y avait un témoin. Une femme qui aurait tout vu...

Mon oncle avait été formel :

— Oui. Une petite femme brune, à la fenêtre de son appartement, au premier étage, en face. Je l'ai rencontrée juste après l'attentat.

Elle lui a décrit dans la rue l'autre voiture qui attendait à quinze mètres de là, avec quatre hommes à bord, des Algériens qui faisaient semblant de lire leur journal. Le pneu crevé faisait partie de l'embuscade. Quand mon père a sorti tranquillement le cric du coffre et s'est accroupi pour changer la roue, mon grand-père est resté à côté de lui. Pourquoi ont-ils été aussi peu méfiants ! On ne se balade pas, papa, en pleine guerre civile, un jour de grève générale, pour aller faire ses courses ! Même si on est plutôt connu, respecté et aimé de son quartier. Ce genre de guerre n'entre pas dans ces détails, elle se fout des innocents. Et si on sort, il faut prendre les précautions d'usage. Rouler vite, ne pas s'arrêter aux carrefours, changer brutalement de direction en surveillant le rétroviseur... tu aurais dû savoir tout cela même si tu n'avais aucune expérience de la méchanceté. On ne peut pas avoir une confiance aveugle dans le monde ! Je t'en veux un peu, tu sais. Je m'en veux. J'aurais dû être là pour te montrer toutes les saloperies que j'ai depuis apprises à éviter. Je t'aurais dit d'abord de jeter un coup d'œil dans la rue en sortant. Une voiture arrêtée. Avec quatre bonshommes planqués derrière leur journal. Attention, danger. Et ce pneu crevé, côté rue, le plus exposé. Un voyant d'alarme. Il fallait tout de suite battre en retraite, sans tourner le dos, l'œil sur le mouvement de la rue. Se réfugier à l'intérieur du dépôt Zimmerman, s'enfermer et attendre. Attendre que l'autre véhicule finisse par s'en aller, écouter en silence le bruit du moteur s'éloigner pour être sûr que les tueurs ne te piègent pas en faisant seulement le tour du quartier. Et alors, alors seulement, sortir. Il suffisait de deux hommes pour faire le guet : grand-père à un coin de rue, le propriétaire du dépôt à l'autre, et tu pouvais réparer cette fichue roue en cherchant à savoir si tu avais roulé sur un clou ou si la gomme avait été percée par la pointe d'un couteau. Ce n'est pas pareil ! Ou demander au commerçant s'il n'avait pas un revolver. Il devait bien avoir une arme pour protéger son dépôt de gaz. Ou appeler les flics du commissariat d'Hussein-Dey, tout proche, pour leur demander d'envoyer une patrouille. Ils te connaissaient, tout le monde te connaissait. Ou quelqu'un de la famille, tonton Louis, Guy ou un autre — j'ai tellement d'oncles ! — pour venir vous prendre en voiture. Mais pas, surtout pas marcher normalement, ouvrir ton coffre, y déposer ta bouteille de gaz, prendre tranquillement tes outils et t'accroupir le nez sur ton pneu crevé ! Je n'arrive pas à comprendre pourquoi tu as fait ça, mon père mort plus jeune que moi.

Quinze mètres... Je mesure la distance en comptant mes pas. Voilà. La voiture du commando de tueurs devait attendre ici, exactement, juste avant le coin de la rue. Histoire de pouvoir filer dans l'une ou l'autre des deux directions. Normal. Travail de professionnels. Un bruit derrière moi. Un des flics chargés de ma surveillance s'impatiente, demande ce que je cherche, se plaint des heures de service interminables et exige un café... Je le coupe sèchement.

— Foutez-moi la paix.

Il bat en retraite. Reprenons. La voiture des tueurs était à quinze mètres de celle de mon père, elle a dû démarrer puis ralentir en arrivant à sa hauteur, lui toujours accroupi et de dos. Les portières se sont ouvertes, deux bras armés de revolvers sont apparus. Et la première détonation a fait un bruit énorme dans la petite rue. « Ne tirez pas ! C'est mon fils » a crié innocemment mon grand-père. Avant de s'écrouler, atteint lui-même par quatre balles. Puis la voiture du commando a démarré en trombe pour se perdre dans les ruelles de Kouba. Encore heureux qu'ils ne les aient pas achevés d'une balle de gros calibre en pleine tête. Je n'aurais pas pu l'embrasser. Ensuite ?

— Ensuite, la femme témoin a appelé les secours. Voilà tout ce qu'elle m'a dit, avait conclu mon oncle Guy à Marseille.

— Guy ? Le calibre 11,43...

— Tu sais, à la fin, c'était un tel merdier ! Les armes se promenaient partout et changeaient de mains. Tout le monde pouvait se procurer n'importe quel calibre.

— Si c'est la vérité des faits, il n'y a donc aucun doute sur l'identité des tueurs et sur le motif.

— Ah, non. Aucun.

— Aucun mystère ?

— Non. Pourquoi tu demandes ça ?
— Pour rien.

Voilà. Un attentat classique, banal à l'époque. Deux Européens qui passent et un commando de tueurs FLN qui tourne dans Kouba, en attendant l'occasion. Et la saisit. Je le savais. Mais maintenant j'en suis sûr. Alger a connu cela, cent fois, mille fois en cet hiver fou de 1962. Et tant pis pour la Saint-Valentin !

Hier soir, la salle était enfumée, pleine de rires et de musiques, dans ce restaurant asiatique niché au cœur d'Alger. Un couple d'amoureux s'est mis à danser entre les tables. L'orchestre enchaînait des airs de Chaâbi, *My Way* ou *Santana.* Il y avait un guitariste un peu chauve, petite quarantaine à moustache et pull jacquard sage, accompagné d'un joueur d'orgue électronique, jeune professeur de français au lycée technique d'Hussein-Dey. Le matin, il avait demandé à ses élèves de disserter sur un projet utopique et ils avaient dessiné des satellites, d'invraisemblables gratte-ciel et des vestiaires individuels au lycée. À ma table, je regardais Zaza, visage noir en lame de couteau, femme photographe, fantassin de l'information qui pousse son appareil au milieu des voitures piégées. Et Hocine, un autre photographe, solide, faussement bourru, l'âme écorchée par les images des derniers massacres. Il fêtait un prix de photo pour son portrait d'une *Madone* d'Algérie. L'image avait crevé les couvertures des grands journaux étrangers et entraîné aussitôt une campagne aigre du régime pour discréditer ce superbe travail. À une autre table voisine, deux hommes sévères que nous avions surnommés « nos cousins », policiers chargés de « nous faciliter la tâche et d'assurer notre sécurité » souriaient, gênés, conscients qu'ils n'étaient pas à leur place. Dans ce restaurant, désert un an auparavant, le public applaudissait, sifflait, riait. Une rage de survivre, une joie de vivre un peu oubliée. Soudain, un craquement sec. La sono détraquée a craché trois notes basses, explosives. Les clients ont sursauté et se sont tus, regards interrogateurs, inquiets. Quelqu'un a réglé l'amplificateur, l'orchestre a joué *La Bamba* et tout le monde a repris le refrain. De retour à l'hôtel, j'ai allumé un cigare de fête et je me suis endormi sur un air de Chaâbi. La lune, douce et pleine, dansait au-dessus de la mer et je n'ai entendu personne crier qu'il fallait l'abattre.

Maintenant, le noir lumineux de la nuit sur la baie d'Alger a hésité un instant puis s'est évanoui. Un soleil rouge pose ses lèvres au sommet des montagnes au-dessus de la capitale endormie. Les pigeons de l'hôtel roucoulent d'amour comme jamais sur la fenêtre qui donne sur le jardin d'Éden du Djezaïr. Une lumière de petit matin du nouveau monde me fait cligner des yeux. Le ciel est d'une fraîcheur incroyable, doré comme un croissant au petit déjeuner. Je roule vers l'aéroport du départ. Les premiers rayons ambrés caressent la blancheur des villas mauresques, la lèpre des cités endormies, la ferraille des docks, la coque rouillée des cargos à l'ancre, et cette lumière, douce et mordorée, pose des touches d'aquarelle jusque sur les terrains vagues mouchetés de sacs de plastique. Le doigt de Dieu est sur la ville. La mer mousse comme au premier jour le long de la route moutonnière et ses vagues féminines massent la nuque raide de la terre d'Algérie.

À Noël dernier, mon fantôme d'amour s'est évanoui comme un mensonge. Mon ami Mustapha m'a appelé des glaces du Québec où il collectionne les vis platinées et vient de lancer un journal algérien. En exil au pôle Sud, il arriverait à faire lire le peuple des manchots. J'ai écrit un dernier article sur l'élection du nouveau président Abdelaziz Bouteflika dont j'ai suivi la campagne dans le Sud. Dans l'avion du retour au-dessus du Sahara, il m'a parlé longtemps d'honneur, de dignité, du sang, des larmes et de la paix à venir. Là-bas, dans les dunes blondes du désert, l'avenir dure une éternité. À Paris, Mehdi dort mieux, ses cauchemars de torture refluent en désordre, il regarde grandir Raphaël et écrit de la poésie. Moi, je vais aller voir danser mes filles, l'une, au conservatoire moderne, ondule aussi fort qu'une reine de Saba ; l'autre, classique, vole sur des chaussons bleus de petit rat de l'Opéra. Je leur raconterai le vol du martinet, virgule noire et nerveuse dans le ciel, quand il fonce droit sur vous, s'arrête net en piaillant de bonheur et repart d'un trait vers le grand bleu. Je file en profitant de cet instant magique où chacun trouve sa place. Je ne fuis pas cette terre, je la quitte, réconcilié, pacifié, après avoir regardé le passé en face. Au moment idéal. Comme un instrument réglé sur une note juste, précise, brillante, un accord qui résonne en moi, une vibration qui demeure. Les mâchoires du piège se sont refermées sur du vide. Je n'ai peur de rien sauf de perdre ceux que j'aime. Je suis en paix, heureux, vivant. Je bouillonne de vie. Je laisse Hussein-Dey à ses anciennes cicatrices et Alger à ses tourments à venir. Je sais que, tout à l'heure, le soleil va se durcir, la foule envahir les rues et les hommes se disputer. Je ne les verrai pas. Moi, j'attends la prochaine vague d'un pied ferme et tranquille. Et je regarde la mer qui m'emporte. La mer m'a toujours emporté.

Remerciements

Au *Nouvel Observateur*.

À tous. En particulier à François Schlosser, Laurent Joffrin, Jean Daniel, Claude Perdriel.

Et à :

Marie-Renée Abadie ; Adda ; Serge ; Bureau de l'AFP à Alger (Alain, Amer, Boubker, Hassan) ; Farid Aïchoune ; Patrick Baudoin ; Rachid Belil ; Omar Belhouchet ; Ben, chauffeur de taxi ; Maya Benchicoune ; Omar Benderra ; Luc Chaulet ; Mustapha Chelfi ; Général Jean Combette ; Louis et Colette Corominas ; José et Anita Corominas ; Pr Costagliola ; Yves Courrière ; Anne Dissez ; Youcef Djenaoui ; Jeannette et Boussaïd Djenaoui ; Dr Laadi Flici ; Pr Gilles Fourtanier ; Selima Ghezali ; Gilbert Gil ; Suzanne et Guy Gil ; Dr Claude Hannoun, médecin à Hussein-Dey ; Mohamed Harbi ; Jacques Harstrich, ancien commissaire de police à Kouba ; Hocine, photographe ; Institut de médecine légale à Paris ; José Garçon ; Pr Félix Lagrot ; Hmida Layachi ; Mahfouz ; Gérard et Thérèse Mari ; Claude Marchica ; Mejid Merdassi ; Rachid Mimouni ; Momo, le sage de la Casbah ; Capitaine Pierre Montagnon ; Medhi Mosbah ; Ghania Mouffok ; Yvonne et Charles Nadal ; André Pautard ; Anne-Marie Sanchez Pisani ; Joseph Pisani ; Pierre Rech ; Mme Saddier ; Pr Salasc ; Benjamin Stora ; « Titou », Mme Bachir, née Royer ; Zaza, photographe.

À tous les militants, hommes et femmes souvent en danger qui m'ont accordé leur confiance.

À tous ceux, nombreux, dont j'ai oublié le nom ou que je ne peux pas citer et dont les témoignages m'ont permis de mieux comprendre l'Algérie.

Et toute mon affection à ma mère, Suzanne, à mes deux frères, Daniel et Claude. Et à André-Louis Maysonnave, l'ami disparu.

Cet ouvrage a été imprimé par la
SOCIÉTÉ NOUVELLE FIRMIN-DIDOT
Mesnil-sur-l'Estrée
pour le compte de NiL éditions
en octobre 2001

Ce volume a été composé et mis en pages
par ÉTIANNE COMPOSITION
à Neuilly-sur-Seine.

NiL éditions
24, avenue Marceau
75381 Paris Cedex 08

Imprimé en France
Dépôt légal : octobre 2001
N° d'édition : 42160/01 - N° d'impression : 56932